U0946154

MINGUO TONGSU XIAOSHUO
DIANCANG WENKU

民国通俗小说典藏文库·冯玉奇卷

江上烟波

冯玉奇◎著

中国文史出版社

目　　录

第一回

白璧无瑕羞惊鸡头肉

天空是黑漆漆的，仿佛涂上了浓墨一样可怕。月亮姑娘今天没有露出粉脸来向宇宙间闲眺，只有几颗闪闪烁烁的小星在亮晶晶地发着微弱的光芒。大地上的一切依然显得那样模糊迷离。夜风似乎吹得很紧，远近的枯树枝叶儿都在瑟瑟地作响。瞧着那黑暗里摇摆的树丛，正像魔鬼在那里微微地蠢动，而且还隐隐地发出了凄厉的惨叫声，这音调触送到人们的耳鼓，身子不自然地会颤抖。虽然并不恐怖，内心也会激起了一阵寂寞的悲凉。

这是一片寥寂的平原，草地上散布着疏朗红色的灯光。在红色的灯光中可以瞧见平原上是搭了无数的帐篷，每个帐篷前踱着两个掮枪的兵士，默默地像机械式地来回地徘徊。寒星映着雪亮的刺刀，反射出逼人的光芒。四周是静悄悄的，除了皮靴在地上摩擦发出了很调匀而且含有节拍的声响。

“柳剑影，你为什么还不睡去呀？翻来覆去，恐怕又在想女人了吧？”

第一百五十五号的营帐里，地上是铺满了线毯，人像沙丁鱼般地挤睡着。江鸿宾见旁边的柳剑影只管转侧地翻着身子，遂向他叫了一声，和他开玩笑着说。

“傻子，你别胡说，想女人还到这儿来？”

柳剑影把脸在薄薄的绒毯里露了出来，炯炯的目光在他脸上瞪了一眼。

“那么老柳，你在想什么啦?”

剑影左边那个侯玉书也露出那副白净的脸庞，从绒毯底下伸过手去，推了推剑影的身子，也插着嘴笑嘻嘻地说。

“我想来想去就是想着你，哎！玉书，你真可爱啦！怪冷的天气，你躺过来暖暖我怎么样?”

柳剑影很快地把他手握住了，连忙回过头来，望着他俊美的脸蛋哧哧地笑。他觉得玉书温文得真仿佛女孩儿那么令人感到可爱。侯玉书被他这么一说，真的羞得绯红了两颊，把手从绒毯底下很快地挣扎回来，明眸却恨恨地白了他一眼。但睡在剑影右边的那个江鸿宾早已忍不住哈哈地大笑起来了。

“剑影，你别胡说，玉书是我的爱人，你怎么可以叫他和你一块儿睡呀?”

江鸿宾停止了笑，也很感到兴奋地说。显然在他们寂寞的心房里，谈起了女人，似乎得到了一些滋润的安慰。

“你们这两个真是败类，满嘴里胡嚼的是什么东西？要把你们牙齿敲落一排，那才会安静一些哩!”

侯玉书被两人取笑得有些恼怒起来，恨声不绝地骂着。虽然脸部上还含了一丝笑意，但心里很显明地有些生气。

“天气又冷，绒毯又薄，哪儿睡得熟？若不是那么说说笑话，身子不是更难受吗?”

江鸿宾把身子缩作一堆，两只小眼睛在肉缝中露得只剩了一条线了。

“你这话就放屁！你自己睡不着，就拿我来开玩笑?”

侯玉书呸了他一声，还有些余怒未平地向他喝骂着。

“玉书，那你就不应该，又不是我一个人取笑你，你为什么只骂我一个人？是不是我生得胖猪一样丑恶些，你就真爱上了我们这位英俊的柳大哥了吗?”

江鸿宾却并不因他生气而终止了取笑，他还是加紧地去激动他愤怒的心弦。

“小鬼，我不捶你，你就不知道我的厉害……”

侯玉书被他说得气急了，遂掀开了绒毯，把身子猛可地跳起来了。

“哟！柳大哥，你快帮我的忙呀！拦住了他，别让他过来！”

江鸿宾见他跳起来，心里有些惊慌了，向剑影急急地救援。侯玉书不管一切地跨过去，骑在江鸿宾的身上，握了拳向他身上连连地打下去。鸿宾是个胖子，没法把他掀下来，只好向他连声地求饶。侯玉书却不肯依他，口中还骂着：

“你还要信着嘴胡说吗?”

“好了，好了，他这个大胖子是打不痛的，你冷了身子那可不是玩的哩!”

柳剑影把自己的绒毯掀开，一面说着话，一面却把玉书的身子拉到自己的怀里去了。侯玉书被柳剑影抱在怀里，却一些气力也用不出，竟没有挣扎的余地，这就涨红了两颊叫道：

“柳大哥，你快放手，被人家瞧见了，像什么样儿?”

“柳大哥，那你是放不得的，这么一个娇娇滴滴的美人儿，抱在怀里是多么幸福呢！我不瞧着你，你们只管恩恩爱爱地去享受鱼水之欢是了。”

江鸿宾见玉书被剑影搂到被窝里去，遂探长了脖子望着玉书红晕的两颊，又嘻嘻地笑起来。玉书恨恨地骂了一声。方欲挣扎起来，忽然听得一阵集合的军号在耳边急促地大响起来，于是睡熟的弟兄们也都一骨碌翻身坐起，披衣匆匆起来，大家各掮了枪，很快地奔出营外去了。

这一次上峰命令下来，是进袭乌家镇的杨柳村，听说土匪在那边囤有大量军械。在黑沉沉的深夜里，崎岖的道路上，大家鼓足了勇气，慢慢地摸索着前进。树叶儿不停地蠢动着黑影子，还当前面有了埋伏，狗狂吠的声音，更会使大家感到有些心惊胆寒，不敢轻易地向前进行。但柳剑影是领在大众的面前，他那双炯炯的目光，仿佛兵舰上的探海灯，当他发觉前面并没阻挡的时候，他把指挥刀向上一扬，手指在嘴上叫出一声前进的信号，于是众弟兄放大了步伐，又向前摸索地行进了。

经过了一次激烈的搏斗，大家终于冲入了乌家镇的杨柳村。柳剑影左臂受了一个创伤，忍了疼痛，糊里糊涂地奔入了一个院子，里面是黑暗得可怕，静悄悄的，一个人的声音也没有。剑影知道乡下人都逃走了，自己因为很疲劳，急于要想找个地方休息一下，所以也不管里面有人没有人，他便摸索着向草堂里走进去了。一脚还只有跨入草堂，谁知就被地下一件笨重的东西绊了脚。因为是冷不防的，所以柳剑影的身子就向前直扑了下去，慌忙拿右手去挡撑，不料手摸着的却是个冷阴阴、光滑滑的东西。凭剑影灵敏的感觉所知道，这是一个死人的脸孔。剑影虽然胆大，也不免吃了一惊，连忙站起身子，手再向地上一摸，却是摸了一堆湿的，放到鼻子上一闻，怪腥气的，剑影知道自己摸着的是一堆血。理智告诉他，这份可怜的乡人家里，一定是曾经被一度洗劫过的。他心里很难受，但是在难受之中，他也感到十二分的愤怒。

“救命哪……”

忽然隐约的这一声细微的喊救声，从一阵微风中度送到柳剑影的耳鼓，使他意识到这屋子里一定还展现着惨无人道的一幕，于是把他内心的热血又沸滚起来，猛抬头向前面望了一望，只见里面尚有一条走廊，从走廊里照射出一线暗弱的光芒来。柳剑影于是移步走了进去，果然那边尚有一扇窗子，从很明亮的光线下瞧来，知道房间里是亮着灯火的。

接着第二次喊救命的声音又触送到剑影的耳鼓，很清楚这声音发自房中。剑影三脚两步地走到窗旁，眼睛向玻璃窗子内望进去的时候，这就应着了不瞧犹可的一句话。他心中的怒火顿时直穿到头顶，飞起一脚，就向房门口直踢了进去。不料房门并没上闩，所以早被踢开，剑影一个箭步，直跳到床前，伸手把站在床前那个男子就一把提起，随便一掷，那男子竟被他冲跌到地下去了。

那个残匪既抢饱了东西，正欲腾身跨到床上去享受温柔的滋味，冷不防被剑影掷了一跌，心中好不恼怒，遂躺在地上，摸着手枪，向剑影开放两枪。

说时迟，那时快，剑影在他跌倒地下的时候，早已把自己身子也压了上去。柳剑影乘势把右拳握起在他下颚上就是那么砰砰两拳，打得怪有劲的。那个残匪怎禁得住剑影铁一样拳头的闷击，眼睛一眨，早已昏厥了过去。柳剑影笑了一笑，说声“好不中用的东西”，他取了掷落在地上的手枪，对准他的喉管，砰的一声，血花飞溅四处，那个欲想偷香窃玉的已经失去他的知觉了。柳剑影既把他结果了性命，回眸向床上望了一眼，那颗还是处男的童心，也不免忐忑地摇荡起来了。他很快地别转脸去，身子却向房门口走了。

床上那个赤身裸体的姑娘，正在千钧一发之间，幸亏剑影的搭救，方才保全了女孩儿家的清白，心里正在暗暗地感激，以为剑影总要到床边来解救了，谁知他却回身自管走了。一时不免焦急起来，遂也管不得地高声地叫道：

“喂！你走到哪儿去？请你快些先来救了我呀！我的身子是被绑着呢！”

“姑娘，你别焦急，你家里还有什么人吗？我给你找个人来救你吧！”

柳剑影实在难为情，再回过脸去瞧望，背着那姑娘低低地说。

“我家里没有什么人了，因为我的妈妈已被他杀死了。”

那姑娘的话声在颤抖，娇羞之中又掺和悲惨的成分。柳剑影听她这样说，倒是愕住了一会子，暗想：不错，草堂上那个躺倒的尸体一定是她的妈妈了。既然她家里是没有什么人了，那可怎么办呢？难道我亲自去解救她吗？这究竟太不好意思一些了。柳剑影这样地思忖着，自不免又呆住了一会儿。那姑娘见他兀是面着房门口站着，虽然芳心中敬佩他是个热血的好男儿，但内心的焦急真仿佛是热锅上的蚂蚁一样难受，她哀声地又求着道：

“你快救了我吧！我身子冷得受不住哩！”

柳剑影被她这么一说，方才想到现在是寒冬的季节，她身上一丝不挂，若再延迟下去，不是把她要冻冷出病来了吗？于是他在情急之下，不免想出一个主意来，遂立刻闭上了眼睛，回身摸索到床边去了。

那姑娘的两脚两手都被绑住在床栏的木柱上，她见剑影像瞎子般地摸索过来，一时深觉他人格的高尚，真是无出其右。但剑影的手是并没有生着眼睛，他当然不能像看见似的就去解那绑在木柱上的绳索。所以他的手不免走错了方向，竟直向那姑娘的胸部上摸去了。那姑娘是瞧得很清楚的，芳心又羞又急，要想叫喊，又觉得鼓不起这个勇气。直待剑影的五指已抵触在自己乳部的时候，她才绯红了两颊，挣扎出一句话来道：

“事到如此，你也不要避什么嫌疑了，遮掩了眼怎么能够解绳子呢？”

柳剑影虽然是闭着眼睛，但手的感觉当然也是十分灵敏，当他摸着柔若无骨、软绵可爱的乳头的时候，他急得连忙缩回了手。心中这一羞涩，全身顿时感到一阵热燥，脸也像涂过胭脂那么通红起来了。听了那姑娘的话，觉得事到如此，真的是管不得许多了，遂又睁开眼睛来，谁知正和那姑娘的秋波接了一个正着。那姑娘娇羞欲绝，连耳根子都红得赤化了，很快地把脸别了转去。柳剑影也忙着避过她的视线，急急地把她两手先松了绑，正欲回身去解她脚的绑，忽然那姑娘叫道：

“脚让我自己解吧！”

柳剑影听了，不觉猛可理会过来了，暗想：我这人太糊涂，已松了她手上的绑，我怎么再解她脚上的绑呢？于是立刻又回过身子来，不过眼睛这样东西是透明的，柳剑影在回身之间，眼睛早已有了那么的一瞥。虽然是仅仅只有一刹那的一瞥，不过在一个年轻小伙子还没成过婚的人瞧来，那实在是够令人感到神秘的了。柳剑影的心头是跳得厉害，觉得比在枪林弹雨中更动荡得剧烈一些。他把身子向房门口走，但他手指的感觉似乎还有些滑腻的成分，他绯红了两颊，连自己也忍不住要笑起来了。柳剑影站在房门外，呆呆地出了一会子神。因为刚才奋勇地和那土匪搏斗，所以也忘记了痛苦。他的左臂本来是已经受了枪伤，经过一度很猛的用力之后，他此刻却感到酸麻万分，疼痛得仿佛要掉下来的神气。就在这个当儿，忽见那姑娘从屋子里探出半个脸来，向他悄悄地叫道：

"先生，你请到屋子里来坐吧。"

随了她这一句轻柔的话，柳剑影便回身走到房中来，不料才一脚跨到房中，那姑娘就向剑影扑地跪了下来，说道：

"多谢先生救命大恩，不知先生贵姓大名？也好叫小女子心里记着，以便报答先生的大恩……"

柳剑影见她跪了下去，却是站不起来，一时只好把她伸手扶起，微笑道：

"我姓柳名叫剑影，姑娘快不要如此，除暴安良，这原是我们的责任。这一些小事情，你可以不必挂在心上的……"

说到这里，那姑娘也已站起身子，四目相接，只见那姑娘的粉脸上已沾了晶莹的泪水了。柳剑影心里好生不解，她怎么又哭起来了？但他脑海里立刻又浮上了一个感觉，这才开始有些明白那姑娘所以淌泪的原因了。他感到那姑娘的可怜，因此明眸脉脉含情地凝望着她海棠带雨的脸庞，不禁出了一会子神。姑娘是个瓜子的脸，头发是并没有烫成波浪式的，但乌油滑丝很光亮，不过此刻却蓬乱得像才起身的一个病西施。两条弯弯的眉毛，是没有经过人工的修饰，所以并不十分细长，但却增加她天然的秀气。那双剪水秋波盈盈欲活，乌圆的眸珠显出十二分聪敏的神气。嘴儿虽没有点过胭脂，却红得非常艳丽。穿着一件青布的旗袍，大概是件罩衫，里面是墨绿绸的料子，脚下一双元色布底鞋，扁扁薄薄的很是俏小可爱，觉得也并不是十足的乡村姑娘的风味。因为她粉脸上是沾着亮晶晶的泪水，这种楚楚的意态，是更增加了她妩媚的风韵。柳剑影在当初还并不十分注意，此刻仔细地打量之下，在他那颗平静的心境里，也不免激起了一圆圈爱怜的波纹。

“姑娘，你尊姓？这屋子可是你的家里吗？”

柳剑影后面这一句话是未免有些明知故问。因为他想和姑娘多谈几句话，但是却找不出相当的话来，因此只好无聊地搭讪着。那姑娘这才把纤手在脸上来回揉擦了一下，一撩眼皮，乌圆的眸珠转了转，点头说道：

“不错，这儿就是我的家里，我叫杨红薇……”

因为她把自己的名字也说出来了，所以她觉得难为情，两颊泛现了一圆圈的红晕，秋波水盈盈地向他俊美的脸上逗了一瞥羞涩的目光，大有赧赧然不胜娇媚之意态。忽然她不知又有了一个什么感觉，遂回身到桌边，在暖水壶里斟了一杯茶，亲自捧到他的面前，叫道：

“柳先生，你喝茶。”

柳剑影点了点头，却并不伸手来接，他紧锁了那两条清秀的浓眉，似乎十二分痛苦的样子。杨红薇见他这个神情，一颗芳心也不免奇怪起来，凝眸含颦地瞅住了他，正欲发问的时候，忽然她的明眸瞥见了剑影左臂军服上那点点的血水。红薇也是个绝顶聪敏的姑娘，她当然明白过来了，这就失惊叫道：

“哟！柳先生，你的手臂是刚才被那土匪枪伤的吗？”

她问到这里，心中一阵肉疼，她几乎又欲盈盈淌下泪水来。

“不，并不是刚才受伤的。杨小姐，谢谢你，给我拿盆温开水来好吗？”

柳剑影见她粉脸慌张的意态，心里有些感动，遂勉强含了笑容，摇了摇头，向她柔和地说着。杨红薇不及回答，立刻把那只热水瓶取来，倒入面盆里，拿到剑影站着的桌边上面，只见他已把左臂军服脱了，那条棕色挺结实的臂膀上果然有一个枪洞，血淋淋的，真有些惨不忍睹。这就把她柳眉锁得紧紧的，脸上显出害怕的样子，说道：

“柳先生，你痛吗？这儿又没有伤药水，那可怎么办呢？”

“杨小姐，你别害怕，这一些伤是算不了一回事的。好在没有弹子嵌在里面，这是不要紧的，你有什么布条子没有？最好给我几块。”

柳剑影忍住了痛，还是向她轻声儿地安慰着，装作毫不介意的神气。

“有，有！”

杨红薇连说了两个“有”字，她的身子已是奔到床边那张五斗橱旁去，蹲下了身子，拉开了橱门，急匆匆地找出两三块绒布来，也忘记了关上橱门，就奔到剑影的身旁。只见他正在拿手在揭已腐化的血肉，他的牙齿是咬得紧紧的。从他这一副表情上看来，就可以知道他内心的痛苦了。杨红薇这就情不自禁地说道：

“柳先生，你怎么能硬揭着呢？这可是肉呀！难道不怕痛吗？我给你拿布块浸了水，慢慢地擦揩好吗？”

柳剑影听她这样温柔而多情的口吻，当然也不忍拒绝她，遂点了点头，笑道：

“好，那就劳你的驾了。”

杨红薇并不说什么，她把一方绒布浸到盆水里去，一手托着他的臂膀，一手拿浸湿的绒布去揩拭他血水模糊的伤口。只见他的肌肉是在颤抖地跳动，红薇心中有些感伤，秋波掠了他一下，低低地问道：

“痛吗？”

“没有。”

柳剑影很简单地回答了两个字，虽然他的眉尖是蹙拥在一起，但他棕褐色的脸还是浮现了一丝微笑。杨红薇既问出了后，她又觉得自己的矛盾，人家受了这么重的伤，难道还有个不痛的吗？但他回答得也正好，偏说没有，这话和事实也不是相反的吗？她感到柳剑影的勇敢，她觉得这样强硬的少年是值得令人敬爱的，不过这么血淋淋的伤洞，任你怎样的好汉也是痛苦的。忽然她有了一个主意，觉得这样也许可以使他忘记了痛苦，于是她一面给他揩擦伤处的血渍，一面微侧了娇靥，俏眼脉脉地望着他，脸上掀起了倾人的媚笑，柔声儿地问道：

"柳先生，你加入军队里工作有多少年了？"

"哦，我在陆军学校毕业后，就入队伍工作的，算来差不多也有三年了。现在专干剿匪的工作。"

"有这么许多的日子了吗？所以柳先生作战的经验一定很丰富的，不知道你家里爸妈都健在着吗？"

杨红薇嘴里虽然问着话，但手里的揩擦工作是特别轻快。

"爸爸和妈妈都在北京，他们倒还很强健哩。"

"那么柳先生一定是生长北京了，不知弟弟和妹妹也都有吗？"

"弟弟倒有一个，可是妹妹却没有，我常想要一个妹妹，但这十年来就使我失望得很，假使我有像杨小姐那么的一个妹妹，我心里就很快乐的了。"

柳剑影望着她的粉颊，忍不住哧哧地笑。但既说出了后，他倒又感到难为情起来，两颊微微地有些红晕。

"柳先生，你这话可是真的吗？但我是个乡村里的姑娘，可不配给你做妹妹的。不过柳先生假使不嫌我丑陋的话，那我当然是很喜欢做你的妹妹啰！"

杨红薇扬着眉毛，一撩眼皮，乐得掀着酒窝儿，那小嘴儿就合不拢来了。

"杨小姐，你这话我不中听，乡村里的姑娘难道就不是人了吗？

我以为乡村里的姑娘就比都市里的姑娘好多了。杨小姐，那么你就准定给我做妹妹好吗?”

柳剑影确实已忘记了痛苦，他的心里是不住地荡漾，而且还感觉到有些甜蜜的成分。

“柳先生果然愿意收我做妹妹吗?那我当然很喜欢，不过我们彼此年龄还不知道，也许我可以做你的姊姊也说不定哩。”

杨红薇秋波向他瞟了一眼，又显出娇憨淘气的神情。

“那你倒也喜欢占便宜的，单瞧我们的脸蛋，终也我比你老相得多了。那么妹妹今年几岁了呢?”

柳剑影见她那种可人的意态，实在很够人魂销的，脸上的笑容这就始终没有平复过。

“我今年十八岁，那么你几岁?”

杨红薇一面说着话，一面把他的伤处早已悄悄地包裹舒齐了。

“那就差得远了，我十足要长了你五年哩!”

柳剑影点了点头，觉得照自己的猜测，她也只不过十七八岁之间罢了。

“这样说来，那你真是我的哥哥了。哥哥，我把你伤处包扎好了，你快套上了衣服，别受了凉哩!”

杨红薇粉脸透现了青春的色彩，两脚跳了跳，十足还显出了孩子的活泼的神情。

“哟，妹妹已经给我包扎好了吗?我怎么一些也不感觉得痛苦呢?”

柳剑影低头一瞧，果然自己的左臂已经给她用白绒布包扎舒齐了。他心里感到很奇怪，一面把手臂套入红薇给自己提着的衣袖里去，一面脸上显出很惊异的神色，向她轻快地发问。杨红薇听了，一颗芳心真有说不出的得意，忍不住把秋波逗给他一个媚眼，抿着小嘴儿哧哧地笑起来了。一会儿，又说道:

“这叫作心无二用，所以你就不注意到手臂上的痛苦了，我有一搭没一搭地问着你，就是分开你对于创伤的心呀。你可瞧过《三国志》没有？关云长给华佗医疗臂上的镖伤，刀尖刮在骨上，瑟瑟有声，关云长为什么一些也不痛？原来他一心只对在弈棋哩。”

“妹妹真聪敏，想得好法子，你真可谓是华佗再世了。”

柳剑影听她这样说，可见她也是个识字的姑娘，一时觉得天赋她的丽质和慧质，心里更增加了一分爱她的心了。

“我又不懂医道，怎能做华佗？倒是你那雄壮的气概，大有当年关云长的风度哩！”

杨红薇扑哧一笑，俏眼脉脉含情地又逗了他一瞥喜悦的目光。

“妹妹，你待我这样好，我真感激你哩！”

柳剑影心里非常感动，把她柔若无骨的纤手紧紧地握住了，明眸逗在她的粉脸上，也显出十二分柔情蜜意的样子。

“哥哥，你别说那样话，我的性命也是你相救的哩！唉！”

杨红薇说到这里，忽然有了感触，红晕了两颊微微地叹了一口气，却把螓首低垂在他的胸前。柳剑影心里当然也明白她所以如此哀怨神情的原因，遂把手按着她的肩胛，轻轻地安慰她道：

“妹妹，你别难受，假使我有得意的日子，总不会有忘你的恩情。”

杨红薇听了这话，在十分安慰之余，真有无限感激。她情不自禁地把身子直偎到柳剑影的怀里去，微抬起粉脸，频频地点了点头，羞涩地道：

“愿哥哥言而有信，妹妹到死都感激着你的。”

“好好儿的为什么说死？妹妹，你放心，我虽然是个武夫，但我总不会使你感到失望的。”

柳剑影慌忙伸手把她小嘴儿按了按，又柔声儿地向她安慰着。杨红薇觉得他确实是个血性中的少年，一时被他真挚的情意感动得淌下泪来，默默地却是并不作答。

“干吗又伤心了？”

柳剑影对于她的落眼泪，心里感到黯然神伤，话声带有些凄凉的成分。

“不，我没有伤心。”

杨红薇立刻把手背擦去了眼皮上的泪水，脸上依然显出了一副媚人的笑容。她把两手伸到剑影的衣襟上去，将他金黄色的纽扣一粒一粒地扣上了。明眸含情脉脉地望着他的脸，酒窝儿是掀得深深地没有平复过。柳剑影瞧着她出水芙蓉似的两颊，白里透红，仿佛给风吹弹得破似的。他心里是像春风吹动微波那么荡漾，他脑海里忽又浮现起红薇横陈玉体的一幕，觉得自己能够娶得像她那么一个美丽多情的姑娘做妻子，这也未始不是我终身的幸福。剑影想到这里，他有些乐糊涂了，情不自禁把右手去挽住了她的脖子，低下头去，把嘴却欲凑到她红润润的唇皮上去了。杨红薇对于他这举动是并没有感到一些嗔意，她仰起了粉脸，因为她的身子是比剑影矮小，所以她还踮起了脚尖，当然她这个举动是表示接受剑影热吻的意思。

两人在经过这一次热吻之后，各人的心坎里这就更印有了一个不可磨灭的影像。杨红薇的两颊是一圈一圈地透现着红晕起来，绕过三分羞意七分喜悦的俏眼，脉脉地逗了他一瞥，不禁又别转身子去，慢慢地垂下了粉脸，望着自己的脚尖却是愕住了一会子。

“红薇，人生的聚散真也是不可捉摸的。我在两个钟点之前，怎想得到会和一个陌生的姑娘有这样亲热的表示？难道我俩是前世注定好的缘分吗？这在你的心中，当然也是想不到吧?”

柳剑影慢慢地走上去，把手搭在她的肩上，向她轻轻地叫，柔声儿地说出了这几句有趣的话。

“可不是！那我就觉得有些怪。”

杨红薇听他这样说，忽然又回过身子来，一撩眼皮，乌圆的眸珠转了转，掀着酒窝儿，也望着他娇憨地笑。

“红薇，那么你除了妈妈以外，难道就没有其他的家属了吗?”

柳剑影因为自己在这儿已经耽搁了许多时候，他想归营去了，然而他又想到自己走后，剩下她一个人怎么样办呢？因为她的妈妈是已经被土匪害死了，所以他在替红薇孤单的身世担着忧愁。

“我族中还有好几个叔叔的……”

红薇说到这里，忽然她又哭了起来，说道：

“我的妈妈是被他杀死了。”

说着，她的泪水仿佛像雨点儿一般地滚了下来，一骨碌转身，在桌子上拿起了油灯，便步出房外去了。

“红薇，你慢慢走，当心绊了跌。”

柳剑影当然明白她是去瞧她母亲的尸体，遂一路地跟着走出。两人到了草堂，红薇把油灯放下，伏在她母亲的尸身上，早已放声大哭。经过了好一会儿的痛哭，柳剑影方才把她身子抱起来，含泪劝道：

“妹妹，哭过也算了，人生本来像春梦一场，好在仇人已死，老伯母在天之灵亦很安慰的了。徒然多伤心，于死者固然无益，而且更有伤你的身子，所以你还是顺变节哀吧。本来我原要帮着妹妹料理伯母的后事，无奈我有公务在身，不能久留，所以我此刻就要走了。”

杨红薇听他絮絮地向自己劝说了许多的话，直听到他末了的一句时，她那颗芳心这才急起来了，遂忙停止了哭，拭去了泪水，望着他急促地说道：

“剑影，你怎么立刻就要走了吗？”

柳剑影被她这么一来，倒也恋恋不舍起来，握了她的纤手，抚摩了一会儿，说道：

“是的，因为军队里的纪律是严格的，我不能违反军中的纪律，而且我还有重大的使命哩！红薇，你不用伤心，好好儿地住在这里，有机会我会来望你的。我相信，只要我们有一条心，往后我们总有永久在一起的日子，所以暂时的分离，你是一些也不用悲哀的。妹妹，你知道吗？”

柳剑影是竭力抑制悲哀的发展，他平静了脸色，向她柔声儿地安慰着，脸上还含了一丝微微的强笑。杨红薇似乎有所觉悟的神气，点了点头，说道：

“哥哥，你的话，我已深铭心版，我决定终生等候你的到来。你去吧！你还有重大的使命哩！我不能为了儿女之私，而误了你伟大的前程！哥哥，你去吧！反正我们往后见面的日子自多哩！”

她含了晶莹莹的泪水，脸上还是浮现了一丝浅浅的媚笑。虽然她的手是在推剑影走，不过她的话声是压制不住地有了颤抖的波纹。柳剑影听她深明大义，不但多情，而且贤德过人，心头更加疼爱，因此愈加不肯就走。两手按着她的肩头，望着她海棠花那么艳丽的粉脸，好一会儿，忽然两人又相互地抱住了，紧紧地接了一个长吻。良久，各人说了一声再见，方才黯然销魂地洒泪作别矣。

柳剑影含了一颗甜蜜带凄凉的心，匆匆地回到杨柳村集合的军营里。不料侯玉书含泪向他告诉江鸿宾伤重垂危，生命已经奄奄一息。柳剑影骤然得此消息，不免心痛若割，几乎失声欲泣，于是和侯玉书匆匆地到了医疗处的里面，只见大胖子鸿宾躺在床上暗暗地垂泪。他手里还拿了一张照片，放在怀中亲热着，口里低低地叫道：

“爸爸，你的孩子再也没有和你老人家见面的机会了。”

柳剑影和侯玉书两人听了这话，也不免英雄气短，淌下几点泪来。因为他们三人情同骨肉，早晚相聚，今日一旦诀别，自然是令人心碎肠断，不禁泪下如雨。江鸿宾见了床前这两个好朋友，他微微地点了点头，惨笑道：

“好兄弟，别伤心，今天我才算是替地方出了一份力了。我觉得心里很快乐，而且也很兴奋，因为我是死得其所的！人生百年，如白驹过隙，早死迟死，无非是时间问题。只要死得有价值，虽然我是还只有一个二十几岁的青年，然而也强如偷生在世上活着一百岁的人们了。不过所可惜的，从今以后，我再不能和你们在一块儿的了……”

说到这里，万分辛酸，陡上心头，不免声泪俱坠。侯玉书听了，几乎为之掩面啜泣。柳剑影勉强忍住了泪水，向他说道：

“鸿宾，你别胡思乱想地多说话了，因为军医关照你，叫你好好儿地静养，也许能够脱离险境的。”

“不，这次的伤太惨重了，我绝不希望会再好起来。玉书，唉，你为什么老是哭泣？总脱不了你柔弱的性情。别哭，别伤心！大丈夫处此戎伍之中，只要死得其所，便可无憾。你们应该为我而歌颂，为我而快乐才是呀！”

江鸿宾摇了摇头，他望着泪人儿似的侯玉书，叹了一口气。他觉得玉书是富于情感的至性人，他在为我生命将灭亡而感到惨痛的悲哀。

“是的，我并不伤心，我也不再痛哭，因为你的精神是永远保存在人间的。”

侯玉书点了点头，他擦去了沾在颊上的泪水，向他低低地说出了这几句话。侯玉书那末了这一句话，给予江鸿宾不少的安慰，他惨白的脸上又浮现了一丝骇人的苦笑。伸手在枕底下取出一本小册子来，交到玉书的面前，说道：

“最后，我拜托你一件事，我和你是同乡，当然祈祝你有衣锦还乡的日子。这是我的一本日记簿，请你好好儿地藏在身边，将来还乡的时候，顺便去望望我的爸爸，把这本日记簿交给他老人家。叫他不用为我而伤心，因为事实上很显明，我因剿匪而死，为民造福。请你向我爸爸解释，说你的儿子肉体虽然死去了，但他的精神和灵魂是永远不死呀！”

江鸿宾说到这里，似乎感到特别兴奋，他竟哈哈地狂笑起来了。侯玉书接着那本日记簿，他并没有说什么话，泪水一滴一滴地又从他眼眶子里淌下来。柳剑影有些木然的神气，他望着江鸿宾在经过一阵狂笑之后，脸慢慢地平静了，眼珠也渐渐地呆滞了，似乎他在十分欣慰的大笑中完了这一口气。柳剑影和侯玉书并不哭，竭力熬住着悲伤的爆发，他们两人的手慢慢地举起来，加在他们的额角上，默默地有了五分钟之久。

这时东方已发了鱼肚白的颜色，晨曦从天空透露进来。柳剑影和侯玉书的手放在额角上还没有拿下来，两人的眼帘下已展现了晶莹莹那么的一颗了。

第二回

人面柳花笑问何处来

夕阳像已喝醉了酒，涨红了两颊，很疲倦地拖长了影子慢慢地向西山脚下沉沦了，它剩下的余晖似乎尚留恋着这个世界，和宇宙间的万物起了依依惜别之情。

这是一条平坦的沙泥路，两旁植着一株株的树林。因为是春的季节，所以绿叶是格外茂盛，仿佛筑成了一条天然的长城。经过了夕阳余晖的渲染，那碧绿像翡翠似的叶子，这就涂上了一层粉红的光芒，更添了无限美好的色彩。

黄昏的空气是十分寥寂，只有蔚蓝的天空中偶然掠过几只归巢的小鸟，低唱着安息的晚歌。忽然一阵嗒嗒的马蹄声，很响亮地冲破了暮霭空气的寂寞。这就见万绿丛中疾驰来一骑棕色的黄骠马，上面一个身穿军服的少年，似乎正因为天色不早，不免行色匆匆，挥着马鞭，很快地驰骋着。这个军服少年就是侯玉书，他这次凯歌归家的途上，还负了一件小小的使命，就是一年前江鸿宾临终时托付他的事情，他无论如何是一定要给他办成功的。正在疾驰的时候，前面有个樵夫，挑了柴担，也很匆促地走来。侯玉书这就把丝缰勒住，停马不前，向他很婉和地问道：

“请问老哥，这里离桃花坞还有多远？”

“哦，不多远了，走完了那条树丛，前面的村子就是桃花坞了。”

樵夫含了笑脸把手向前指了指，也很和气地回答着。

侯玉书点了点头，向他道了一声谢，遂把丝缰一松，那马就又向前飞驰过去了。走完了那条绿叶搭成的天然长城，侯玉书用目一望，前面果然是个村落，只见屋舍俨然，有良田美池桑竹之属。阡陌交通，鸡犬相闻，真仿佛是个世外桃源。

一路上芳草鲜美，落英缤纷。侯玉书按辔慢步而行，睹此幽静境界，只觉胸襟舒畅，精神爽朗，尘世繁华，早已付之东流了。心中暗想：原来这胖子住的是个这样美好的家园。今日凯旋，若携手同回的话，这是何等快乐。只可惜他已剿匪身亡，永做故人矣。想到这里，在他那颗善感的心灵，不免又觉得黯然神伤，激起了一阵无限的凄凉。侯玉书微微地叹了一口气，偶然抬头望去，只见前面有个院落。外植无数桃树，开得十分茂盛，只觉鲜艳夺目，灿烂无比，在夕阳光芒笼罩之下，更有说不出的好看。侯玉书瞧此美景，心里把哀思渐渐地淡去，不免又高兴起来。谁知就在这个当儿，忽然听得一阵女子清脆的歌声，在黄昏寂静的空气中，很轻快而且曼妙地流动着。侯玉书心甚奇之，以为身入仙境，遂即停马，凝神听她歌道：

桃红柳绿百草青，转眼又是春降临；燕儿在白云间对对飞，蝶儿在花丛中翩翩舞。蓦然间，想起征途上哥哥，离家业已将四年。在这里，妹祝你，身儿强，精神健，愿一炮成功，早归家乡骨肉聚。

侯玉书听毕这支歌声，只觉婉转悦耳，犹若出谷黄莺，一时听得如醉如痴，不免呆呆地愕住了一会子，心里不免暗想：那唱歌的女子，分明是出外做征人的妹子，她在怀念她的哥哥，难道就是江鸿宾的妹妹吗？觉得这不会的，因为鸿宾始终没有说起他是有一个妹妹的，说不定这个村子里出外做征人也许不是鸿宾一个人吧。

侯玉书一面心中猜想着，一面已是放马过去。这才见桃花丛中有一个村姑装束的少女，一面踮起了脚尖收取竹竿上晒着的衣服，一面小嘴儿里还唱着隆里个咚的调子，十足地还显出天真活泼的神情。

“喂！这位姑娘，我向你问一个信。”

侯玉书虽还没有瞧见她的脸庞，不过见了她那窈窕的背影，已经是感到很可爱的了，遂情不自禁地向她笑着问询。

那姑娘骤然听有人向自己招呼，这就立刻回转身子来，她一眼瞥见了马上这个陌生的军人，似乎在她一颗脆弱处女芳心中感到了意外的惊异。怀中兀是抱了刚收取下的衣服，定住了乌圆眸珠，却是怔住了一会子。

侯玉书在她回身的时候，对于她一副脸蛋儿当然瞧得十分清楚。因为那姑娘身后是开满了灿烂的桃花，所以在玉书的心中就有那么一个感觉，正是“人面桃花相映红”。他见姑娘颦蹙了淡淡的蛾眉，微凝了活活的秋波，望着自己出神的样子，心里有些荡漾，遂忙又含笑说道：

“请问江鸿宾的家里离这儿还有多远呀？”

“江鸿宾？”

那姑娘听了这三个字，反问了一句，把身子已是步了上来，一撩眼皮，转了转乌圆的眸珠，便笑盈盈地答道：

“请问你找江鸿宾干什么？”

侯玉书在她露齿娇笑的时候，还发现了她颊上掀了一个深深的酒窝儿，一时未免有些神往，但他竭力镇静了态度，忙又说道：

“我是他的好朋友，现在我来代他带信给他的家里……”

那姑娘不等他说下去，“哦”了一声，快乐得跳了两跳脚，笑道：

“原来我的哥哥有信来了，请问你先生贵姓？此刻打哪儿来的？我的哥哥身子好吗？”

侯玉书想不到那姑娘真的竟是江鸿宾的妹子，那么刚才的歌声当然也是她唱的无疑了。瞧了她这样兴奋若狂的神情，那是更增加自己内心的悲哀，然而他不得不装出平静的态度，连忙翻身跳下马背来，和她点了点头说道：

“我姓侯草字玉书，原来这位就是江小姐，老伯身子好吗?”

“不敢当，多谢你，爸爸近来正有些不舒服，现在哥哥有信来，那是再好也没有，爸爸一定是挺高兴的。侯先生，请你进屋子里去坐吧。”

江小姐抱着许多的衣服，也向他弯了弯腰肢，笑盈盈地说。但她说到末了一句话的时候，秋波在他脸上一转，身子已是先向院子门口奔进去了，口里还高声地嚷道：

“爸爸，哥哥有信来了。”

侯玉书从她这副可人的意态上瞧来，显然她还是个稚气未脱的姑娘，心里暗想：大胖子倒也有这么一个娇小玲珑的妹妹，那似乎有些出人意料之外的。不知怎的，他心里感到有些甜蜜。不过她要把我到来当作了一件喜讯，这实在是绝对相反。所以江小姐的表情愈欢喜，侯玉书的心中也愈恓惶。他望着江小姐一跳一跳的身子在门框子里消失了后，他情不自禁深深地叹了一口气，牵了马缰绳，移着沉重的步伐，颓然地踏进了院子的大门。只见江小姐又从屋子里匆匆地奔出来，她这时已把围在腰肢上那方做活儿用的布解下了，笑盈盈迎上来说道：

“侯先生，你把马交给我，你请里面坐吧。”

“多谢你，江小姐。”

侯玉书把马缰交给了她，她给他拴在院子里一株白果树的干儿上，回身过来，向玉书又浅然一笑，把纤手摆了摆，意思是请玉书进屋子里坐。

侯玉书因为还只有初次到来，所以不便冒昧先进内去，向她微微地一笑，也把手摆了摆。江小姐是相当聪敏，已理会了他的意思，遂在前领路，步入草堂，跨入了一间卧室。里面收拾得很清洁，床上坐着一个憔悴的老年人，他望着玉书微微地笑。玉书这才知道她的爸爸真的有些不舒服。

“爸爸，那位就是我哥哥的好朋友，侯玉书先生。”

江小姐走到床边，向她父亲先这样地介绍着，接着回眸向玉书瞟了一眼，说道：

“侯先生，这就是我的爸爸。”

“老伯，你有些不舒服吗？”

侯玉书听了，抢上一步，向江老伯鞠了一个躬，很小心地问着。

“是的，侯先生，恕我抱病在身，不能远迎，请你原谅。”

江连雄欠了身子，抱了双拳，向他拱了拱手，表示抱歉的意思。

“侯先生，你请坐吧。”

江小姐这一句话，是代她的爸爸说的。

“江老伯，你病了几天啦？大夫可曾瞧过了没有？”

侯玉书点了点头，在一把椅子上坐了下来。因为江鸿宾是交给自己一本日记簿，这就觉得在一个已病的老年人前面，可说不出这一个噩耗来，所以他拿旁的话先来缓和了这静寂的空气。

“我这个病也有些说不出所以然，大概年老的人精力是日益衰了，好像风前残烛，唉！”

江连雄说到这里，叹了一声，不知怎的，忽然连连地咳嗽起来。咳了一会儿，便向站在旁边的女儿说道：

“秋痕，你这个孩子，怎么连茶也忘记倒了？”

江秋痕被爸爸这么一说，她方才理会过来了，绯红了两颊，似乎有些难为情，“哦”了一声，她便很快地走到房外去了。不多一会儿，端进两杯新泡的雨前来，一杯放在床前的桌旁，一杯亲自送到玉书的手里。玉书慌忙微欠了身子，伸手接过了，说道：

“江小姐，累忙你了，你不要客气吧。”

“忙不了什么，侯先生，你坐呀。”

江秋痕秋波盈盈地逗了他一瞥妩媚的娇笑，不料玉书的两眼也正在凝视她的粉脸，两人四目相对，都有些难为情，透现了一朵青春的红霞，彼此都微微地笑了。秋痕慌忙退到镜台前去，垂下了螓首，两眼望着自己的脚尖，在地板上来回地画着圈子，却是呆呆地出神。侯玉书却握了杯子，凑在嘴边，也微微地呷了口茶。江连雄见他并不提起带信的事情，心里这就开始感到有些奇怪起来，因为思儿心切，所以使他再也忍不住地开口了，低低地问道：

“侯先生，你和小儿鸿宾大概是同僚吧？但为什么鸿宾还不回家？侯先生的府上是在哪儿？不是说鸿宾有信叫你带给我吗？”

“是的。”

侯玉书听他这样问，遂点头说了两个字。他把茶杯放在桌子上，锁紧了眉峰，两手搓了一搓。他在暗暗地焦急，那可怎么办呢？侯玉书这种的神态，瞧在江连雄的眼里，当然更引起了满腹狐疑，皱了两道稀疏的眉毛，眼睛里显出了惊异的光芒，瞅住了玉书忧形于色的脸容。不知为什么缘故，他竟是心惊肉跳起来，说道：

“侯先生，你为什么不回答我？我的鸿宾莫非……”

他问到这里的时候，两颊已经呈现了惨白的颜色。侯玉书见他好像已经有些明白了的神气，他的脸色也有些转变了。因为这是一件瞒骗不了的事情，所以他在万不得已的情形下，只好在袋内摸出那本日记簿，交到连雄的手里，颤抖地说道：

“这本日记小册子，是鸿宾叫我带给你老人家的，他……他……已在去年乌家镇剿匪的时候死去了……”

说到这里，再也说不下去，眼眶子里已贮满了晶莹莹的泪水，几乎已经要淌到颊上来了。

这刺心的噩耗突然听到连雄父女的耳里，因为连雄已经有了那么的猜度，所以他倒还并不感觉十分惊异。秋痕猛可走上来，望着玉书的脸，急促地追问道：

“侯先生，我哥哥已经死了吗？”

问到这里，明眸瞥见到玉书的颊上已沾有了晶莹莹的一颗，这就无限悲酸陡上心头，“哇”的一声，忍不住掩了脸哭起来了。江连雄拿着这本小册子，手是在瑟瑟地抖动，他的脑海里是浮现了鸿宾的脸，他的眼眶子已汇集了无限痛心的热泪，他不哭，也不叫，有些木然的样子。忽然秋痕的哭声触入他的耳鼓，也许他受不起这一个重大刺激的打击，他坐着的身子已扑倒床里去了。

侯玉书见连雄拿了日记册子，并没表示的神情，他心里就料到有这么的一着。今见他果然翻身跌倒，显然是昏厥了过去，这就急得把秋痕的衣袖乱扯了一阵，叫道：

“江小姐，你且快不要哭，先瞧你的爸爸。”

江秋痕被他这么一说，于是就奔到床边去抱起了连雄的身子，叫了两声爸爸，但连雄却并没有回答她。秋痕这一急真是非同小可，回头向玉书泣道：

“侯先生，你快拿一杯茶给我。”

她说话的时候，泪水已像断线珍珠一般地滚落下来了。侯玉书也正在急得没了主意的时候，今听秋痕这样说，遂把一杯茶急急拿到床边去，交到秋痕的手里。秋痕也不暇去接茶杯，低下头去，就在玉书手中拿着的杯子里喝了一口，立刻灌到连雄的嘴里去。

江连雄在经过一度昏厥之后，他这时耳中仿佛隐约地听着许多人叫喊的声音，一会儿喊爸爸，一会儿喊伯伯，他这才悠悠地醒了转来，睁开深凹的眼睛，在女儿海棠着雨般的粉脸上逗了一瞥可怜的目光，凄然地说道：“秋痕，我早也等，晚也等，总希望你哥哥有凯旋回家的一日，哪里晓得他已是做了他乡的亡魂了。”

说到这里，已是声泪俱坠。秋痕一面跳下床来，一面也已呜咽啜泣不止。玉书瞧此悲惨的情景，叹了一声，也不禁泪下如雨。三人默默地泣了一会儿，玉书这才拭泪劝道：

“老伯，鸿宾虽然已经亡故，但他的精神是永远的。他临终的时候，并没有一些痛苦，他很高兴，而且也很安慰。他叫我向老伯劝说，请老伯不用为他牺牲而悲痛，因为他的死是有价值的，是光荣伟大的。况且他并没有死，他还活在世界上，因为他的精神和灵魂是永远和地球共存着。老伯，我们应该为他光荣的死而歌颂、而祈祝，希望他在另一世界里永远得到幸福和快乐！”

玉书在这个情形之下，是不得不用了教徒式的口吻，向他絮絮地安慰。江连雄点了点头，但是他的泪水依然扑簌簌地滚了下来。玉书也明白这些无聊空虚的安慰，是不足以抵去他心头现实的悲痛，遂向秋痕望了一眼，低低地说道：

“江小姐，你应该达观一些，劝劝老伯，那么老伯也许可以放开一些胸怀。你若一味地也伤心，那不是更增加老伯心头的难受吗?”

江秋痕听他这样说，心里很感激他的意思，遂收束了眼泪，站起身子，去倒了一盆热水，拧了两把手巾，给爸爸和侯先生擦脸，并且柔声儿地说道：

“爸爸，人死不能复生，何况哥哥的死与普通更不同的，所以你老人家也别太悲伤了，自己的身子保重要紧。”

江连雄是个有病的人，怎么还受得了这个凶险的噩耗？所以在一度气闭之后，他的精神更觉颓然下去。不过他心里是非常明白，一面点着头表示接受女儿劝慰的意思，一面望着侯玉书俊美的脸，却是呆呆地想了一会儿心事。

“秋痕，时候不早，侯先生当然是在这儿晚饭了，你去做饭了吧。”

江连雄在经过一度沉思之后，他便向秋痕这样地催促着。

“不，我还没有到过家，所以晚饭我不吃了。”

侯玉书因为人家心中是多么悲痛，我怎么还可以留在这儿打扰人家？那似乎太不识相一些了。所以连忙摇了摇头，站起身子来，表示就要走的样子。

“侯先生，你既然和我哥哥是要好的朋友，那么哥哥虽不在人世了，你总也不要生疏了才好。爸爸平日就很感到寂寞，假使侯先生还顾念我哥哥的情分，那么请你就别客气吧。”

江秋痕见他不肯吃了晚饭走，一颗芳心自然很为焦急，明眸含了无限哀怨的目光，脉脉地向他瞟了一眼，话声是带有些可怜的成分。侯玉书听了这两句委婉的话，他的心就软了一下，微笑道：

“江小姐，你这话太使我不好意思，因为你们心头都很难受，我再累你们的忙，心里可有些说不过去。”

江秋痕听他这样说，方才回过笑脸来，说道：

“是家常便饭，又忙不了什么，就是侯先生没有来，我们自己不是也要吃饭的吗？好了，别客气吧，给我爸爸做个伴，你们谈一会儿……”

说到这里，秋波逗过来一个妩媚的娇笑，她的身子已是奔到房外去了。侯玉书见她这一笑，真是千娇百媚，可爱万分，一时不禁为之神往。望着她消失了的背影，愕住了一会子，方才又坐了下来，回眸向连雄望了一眼，说道：

“老伯，你吃力吗？睡下了躺一会儿吧。”

“不，我倒精神很好，侯先生的府上在哪儿？”

江连雄倚在床栏旁，摇了摇头，微微地一笑，向他低低地问着。

“离这儿大概五十里路，我们是在城里的。”

侯玉书小心地回答。

“哦，这样说我们还是同乡。不知侯先生府上还有什么人？”

江连雄继续地问下去。

“只有一个妈妈。”

侯玉书低声地说。

“那么侯先生不知定了亲没有？”

江连雄听他说只有一个妈妈，显然还没有妻子，心里很是喜欢，不过他又恐怕人家已定了亲事的，所以又向他问明了一个仔细。

“不，还没有。”

侯玉书听他问到这个头上来，心倒是别别地一跳，他有些怕难为情，绯红了两颊，轻声地回答，头已经垂了下来。心中不免暗想：

他这句话难道含有些神秘的作用吗？因此他又浮上了江小姐的娇靥，心里是甜蜜得仿佛涂上了一层糖衣。江连雄听了，当然也是十分安慰，他觉得自己是放下了一桩心事，所以他并不悲哀自己不久将脱离了人间，他也微微地笑起来。

侯玉书听他好一会儿没有说话，遂抬起头来，向他望了一眼，只见他倚在床栏旁，闭了眼假寐着。知道他一定很乏力了，遂走到床边去，扶着他的身子，说道：

"老伯，你只管自己躺下来睡一会儿是了，我可不用你招待的。哟，你的手很烫，莫非是有了寒热了吗？"

忽然玉书又摸着了他的手，使他感到有些惊慌。

"是的，但没有关系，昨天我就有了热度的，给我躺会儿就好了。侯先生，恕我不招待你，你嫌寂寞的话，就不妨到院子里和我秋痕去闲谈一会儿。"

江连雄也有些觉得支撑不住，他的身子已躺了下来，握了玉书的手摇了摇，表示感激的意思。

"我不寂寞，老伯只管睡吧。"

侯玉书给他被塞塞紧，微蹙了眉尖，心头可在想：他的病可不轻，不瞧大夫，那怎么行？一面想，一面身子已离开了床边，坐在椅上，却是呆呆地想了一会子心事。直待室中已灰暗得瞧不见东西了，侯玉书听着床上已有了鼻鼾声，方才慢步地踱出房外。只见草堂上已亮了油灯，秋痕站在桌旁正摆着杯筷。她回眸见了玉书，便一撩眼皮，含笑说道：

"侯先生，我家里很寂寞吧？"

侯玉书没有回答什么，只向她笑了一笑，慢慢地挨近到桌旁来，说道：

"老伯此刻倒睡着了，我摸他的手有些热度，我想明天最好给他请个大夫瞧瞧。"

"昨天我就要给他请大夫，可是爸爸偏不答应。唉！"

秋痕听他这样说，笑容就收了起来，颦锁了翠眉，明眸脉脉含情地向他凝望着，却是微微地叹了一口气。

“年老的人就是那种固执的脾气，明天还是劝劝他吧。”

侯玉书见她无限哀怨的神情，令人感到她楚楚可怜，遂向她低声地说着。江秋痕点了点头，眸珠一转，又说道：

“侯先生，你饿了吧？饭也做好了，我去开上来。”

说着，便匆匆又到院子外去了。不多一会儿，江秋痕端着饭菜进来，把菜碗一只一只地放在桌上，有鱼有肉有蛋，热气腾腾的，显然烧好还不多一会儿。秋痕盛了两碗饭，一碗递到他的面前，含笑说道：

“没有好的饭菜给侯先生吃，就马虎一些吃吃吧。”

“江小姐太客气，这样好的菜还说不好，那我想吃什么菜呢？江小姐，大家一块儿吃吧。”

侯玉书一面在桌旁坐下，一面含了满脸笑容低低地说。

“好的，你先吃起来，我去瞧了爸，一会儿就来。”

江秋痕明眸向他掠了一下，点了点头，身子便姗姗地步入房中去了。侯玉书当然不好意思独个儿先吃起来，不过既不吃，坐在桌边呆等，也是很不好意思的一回事，所以他又从桌边站起身子，在室中踱了几步。忽然耳听得房中有人在息息抽噎之声，心里倒是一惊，谁在哭泣？是秋痕吗？好好儿的又哭什么？于是他轻轻地步到房门口来，侧着耳朵窃听了一会儿，果然是秋痕的声音在暗暗地啜泣，同时又听她低低地说道：

“爸爸，你怎么说出这些话来？不是叫我心痛吗？”

“人老了，难免要死的，不生不灭，这是一定的道理……侯先生是这城里人，家中只有一个妈妈，还没有定过亲，这些我刚才问过他的。他既和你哥哥是个好朋友，那么他一定亦是个热血的青年，况且他生得眉清目秀，一表人才，想来总不是寻常之辈，所以我的意思，在我还没有死去的时候，想把你的终身许配于他，不知你心中喜欢吗?”

侯玉书窃听到这里，那颗心顿时像小鹿般地乱撞起来，暗想：江老伯问我有没有定过亲事，原来这句话果然含有些作用的。像江小姐那么的人才，能够给我做妻子，这还有个不好的道理吗？侯玉书想到这里，脸上含了得意的笑容，真有说不出的甜蜜和喜悦。不过他忽然又感到忧愁起来，我虽然爱着秋痕，但秋痕是否也同样地爱着我呢？因为不听秋痕的回答，显然她不愿意嘛，我想不会的，她一定怕难为情。因为瞧她对待我那种亲热的情形看来，她那芳心中不是对我也有好的印象吗？侯玉书自己安慰着自己，虽然他没有听到秋痕的答应，但他已感到十分满足。因为生怕秋痕走出来撞见了，所以他不敢久听下去，遂自管移步，又走到桌旁去了。

约莫有了五分钟之久，方才见秋痕笑盈盈地从房中步出来，向玉书说道：

“哟，侯先生还等着我吗？那真该死！饭都凉了，我给你换一碗热的怎么样?”

“还没有凉，不用换了，老伯已醒了没有?”

侯玉书见她还会装出那副妩媚的笑脸来，心中这就愈加感到她的可爱和可怜，遂拿了饭碗，摇了摇头，后面故意又这么地问上了一句，表示自己并没有窃听的意思，无非是避免彼此难为情的一个烟幕弹。

“爸爸已经醒了，他此刻不想吃东西，说等会儿再说。”

江秋痕见他一手拿了饭碗，一手已握起筷子，显然他已经有些饿了，遂也不再耽误他，自己在下首椅上坐下来，悄声儿地回答着。

经过了这几句谈话后，大家都又静寂了，默默地各人吃着饭。玉书望着她垂了粉颊，仿佛连抬起头来望自己一眼的勇气都没有，心里又好笑又得意，这是梦想不到的事，今晚吃饭会有这么一个美丽的姑娘陪伴，而且不久还有做自己爱妻的希望，这不是太令人感到兴奋了吗？所以他觉得吃进去的饭粒是特别香甜，菜也格外可口。

脸上的笑痕，却是始终没有平复起来。

“侯先生，你随意地吃，已经没有好的菜，要如你再做客的话那饭就不能下咽了。”

秋痕觉得自己到底是主人，若老是不说一句话，那似乎也叫客人生气的，所以她抬起红晕得像花朵似的粉颊，乌圆眸珠一转，终于含笑向他说了这几句话。其实秋痕是太细心了，侯玉书此刻的心喜欢已到了极顶，如何还会有生气的余地吗？所以他听了秋痕的话，便把筷子划了两口饭，还没有咽到喉咙口里去，他就回答道：

“今天的菜江小姐是烹调得美味极了，你瞧我不是在大口地吃饭吗?”

嘴里衔了饭，再要说话，那说出话来的声音自己有些含糊的成分。秋痕到此，也不禁掀起酒窝儿，嫣然地一笑，把一块五花的烤肉夹到他的饭碗里去，说道：

“既这么说，你今天的晚饭是该多吃几碗的。”

“江小姐，你太客气，我觉得很不好意思。”

侯玉书慌忙凑过饭碗来盛她的肉，心里是乐得心花儿也朵朵地开了，但嘴里却还客气地说。江秋痕听他说不好意思，心中猛可想到自己是个姑娘的身份，这夹菜的举动未免是太显亲热一些了，因此她连耳根子都呈现赤化了，羞得低下了头，不想再抬起来。侯玉书见她如此娇羞万状的意态，一时倒深悔不该说这句话，但内心的感觉是甜蜜的，所以他忍不住又微微地笑了。两人吃饭的速度，是相差得很远，侯玉书第二碗饭也吃完的时候，秋痕还只有划去了小半碗，她见玉书碗又空的了，遂放下自己的饭碗，伸过手去，说道：

“侯先生，我给你盛饭。”

侯玉书因为碗已被她接着了，这就有些情意难却，遂笑道：

“江小姐，那么再盛半碗吧。”

秋痕点了点头，但事实是相反的，她依然给玉书盛了一满碗。玉书忙道：

“太多了，我减一半给江小姐好不好?”

“年轻的人这些饭可以吃的，若真的吃不下，你剩着是了。”

江秋痕微笑着说，但既说了出来，她立刻又感觉到自己这句话不对，他可不是小孩子，怎么就叫他剩着呢?因此又不好意思起来，秋波掠了他一瞥媚意的目光，忍不住又赧赧然笑了。

“那么江小姐怎么连一碗饭还没有吃去?”

侯玉书虽然知道她心中是因为错综着甜酸苦辣滋味的缘故，但表面上还是故意地问了一句。

“因为我有胃气痛的病，所以不能够多吃的。”

江秋痕握起筷子，低低地说。

“江小姐，你既有这个病，那就更不应该多伤心，自己身子也得保重，你刚才又哭过了吧?”

侯玉书望着她红红的眼皮，也低低地劝慰她。从这两句话中猜想，就可以知道玉书的多情。秋痕一颗芳心自然十分感激，不过她又觉得惊诧，他怎么知道我又哭过了?那么爸爸的说话，他难道也听见了吗?这样一想，她的两颊又绯红起来，但又不能不镇静了态度，脸上显出忧愁的容光，轻声地说道：

“我倒并不是为了哥哥的死而伤心，因为死者已矣，徒然伤心，也是无益，何况哥哥又死得不平凡呢!只不过爸爸自得了哥哥的消息，他老人家的病体恐怕又加重了许多，所以我感到十分忧愁。”

“可不是?我心中也是这样想，我说明天且请了大夫诊治了再作道理，也许喝了两帖药就好起来，这不是很好吗?”

玉书听她这样说，也不免蹙起了眉尖，沉吟了一会儿，方才给她低低地想出这个办法来。

“侯先生的意思很好，我明天准定这样做。不过我家中人手很少，我一个年轻的人又不懂得什么，所以心中一急，更会没了主意的。侯先生假使回家也没有什么事的话，最好请你在我家帮着料理几天，本来我也不好意思向你说这些话，因为你和哥哥是好朋友，所以我也把你当作自己哥哥一样了。”

江秋痕点了点头，絮絮地说出了这几句话，但说到帮着料理的时候，又觉得和一个初次见面的朋友似乎太不客气了一些，所以她一撩眼皮，转了转乌圆的眸珠，又补充了下面这两句话。不过这两句话是显得太亲热了，在她一颗处女的芳心中当然是万分羞涩。因此绯红了两颊，不禁又垂下粉脸来。侯玉书听了她这一篇婉和的话，心里不但感动，而且也是非常喜悦，遂也柔声地道：

“江小姐，我和你哥哥的感情，确实和自己兄弟一样，不怕你计气的话，我们也原像自己兄妹一样，再说得广泛一些，是我们的同胞，就是我们兄弟姊妹，所以伯伯既然有病，我也理应照料。你不用忧愁，我一定可以住下的，但愿吉人天相，老伯的病能够早日痊愈，当然是谢天谢地的了。”

江秋痕听他答应下来，而且又这样安慰自己，一颗芳心在万分感激之余，不免又无限喜悦，遂抬起粉颊来，明眸含了无限的柔情蜜意，向他脉脉地凝望了良久，频频地点了点头，说道：

“多谢侯先生，这样我爸爸也许有病好的希望哩！”

说着，不禁又微微地一笑。这一笑在玉书的眼中瞧来，当然是有说不出的好看了。

饭毕，侯玉书独个儿在院子里踱步。春夜的风是含了无限热情的温意，吹在他的脸上，颇觉遍体皆爽。他抬起了头，望着碧青天空中那一颗光圆的明月。可想的事情太多了，都在他脑海里涌现。过去的一役中，险些丧了性命，若没有柳剑影奋勇相救的话，我哪儿还有今天的一日？柳剑影高高的个子，英挺的脸，没有一处不显露着热情侠义的气概，他真是我生命中最忠实的好友。由于柳剑影而想起了江鸿宾，可怜这不啻是伤了我俩的一臂，于是他又想起了他的妹妹江秋痕，可怜她的性情太好了，实在太令人感到可爱了。这也许是我前生修来的福气，所以我才会遇见那么一个美丽而好性情的姑娘。一会儿，又想起了她的爸爸，但愿他病占勿药，这是我所虔心祈祝的。因了她的爸爸，而使他又想念起自己的妈妈。离家这么多年啦，当然，她老人家的头发，也许会增加几许灰白的颜色了吧？

“侯先生，我给你的卧室已收拾了。”

侯玉书望着玉洁的月儿，正在想这样、想那样的当儿，忽听清脆的呼声把他从思忖中惊觉过来，连忙回眸去望，只见江秋痕已笑盈盈地到了面前。她走的姿势还带有些奔跳的样子，显然她是那么孩气可爱，遂忙笑道：

“多谢你，可是累忙你了。”

“侯先生，你别那么说，叫我听了不高兴，不是承蒙你关怀，你才留住在这儿吗？”

江秋痕忸怩着腰肢，秋波从光辉的月亮下逗给他一个妩媚的娇嗔，但抿着小嘴儿，却是嫣然地笑起来。侯玉书说不出什么话来回答她，他望着秋痕四月里蔷薇那么艳丽的脸庞，也只管憨憨地傻笑。一会儿，方才问道：

“你爸爸可曾喝过一些稀饭吗？”

“稍许吃过一些，他此刻又睡着了。”

江秋痕低了头回答，两眼看着自己的脚尖在地上画圈子，忽然她又抬头想起了一件什么事般地向玉书瞟了一眼，说道：

“你的马已喂过料，我给你牵到柴间里拴着了。”

“真又累苦了你，江小姐，你爸爸很要睡去的模样，这也许是好的现象。今夜月色怪好的，我们到院子外去踱一会儿步好吗？”

侯玉书点了点头，说到这里，忽然他又提议出这个话来。

江秋痕当然不忍拒绝他，遂含笑和他一同步出院子外去。前面是一条深溪，溪水不疾不徐地流着，发出了淙淙的声音。溪面上罩着落英和浮萍，红绿相间，在柔软的月光笼映之下，更显得分外美丽。沿溪植着一株一株的柳树，偶尔也杂了几株桃花。微风吹动柳丝，舞动柔软的绿波，显出不胜娇媚的姿态，真仿佛二八女郎一样妩媚。

江秋痕依着一株柳树的旁边，纤手玩弄着垂在眼前的柳丝，明眸脉脉含情地望着站在身旁玉书的脸，盈盈欲笑地把雪白牙齿微咬着殷红的嘴唇皮子，沉吟了一会儿，方才低声儿地道：

"侯先生，你倒把几年作战的经过，告诉我一些知道好吗？"

"好当然好的，但你听了可别害怕。"

侯玉书含笑着回答。

"听听总不会害怕的，侯先生把我胆儿也瞧得太小了。"

江秋痕抿了嘴儿笑。

"你既不害怕，那我就告诉你。"

侯玉书见她可人儿的意态，心中有些荡漾，遂把几次激烈的战争告诉了她，并且把自己几次受伤的经过也说了一遍。以玉书绘声绘色那样的口吻，当然说得非常认真。江秋痕也不免心惊肉跳的，粉脸显出了恐怖的神情，当她听到玉书说到自己被对方一刺刀戳倒地下去的时候，她情不自禁伸手猛可地把玉书臂膀拉住了，急道：

"啊哟！那可怎么办？"

因为这举动是冷不防的，所以在玉书不免愕住了一会子，笑着忙把她肩胛抱住了，安慰她笑道：

"可不是，你害怕了吧？没有关系，像我们挂了几次彩，算不了一件稀奇的事。而且彩愈挂得多，我们也以为愈光荣的。"

江秋痕被他这么一抱，真有说不出的羞涩。但这是自己找他这么的，因为自己不是先失惊地去拉他手臂吗？这就偎在他的身怀里，像头驯服羔羊一般柔顺，微抬了红晕的粉脸，赧赧然瞟了他一眼，笑道：

"你说得太认真了，我就忘记了这已是过去的事情，所以急得不得了。"

说到这里，又觉得不胜娇羞，忍不住低头哧哧地笑了。

侯玉书心中是甜蜜的，因为自己受伤，使她心中急得不得了，换一句话说，她就是爱我的身子仿佛像自己一样，这是真性的流露，并没有一些虚伪的表示。玉书在感激之余，更把她爱到心头，情不自禁地把她身子愈抱紧一些，望着她羞红了的娇靥，笑道：

“你急什么？我不是现在还好好儿的吗？”

江秋痕秋波掠在他脸上，像柔软的波纹，频频地点了点头，掀着酒窝儿，得意地笑了。侯玉书也微微地笑起来。

玉洁光辉的月儿从柳丝舞动中的隙缝中透露下来，映在两人的脸上，在白净的肌肤上都透现了一圆圈青春的光彩。春风吹动远近树叶儿瑟瑟的声音，掺和着溪水流动的音调，仿佛是在歌颂着两人的热爱，真是一个郎情若水，一个妾意如绵哩！

月儿是慢慢地向西移了，四周是万籁俱寂的。秋痕纤手按在小嘴儿上打了一个呵欠，明眸瞟了他一眼，微微地笑了笑。侯玉书已经明白了她的意思，遂拉了她的手向院子里走，轻轻地关上了门。在分手回房的时候，各人都说了一声晚安。

江连雄的病似乎已成了不救之症，所以虽经大夫诊治服药调理，但收获的效果很少，喝药似喝水一般的，病体只有一天一天地沉重起来。因此侯玉书在他家里一再地延住下去，不知不觉，竟有了半个月之久。江秋痕是已糊涂了心，天天陪伴在病床旁边，所以也瞧不出爸爸的病体究竟已危险到了如何地步。侯玉书旁观者清，心里很知道连雄的病是不会好了。正所谓风前残烛，朝不保夕。事到如此，还是硬着心肠，给他料理后事要紧，所以在那天晚上，把秋痕拉到院子里，站在那株银杏树下，望着她愁锁眉梢的粉脸，悄悄地说道：

“江小姐，事到如此，那也没有办法，好在你是个达观的人，总明白生老病死是每个人必经的路程。老伯的病，据我看来，恐怕危险已达极顶，一切的应用物件，我们得先好好儿一件一件地预备起来，免得临时哭昏了，大家没有了主意。因为做事的人实在太少，江小姐在这个时候千万要顺变节哀才好。”

江秋痕的心原本是糊涂着，虽然爸爸的病已出了败象，但她总还希望老人家一天一天地好起来，今被侯玉书这么一说穿，方知自己要爸病好的希望是没有了。父女天性，在得到这样凶讯之后，怎不要心痛得肝肠寸断呢？所以她把脸靠向玉书的肩头上，忍不住又呜呜咽咽地啜泣起来了。

“江小姐，你怎么能哭？给老伯听见了，他心中不是更难受吗？”

侯玉书被她一哭，心中倒急起来了，慌忙把手按住了她的嘴，竟使她哭不出声音来。但既按住了后，心里又觉得不好意思，遂忙放下了，接着又道：

“江小姐，你千万哭不得，老伯的心是非常清楚的，你的伤心若被他知道了，那会更增加他内心一份痛苦的。所以你不能露一丝悲伤的痕迹，使老人家心中得到安慰，那你也尽了做儿女一番的责任了。”

江秋痕听他这样说，也只好含悲忍泪地不敢再哭，明眸含了无限哀怨的目光，向他脉脉地凝望了一眼，叹息着道：

“想不到我的命竟有这样苦！”

只说了一句，喉间已经哽咽住了，泪又如雨一般地滚了下来。

“做儿女的心里，当然谁也希望永远地有着爸妈，但事实上哪里能够呢？所以我认为年老而死，乃势所必然，我们应该听佛氏所谓作如是观了。江小姐，别伤心……我们在初次见面之下，已经可说一见如故。在这半个月来，我更认识江小姐是个贤德的姑娘，所以你假使认为我也不是个浮华的少年，那么我对你总可以尽最大的力量。”

侯玉书从她这一句话中已可以体会出她至少是含有些求人哀怜的口吻，所以他除了轻柔地安慰她之外，赤裸裸地把肺腑中的话都和她说了出来。

江秋痕是何等聪敏的姑娘，她当然已经理会了玉书这份多情的意思。一颗芳心在十二分感激之余，不免又掺和了十二分的羞涩，秋波望着他的脸，频频地点了一下头，可是却说不出一句话来。

“江小姐，那么老伯的衣服都舒齐吗？不然，也该叫人赶快制起来。当然我们总希望老伯有转机，不过冲冲喜也好。”

侯玉书知道她是感激自己的意思，虽然不说话，却比说话更多情着十分，遂握住了她手，低低地说，但又生恐她要伤心，所以这么地又补充了一句。

“爸爸的寿衣、寿材是早已在几年前就制备好的，妈殁了的那年，筑了坟墓，也是两穴的，所以后事也没有什么料理了……但……我怎么……忍心……”

江秋痕说到这里，早忍不住又辛酸流泪，湿透了衣襟矣。侯玉书听她这样说，心里这才放心，遂又劝她说道：

“这样再好没有，我们总希望老伯好起来。恐怕老伯要找人，我们还是进去吧。”

江秋痕拭去了泪水，点了点头。院子里的泥地上，那一对瘦长的影子终于又消失下去了。

如此匆匆又过去了三天，这晚，江连雄神色愈觉得不好了。侯玉书和秋痕站在床前，含了泪水，眼瞧他只管吁气。室中是暗沉沉的、阴森森的，虽然时在热情的春天里，但也会感到像秋天里那么肃杀和凄凉。

“侯先生。”

经过良久的沉默，江连雄向他低低地唤呼了一声，两眼茫视着他出神。

“老伯，你有什么话，你只管跟我说吧！”

侯玉书微俯了身子，眼角旁展现了一颗晶莹莹的泪水，话声带有些哽咽的成分。

“我很感激你，为了我的病，耽误了你这么许多的日子。”

江连雄点了点头，把那枯槁的手慢慢地举上来。侯玉书懂得他的意思，遂伸手和他紧紧地握住了。连雄方才又接着说道：

“我这个病已不中用了，人生五十非为夭，我今年已五十有五，也不可谓寿短了，所以我对于死去，倒也并不感到十分悲哀，只不过我所牵挂的就是仅仅只有这一个……孩子……”

说到这里，又向床前秋痕望了一眼。秋痕和玉书说不出什么来好，眼泪都像泉涌一般地淌下颊上来。江连雄瞧此情景，干枯的眼眶子里也挤出一滴辛酸的悲泪，又说道：

“侯先生和我的鸿儿情同骨肉，虽然鸿儿已做故人，但你更应该怜惜他才好。所以我死之后，请你瞧在鸿儿的脸上，给我多多照应这个孤苦的孩子。你总要像自己妹子一样对待，那我虽在九泉之下，也是感激不尽了。”

秋痕听到这里，已是伏到床前，越了玉书的身子，抱住了连雄的身，悲痛哭泣不止。玉书到此，也不禁英雄气短，为之挥泪不已。江连雄抚着秋痕的背部，淌了一会儿泪，说道：

“秋痕，别哭吧，我现在把你托付了侯先生，我知道侯先生必不有负我的所望。”

侯玉书见他虽然和秋痕说着话，但两眼却是望着自己出神，心里明白他是要我给他一个圆满的答复。但是说也奇怪，自己的喉间仿佛有什么东西塞住着，竟不容易说一句什么话是好。良久，方点头勉强挣扎出这几句话来道：

“老伯，你放心，我和鸿宾犹若手足，那么他的妹妹也就和我的妹妹一样，我总不会有负老伯的嘱咐。”

说着，抬上手去，拭了拭眼皮，望着他脸，表示非常恳切的神气。江连雄听到这几句话以后，内心是得着了无上的安慰，他瘦黄的脸浮现了一丝微微的笑意。这笑瞧在玉书的眼里，只觉得比哭更要害怕一些，他全身会感到一阵莫名的凉意。

夜是深沉了，室中是显出无限寂寞和悲凉的意味，桌上的那盏油灯光芒真像已垂终的连雄，光芒是显得特别暗弱，闪闪烁烁的，仿佛在抖动。连雄在人生道上已走尽了他的路程，终于在是夜残月半规之际，奄然物化矣。

经过了几天的忙碌，把连雄平安地下了葬，给他达到了最后的归宿。秋痕已是欲哭无泪，玉书也甚为疲劳，于是两人休养了一天。第二日，玉书遂告别回家，临走，握住了秋痕的手，低低地说道：

“江小姐，不，也许我能叫你秋痕了。老伯把你托付了我，我总不能不尽我的责任。承蒙你也瞧得起我，情愿终身相爱，我自然万分地感激和喜欢，所以我回家之后，把这件婚事告诉了母亲，立刻会来把你接去的。不过你在家里千万别伤心，身子保重，免得我切切记挂。秋痕，你知道吗？”

说到末了，还对付孩子那么地郑重叮咛了一句。

“我知道。”

江秋痕红晕了两颊，低声儿答应了三个字，频频地点了点头，但自己也不明白为什么要伤心，泪水竟在眼角旁晶莹莹地展露了。

侯玉书牵了马匹，步出院子外来。江秋痕悄悄地跟出，在那丛桃花的下面，两人又站住了。玉书见她颦锁翠眉、盈盈泪下的意态，感到楚楚可怜，遂又安慰她道：

“秋妹，你怎么啦？别伤心，最多三四天，我就来接你的。你难受的样子，给我瞧了也凄凉，不要淌泪，你应该对我笑一笑。”

江秋痕听他这样说，遂把纤手抬上去，揉擦了一下眼皮，秋波向他一转，却真的向他嫣然地笑起来。侯玉书见她举动稚气可爱，兼之这一娇笑，真有些倾国倾城，一时也不禁为之神往。相对良久，方才跨上马背去。不料秋痕却把他拉住了，侯玉书倒是一怔，遂回眸望她一眼，笑问道：

“做什么？”

秋痕赧赧然道：

“你下来，我送你走一程路。”

从这一句话听来，就可以知道秋痕芳心中是多么依依不舍。玉书当然不忍阻止她，遂点头说好，于是牵了丝缰，和秋痕向前默默地走了一程子路。在走路的时候，各人的心中，似乎有千语万言要向彼此诉说，但是结果，两人却始终没有开一声口。侯玉书计算路程，确已走了不少，遂停止了步，回眸向秋痕望了一眼，握住她手，轻轻地摇撼了一阵，说道：

“秋妹，别送了，你早些回家去吧。”

秋痕没有回答，点了点头，眼望着玉书跨上马背，他尚回过头来，说声“妹妹再见”，便扬起一鞭，只听哗啦啦的一阵马蹄声，早已绝尘而去。秋痕呆呆地望着他人马的影子在万绿丛中消失了后，剩下的是淡淡的春阳光芒下，飞扬起一片粉粉的尘沙。

第三回

落花空有意流水无情

“请问你是找哪一家的?”

侯玉书敲开家门的时候，只见里面走出来一个年老的仆妇，向他低低地问着。大概她是不惯瞧见那种穿军服的男子，所以脸蛋儿上还显出惊怕的神色。

“哈！你不是随妈吗？怎么连我也不认识了？我可是你的少爷呀!”

侯玉书对于她苍老的脸，却认得很熟悉，向她叫了一声随妈，忍不住笑起来了。

“哦！不错，你是我家的大少爷。瞧我这个人可糊涂！少爷，你离了家差不多近五年了吧?”

随妈两只微弱的眼睛向玉书脸上打量了一会儿，忽然也记起来了。这就表示非常欣喜，脸的表情由惊怕而转变到喜悦，忍不住也浮现了笑容，一面请玉书进内，一面关上大门。她高声地先向屋子里嚷道：

“太太，大少爷回来啦!”

侯玉书既到了家里，心中也是非常兴奋，三脚两步地急急跨进会客室里去。不料才一脚步入门槛里面，也有一个人匆匆地奔出，两人竟撞了一个满怀。因为这是冷不防的，在玉书的心中倒是大吃了一惊，慌忙把来人扶住了，停步不前，仔细一瞧，想不到竟是个年轻而且很漂亮的姑娘。侯玉书并不认识那姑娘是谁，所以望着她不免愣住了一会子。

那姑娘被玉书抱住了，两眼望着自己只管出神，心里当然十分不好意思，红晕了两颊，一撩眼皮，乌圆眸珠转了一转，微笑道：

“表哥，你不认识我了吗？我就是云珠啦！”

“哟！你就是云珠表妹吗？真的不认识了。我记得小时候常和你一块儿游玩，不是还只有这么高吗？哎，你长大起来，就变换得快！”

“云珠”两字送入玉书的耳鼓，方才记得那是姨妈的女儿，这就放了手，向她笑嘻嘻地说着。因为自己在炮火生活中确实也度过了悠久的岁月，所以他后面这两句话，未免带有些感喟的口吻。但是在李云珠心里想来，却忍不住好笑，表哥自己也不过二十几岁的人，说我长大得快，不是有些长辈的口吻吗？这就笑道：

“可是表哥的个子也长得不少啦！”

侯玉书笑着点了点头，一面和她向上房里走，一面又向她轻声地问道：

“姨爹和姨妈的身子都好？”

不料李云珠听了这话，粉脸就有些变了颜色，眼皮微微地一红，说道：

“爸和妈都已先后地去世了，唉！”

说着，又深长地叹了一口气，显然她心头是十分悲哀。

“什么？姨爹和姨妈都没有了？唉！那真想不到，人生的变幻就令人感到可叹！”

这惊人的消息，侯玉书自然也深感悲哀，和李云珠同样地叹了一口气，接着又问道：

“去世几年了？不知患的是什么病？”

“已经两年多了，爸还要早一些，他是酒后回家途上淋了一场雨，所以生起伤寒症来。妈是因为伤心过度……唉！我真是命苦。”

李云珠低声地回答，眼角旁几乎已涌上一颗晶莹莹的泪珠来。

“生死是命中注定的事，那你也不必伤心，表妹现在还读书吗?”

侯玉书见她很伤心的样子，遂劝慰了她两句。同时把话题竭力地扯远开去，意思是不要勾引起她内心的悲思。

“去年在高中毕了业，就闲在家里了。”

李云珠说到这里，两人已跨步走进到上房，只见侯老太站在门口，似乎正在等候的神气。玉书抢步上前，叫了一声妈，早已把她的手亲热地拉住了。

“孩子，你苍老得多了，在外面苦吗?”

侯老太望着玉书的脸，抚摸着玉书的手，在悲喜交集之下，虽然是含了微微的笑，但眼角上还是展现了一颗慈爱的泪。

“妈，你老人家身子好？我可一些也不苦。”

侯玉书一面含笑回答，一面扶着她到沙发上坐下，自己也在她身旁坐了，显出顽皮而亲热的神情，望了妈的脸憨然地笑。这时随妈跟进房来给大家倒了茶，侯老太指了指云珠，又向玉书说道：

“这是云珠表妹，你还认识她吗?”

“云妹长得不少，而且脸蛋儿也有些改变了样子，若不是仔细地瞧，真的要不认识了。”

玉书听妈这样说，遂向云珠又望了一会儿，含笑着说。李云珠被他瞧得有些难为情，微红了脸，也退到沙发旁去坐下了。侯老太接着又道：

“可怜云儿的爹妈都已死了，现在跟我住在一块儿。这两年来你没有在家，倒也亏她这孩子给我做了伴儿的。”

“可不是，所以我说应该向云妹谢谢，因为这两年来，云妹不是代了我的职分了吗?”

侯玉书点了点头，因为避免云珠寄人篱下的不好意思起见，所以他向云珠含笑着说。侯玉书说这一句话，原属无意，不料听在侯太太和李云珠有心的人耳里，这就感到十二分的喜欢。侯老太向李云珠望了一眼，谁知和云珠的视线正接了一个对直。云珠猛可想着了侯老太平日对自己说的话，心中在喜悦的成分中，不免又添了一些羞涩的意味，差不多连她的耳根子都绯红起来了。但是表哥向自己说这些话，若不给他回答，那不是叫他心里生气吗？于是她抬起脸，秋波盈盈地逗给他一个妩媚的娇笑，说道：

“表哥说这些话，那不是叫我不好意思吗？我既然住在姨妈那儿，服侍姨妈的责任，不是我所应该做的事情吗？”

“云妹这个话倒也不错，我们现在是成一家人了，你就跟我像亲兄妹一样，那我真的是用不到说这些话了。”

侯玉书听她这样说，遂点了点头，在他这几句话中，显然也是含了一份神秘的作用。李云珠在不知玉书心中存的什么作用之前，她的满心眼儿里全是充满了甜蜜的滋味，那颊上的笑容这就没有平复过，秋波脉脉含情地向他瞟了一眼，在这一瞟之中，至少是含有些感激的意思。

大家闲谈了一会儿，云珠要玉书告诉这几年来剿匪的经过，玉书绘声绘色地叙述了一遍。侯老太和李云珠听了，自然十分感慨系之。这时已黄昏降临大地，李云珠站起身子笑道：

“今天表哥凯歌回家，我们应得给表哥洗尘，所以我去煮几样可口的菜，来给表哥下酒吧。”

“叫表妹亲自动手去烧菜，那我怎么敢当呢？”

侯玉书听她这样说，心里虽然很欢喜，但嘴上却依旧很客气地说着。

“表哥，你这话可不对，我们现在成一家人了，那不是你自己说的吗？怎么你又闹客气了？”

李云珠的身子本来已向房门口走了，听玉书这样说，遂又回过身子来，忸怩了一下腰肢，秋波瞅了他一眼，表示有些嗔怪的意思。不过她红晕的粉颊上，还含了妩媚的笑意。

“云妹，那么我以后就不跟你再说客气的话吧。”

侯玉书见她这意态确实也有一种妩媚的风韵，心里不免也荡漾了一下。李云珠听他这口吻，竟是在向自己讨饶，这就乐得扑哧一笑，一骨碌转身，又匆匆地走出去了。侯老太见两人这个模样，心里真有说不出的得意，便望了玉书一眼，笑道：

“云儿这孩子从小生得聪敏伶俐，怪讨人喜欢的。”

侯玉书听妈这样说，在自己当然不好意思说什么话，笑了一笑。因为身上还是穿着军服，他便别了妈，也回到自己旧时住的卧室里换衣服去了。

晚上，侯玉书坐在一盏台灯的旁边，手里翻着一本杂志在观阅，两眼虽然是接触在书上黑黑的小字上，但他脑海里的思绪却非常复杂。想这样，想那样，觉得事情有些陷入尴尬的局面。因为他单想着刚才吃夜饭的时候，云妹那种殷殷劝酒亲热的情形，对我是表示这一份的好感，那么在她的芳心之中，不是已有爱上我的意思了吗？同时瞧妈的意思，仿佛她老人家也有把云妹给我做妻子的存心，虽然她口里还没有向我表示，但我如何会瞧她不出来呢？唉！这事情怎么办呢？

侯玉书越想越烦，这就把书本丢了，站起身子，就在房中四周不停地踱起步来。本来像云妹那种聪敏能干的人才，而且容貌也是十分秀丽，肯给我做妻子，也未始不是一件使我喜欢的事。无奈我已答应秋痕的婚事在先，我怎么还可以再去负心她呢？我若负情了她，固然对不住秋痕，而且叫我又怎么对得住已死的鸿宾和连雄呢？所以现在这头婚事的挑选，倒并不是为了谁美谁丑问题，因为事实上我已先答应和秋痕结婚了，那么云妹的一番深情蜜意，我不是只好待来生报答她了吗？想到这里，觉得这总是一件遗憾的事，忍不住轻轻地叹了一口气。不料玉书才把这口气叹完的时候，只见母亲满脸含笑地踱进房来，向他说道：

“还没有睡吗？”

“时候早哩！妈，你坐会儿。”

侯玉书回头见了母亲，遂把她扶到沙发上坐下，还亲自给她倒了一杯茶。娘儿俩有了这么许多日子的隔别，当然是显得分外亲热。侯老太却向他招了招手，叫他在身旁坐下了。侯玉书望着母亲得意的笑脸，有些不解何故，遂低低地问道：

“妈，你有什么事情吗？”

“不错，我正有一件好消息要告诉你，你听了也准会喜欢的。”

侯老太点了点头，拉了他手微微地抚摸着，脸上还是含了得意的笑。

“是什么好消息？那么妈快些告诉我呀！”

侯玉书见妈这样欢喜的神情，遂也附和着笑起来。

侯老太望着他笑脸，还故意延迟了一会儿，方才说道：

“我是只有一个妹妹，而妹妹又只有一个女儿。这次你姨爹、姨妈死的时候，把云儿托付了我，叫我瞧在手足的情分上，总要好好儿照顾云珠。我见云儿泪淌满颊可怜的样子，我如何忍心能不答应下来呢？好在这孩子不但模样儿好，而且人又能干，做事更精明。这几年来，就像我亲生女儿那么地服侍我，给我当家干活，什么事情全干。是去年秋天里吧，我突然病了，她就衣不解带地日夜陪伴着我。我病厉害了，她就扑簌簌地淌眼泪。我病瘥了一些，她就脸含笑地安慰着我。我心里在万分感动之下，我曾经向她说过这几句话：‘云儿，你待我这样好，我拿什么来报答你呢？’不料她眼皮一红，说道：‘我的爸妈是死了，现在姨妈就是我的妈一样，只要姨妈不讨厌我，我情愿终生服侍你老人家的。’当时我听了这话，心里倒是一动，遂对她说道：‘但愿我的玉儿能够平安地回家，那么云儿就给我做个媳妇吧。’云珠听了，含羞不答。我瞧她意态，似乎很情愿的样子。现在你果然回家了，那么我的意思，拣个日子，就给你们行个婚礼，那么云儿不是真的代了你的职分，可以终生服侍我到老了吗？”

侯老太一口气地说了这许多的话，微侧了脸，望着玉书，似乎希望他有个圆满的答复。侯玉书真所谓不听犹可，既听了这一篇话后，他全身仿佛泼了一盆冷水，顿时抖了身子，微蹙了眉尖，半晌回答不出一句话来。侯老太瞧了他这个神情，心里倒奇怪起来，遂急忙又道：

“你为什么不回答我？莫非你不爱云珠吗？”

“不，我并不是不爱云珠。”

“既然你爱着云珠，为什么皱起了眉头不说话了？”

“妈，这事情说起来话长，孩儿实在有不得已的苦衷呢！”

“你有什么不得已的苦衷？那么你就说出来给我听听吧！”

侯玉书见母亲脸上显出十二分不高兴的样子，遂涨红了两颊，把自己在桃花坞里经过的事情向侯老太详详细细地告诉了一遍，并且说道：

“妈，你想，我已答应了人家姑娘，我如何可以抛弃她呢？虽然我不去接她，就是这样欺骗她一下也未始不可以，不过我自己良心问题上说，我是到死都不能安的了。所以对于云珠这头婚事，孩儿绝不是有不喜欢的地方，实在因为我和秋痕有约在先呢。妈，你千万原谅我的苦衷，那我是非常感激你老人家的。”

侯玉书说到这里，把侯老太的手握得紧紧的，话声是带有些叫妈哀怜的成分。侯老太听了儿子这一篇话以后，她不免怔怔地愕住了一会子，心中暗想：原来他和人家姑娘已经先有了婚约哩！遂说道：

“玉书，我不是埋怨你这孩子做事太糊涂，婚姻大事，虽然不关我做娘的事，但至少也该在我面前知照一声，怎么就可以马马虎虎地答应了人家？我也不知道江家姑娘模样儿生得如何？性情生得如何？聪敏不聪敏？能干不能干？陌陌生生的，怎么能够可以做我的媳妇来呢？唉！我辛辛苦苦地费了几许心血养了你这么大，连这一些的主意我都做不得，那我还做什么娘呢？”

说完长叹了一声，表示十二分的失望。侯玉书听妈这样说，顿时急得满头大汗，愁苦着脸说道：

“妈，你说这些话，那真叫孩儿无地自容了。孩儿所以答应人家，也是逼于万不得已的，况且孩儿并非在外滥交女友，事实上也是非常的悲惨所致。她的哥哥是我的同志，情过手足，此番她父亲又遭不测，剩下她一个孤苦伶仃的女孩子，儿怎能忍心不答应人家的要求呢？唉，母亲，你若不肯原谅我，那我是只有一死以谢母亲。因为我并没征求妈的同意，贸然与人家姑娘订了婚约，那我的罪恶不是太大了吗？”

侯玉书所以说这一句死的话，也无非向侯老太用了一下苦肉计。果然侯老太是中了他的苦肉计，心里倒是吃了一惊，暗想：我是只有这么一个孩子，他若真的为了婚姻不自由寻了短见，那叫我怎么办呢？遂又转和了脸色，向玉书说道：

“我也并不是责你在外滥交女友，因为别人家的姑娘，一切性情都不知道，像云儿脸庞也不算丑，家中事务都有头绪，我的意思，你何必放弃了这头好姻缘，再到外面找麻烦去呢？那不是太多事了吗？”

“妈的话固然不错，但事已如此，实在没有挽回的余地了。我早已向妈表白过，并不是我不爱云妹，这完全是先后问题所决定的。假使我和云妹有约在先的话，我如何还肯答应他们的要求呢？所以云妹这头婚事，我是只好忍痛辜负她了。”

侯玉书镇静了态度，表示自己的主意已打定得十分坚决了。侯老太似乎也没有办法再说上去，怔住了一会子，只好说道：

“那么，我也有一个条件的。”

侯玉书听了，连忙问道：

“妈，你快说，是什么条件？”

侯老太瞅他一眼，正色地说道：

“明天你去把她带来给我看过，究竟生得怎个模样？假使人很呆笨，真的像乡下姑娘那么的话，这无论如何我也不答应。你若一心要爱她，那么你就和她一块儿到外面租小房子去住，反正我没有做娘的资格，还不如等于没有儿子一样的吗？”

“妈，你别说那些负气的话，我明天准定把她领来给你看过，假使妈看不中意的话，我一定可以听从妈的话，这样总好了。”

侯玉书所以说这两句话，原来他心中是有十分的把握，在他心中认为假使有眼睛的话，谁不爱秋痕呢？因为秋痕的人样儿确实是生得太可爱了。侯老太听儿子这样说，心里很喜欢，暗想：那我明天瞧过以后，不是可以说看不中意吗？于是便含笑点了点头，说道：

“也好，你明天就去陪她来吧。”

说着话，身子已是站起来。

“妈，你不再坐会儿去吗？”

侯玉书见她要走出房去的神气，遂跟着站起，低低地问了一句。

“时候不早了，你也早些安置了吧。”

侯老太回眸向他叮嘱了一句，身子已跨出房外去。玉书送到房门口，方才回身进来，脱衣就寝了。

侯老太出了玉书的房中，因为云珠这头婚事没有说成功，心里自然很不快乐，低了头，一步一步地慢慢地走，在到云珠卧室门口的时候，忽然听得房中有暗暗的啜泣之声触送到耳中。侯老太心里好生奇怪，遂停止了步，仔细窃听，果然还是云珠在哭着，一时更加地弄得莫名其妙，遂情不自禁地走到她房中去。只见云珠伏在枕上，抽抽噎噎地哭得十分伤心，她似乎也听见有人走进房中来，遂停止了哭泣，很快地把手揉擦了一下眼皮。这时耳中就听有人在问道：

“云儿，你好好的怎么伤心起来了？”

云珠听得很清楚，这是姨妈的话声，遂从床上坐起，回过头来，强装笑颜地说道：

“姨妈，我没有什么，你老人家怎的还没有睡呀？”

侯老太已坐到她的身旁来了，拉住她的纤手，明眸向她凝望了一会儿。只见她柳眉含颦，脸罩愁容，虽然微含笑意，却是泪沾眼角，这就追问她道：

"我不信，刚才还听见你的哭声哩。到底为了什么？你不跟我说，还跟谁去说呢？"

云珠听了她的话，无限伤悲陡上心头，这就情不自禁地倒入侯老太的怀内来，又哭泣不止地说道：

"不错，姨妈像我的亲娘一样，我是个苦命的孩子，姨妈真是白疼了我一场了。"

侯老太听她话中有因，这就沉思了一会儿，猛可想着了，莫非我和玉书的谈话，她已完全窃听去了吗？不错，否则，她怎么说我白疼了她一场呢？遂把她身子扶起来，拿帕给她擦去泪水，低低地说道：

"孩子，我已明白你的意思了，我和玉书的谈话，你莫非全都听见了吗？"

李云珠被她这么说穿，两颊顿时像玫瑰花似的绯红起来，低下头，却是默不作答。侯老太见此娇羞不胜的意态，知道自己的猜测是对的，心里当然十分地可怜她，忍不住长长地叹了一口气，说道：

"孩子，你别伤心，我姨妈终绝不肯委屈你的。玉书虽然因为和姓江的姑娘有约在先，不过人究竟生得怎么样，我还不知道呢。明天我瞧了说不中意，那么他们这个婚姻还不是仍旧是不成功的吗？所以你千万别自伤身子，我总不会使你失望的。"

李云珠听她这样安慰着自己，遂不得不厚了脸皮，抬起了绯红的粉脸，向侯老太正色地说道：

"姨妈，这个你千万不可以去破坏他们的婚姻，你不是听表哥已经向你声明过吗？他也并不是不爱我，因为姓江的姑娘先我而和他订了婚约，表哥为人道着想，他所以绝不肯放弃这头婚姻，假使姨妈强迫他的话，他便要一死了之。若果然如此，岂不是我害了他吗？所以这样我绝不肯为了自己的幸福，而牺牲了表哥光明的前途。不过我所伤心的，为什么我竟命苦如此，假使表哥先回来到家的话，那么我俩的婚事不是很美满地可以成功了吗？所以我并不怨表哥无情，我只恨自己命薄……”

说到这里，一阵悲酸，眼泪便再也忍不住地像雨点儿一般滚下来了。侯老太听她这样说，更觉云珠的多情和可怜，因此也不免泪湿衣襟。两人默默地淌了一会儿眼泪，云珠方才把纤手揉擦了一下眼皮，反而向侯老太安慰道：

“姨妈，你也别为我这个苦命的女儿伤心了，我觉得无论一件什么事情，大凡都有一个数的。虽然承蒙姨妈十分地爱怜我，但是我的命运如此，那尚有何说呢？所以姨妈可以不必难受，因为照我的猜测，这位表嫂也许比我更强，那么在姨妈不是一样有个好媳妇吗？不过我在这儿再没有颜面住下去，所以我预备明天到外面走走，只是几年来姨妈对待我的情分，没有报答你老人家，这觉得实在是一件遗憾的事，但也是出于不得已的办法，请姨妈只好原谅我吧。所有姨妈对待我的好处，我若活着一天，我终有报答你的机会，否则也只有待来生再说吧。”

李云珠絮絮地说到这里，伤心已极，喉间早已哽住，不禁又声泪俱坠。侯老太听了她这一片惨痛的话，遂把她的娇躯猛可地抱住了，急急地说道：

“云儿，你走不得，你走不得！假使你离开我的话，我情愿跟你一块儿走的。”

李云珠想不到侯老太竟有这样的举动，遂偎在她的怀内，望着她苦笑了一下，说道：

“姨妈，你这话打哪儿说起的呀？我到外面去，也无非去找个职业，谋个人生活上的独立。姨妈要跟我一块儿走，你难道跟我吃苦去吗？不过我也明白姨妈所以说这几句话，完全是为了疼爱我的缘故，不过我的命太薄，也许再没有福气可以给你老人家疼爱的了。”

李云珠这几句话说得侯老太又泪下如雨起来，抱着她的身子，抚着她的头发，说道：

“云儿，你为什么没有脸再住下去呢？就是婚姻不成功，玉书难道敢多你一个人吗？我是万万也不肯给你走的，假使你悄悄地走了的话，那么我情愿也抛家来找你的。万一找不到，我恐怕是只有死在半路上了。云儿，你难道忍心瞧着我为你死吗？”

说到这里，忍不住也呜咽地哭起来。李云珠在这个情形之下，她是感到左右为难极了。自己若不出走的话，内心实在太痛苦，但决心流亡到外面去，可怜姨妈又为我要悲伤身死，那么叫我如何对得住她老人家好呢？云珠到此地步，一颗脆弱的处女芳心是完全被侯老太一片慈爱所感动了，她决定牺牲自己的一切来报答她老人家一片疼爱自己的情分，遂偎了她的脸，叫道：

“妈，妈！我听从你的话，我决定不出走，只要妈在着一天，我总可以服侍你一天，直到妈百年以后，那么我就再说吧！”

说着，还竭力装出毫不伤心的样子，给侯老太拭去了泪水，逗给她一个惨痛的微笑。侯老太明白她这个笑实在比哭还要痛苦的，因此她望着云珠雨打梨花那么的秀脸，忍不住又扑簌簌地滚下泪来。两人泣了一会儿，还是云珠劝慰了她一番，说婚姻早已注定，我和表哥原没有缘分，所以有此结局，姨妈也不用伤心，还是早些去安睡吧！侯老太听她这样说，遂也安慰她几句，方才自管回房去睡了。

这夜，李云珠是整整哭了一夜，把枕衣湿去了一大堆，在她心中，以为表哥回家的日子就是自己幸福开始的一天。哪里料得到表哥不回家，自己倒还抱了十二分的热望，天天做着粉红色的美梦；现在表哥一回家，热望成了泡影，美梦也打得粉碎了。她奇怪着自己竟有这样悲惨的命运，她恨不得立刻死去了，或者麻醉了自己神经的感觉，那么才可以免去自己内心像刀割那么痛苦。但李云珠究竟是个好胜的姑娘，她虽然哭了一夜，但第二天还是照常起来料理家务，并不肯显出一些伤心的样子，让表哥来讥笑自己是失了恋。事情很凑巧，两人在院子里忽然碰见了，云珠依然笑盈盈地招呼道：

“表哥，你早。”

侯玉书因为昨夜曾经和母亲有过一度不如意的谈话，不知为什么缘故，今天见了云珠，心中会感到无限的歉疚和不安，所以红了两颊，勉强点了点头，说道：

“也不早了，云妹比我还起得早吧？”

说着话，他的明眸就向云珠的粉脸上掠了过去，只见她虽然理过了晨妆，但眼皮又红又肿仿佛哭过似的，这就心中跳了跳，正欲再向她说句什么话，不料云珠别转身子，就避过玉书的视线，低了头，匆匆地走了。侯玉书瞧此情景，心中大疑，遂追了几步，情不自禁地叫道：

“云妹，你回来，我问你一句话。”

李云珠想不到他会叫住了自己，一颗芳心也不免像十五只吊水桶似的七上八下地跳起来。意欲不理睬他，自管走远去，但自己究竟不是聋子，那算什么意思呢？于是只好回转身子来，不料侯玉书已步到了自己的面前，两人的脸这就瞧了一个正着。因为是骤然之间的，云珠当然更觉得十分难为情，粉脸这就涂上了一圈胭脂那么的娇晕，但她兀是镇静了态度，一撩眼皮，微笑道：

“表哥，你有什么话问我呀？”

侯玉书却并不立刻回答她的说话，明眸只管在她的粉脸上脉脉地望，良久，方才低声地问道：

“云妹，你有什么不高兴的事情吗？”

“哪儿？谁不高兴？”

李云珠听他这样问，心里觉得有阵酸楚触送到鼻管里，险些掉下眼泪水来，但她竭力又忍住了，摇了摇头，脸上还是浮现了妩媚的笑。

“但是我觉得你的神色有异，而且好像哭过似的。”

侯玉书见她虽然微笑着，不过翠眉是蹙拥在一起，粉脸上也有一层忧愁的颜色，所以他去拉了云珠的手，又向她望着低低地说。

李云珠心中的伤心，已经像汹涌的波涛在滚滚地激流着。今听玉书这样说，她如何再忍熬得住不淌下泪来呢？不过她觉得自己究竟太以懦弱了，遂挣脱了他手，说了一句：“表哥别胡说吧，好好儿的我哭什么呢？”她的身子已经别转去，避过了玉书的视线，急匆匆地向前面走了。

侯玉书对于她这个举动，心中就明白她是生气的表示，遂抢步追了上去，把她的手又拉了回来。就在云珠回身的时候，侯玉书发现她的粉脸上已沾满了晶莹莹的泪水，心中这就猛可地理会过来了，莫非母亲把我拒绝云妹婚事的话已经和她说过了吗？是的，一定说过了，否则，她又为什么哭呢？唉，云妹可怜，真也太痴心了。侯玉书想到这里，望着她海棠带雨般的娇靥，心里也悲哀起来，遂向她低低地说道：

“云妹，我明白你所以伤心的原因了。唉，但是你应该谅解我的苦衷，并非我有憎厌你的地方，事实上我因为已答应了姓江的姑娘……总而言之，我觉得是太对不住你了。”

李云珠再也想不到玉书会向自己直接地说出这些话来，一时也厚了脸皮，拭去了泪水，点头说道：

“我明白你的苦衷，我绝不怨恨你的无情，因为这是我的命……”

说到这里，再也说不下去，挣脱了他的手，便向前匆匆地又走进屋子里去了。侯玉书这回没有再去拉住她，望着她娇小的身影在眼帘下消失了后，他不知怎的，眼泪也大颗地滚了下来。早晨的风吹送在脸上，全身会感到一阵说不出的凄凉。

第四回

怜我须怜卿留书作别

暮色已笼罩了整个的宇宙，室中的四周也弥布了一层迷离的薄雾了。侯老太坐在床旁，是静静地吸着烟卷，忽见李云珠姗姗地进来，伸手在开关上啪的一声，室中的灯光这就明亮起来了。侯老太抬头见云珠似乎又理过了妆，而且颊上涂了一圆圈红晕的胭脂。对于云珠这次的理妆，侯老太仿佛知道她一片苦心，只感到有些黯然，忍不住轻轻地叹了一口气。

“姨妈，表哥去了一整天，怎么还没有把江小姐伴了来呢?”

李云珠竭力压制内心悲哀的爆发，显出若无其事般地向侯老太笑盈盈地问着。侯老太没有回答，两眼望着灯光罩住下那缕轻缈从嘴里喷出来的烟雾，却是愕住了一会子。良久，方才生气地道：

“管她来不来!”

李云珠见姨妈这个神气，遂挨近到她身旁坐下，低低地道：

“姨妈，你千万别为我和表哥发生了意见，你们到底是母子，况且婚姻的成功，原贵在双方的同意，若勉强地结合，将来也绝不会有圆满的结局。所以我想得非常明白，姨妈可以不必为我难受。等会儿江小姐来了，姨妈也得好好儿地向她招呼，假使你冷待了她，在表哥心中想来，总以为是我向姨妈在搬弄是非，那么表哥心中不是把我更要当作仇人一般地痛恨了吗？姨妈若愿意我在这儿住下去的话，那么你得给我地位着想，愈加要和江小姐表示亲热一些。不然，我怎么还有脸住下去呢？”

侯老太对于云珠这几句话，当然表示无限惊异，丢去了手中的烟尾，把她手紧紧地握住了，说道：

“云儿，你真贤惠极了，只恨我没有福气，所以才得不到像你那么一个好媳妇。”

说到这里，泪水几乎又欲夺眶而出了。

李云珠被她这么一说，她心中真是悲酸到了极顶，正欲淌下泪来，忽见随妈走进室中报告道：

“大少爷把江小姐伴来了。”

李云珠连忙把要掉下的泪水又忍熬住了，离开了侯老太的身边，站到下首窗前的沙发前去了。就在这个当儿，一阵皮鞋脚的声音，只见玉书在前，后面跟着走进一个朴素的姑娘来。云珠在一眼瞥见之下，心中不免也暗暗赞了一声好个模样儿，觉得自己确实及不来她多了。

“江小姐，这就是我的妈。”

玉书到了房中，见母亲坐在床边，遂回头向秋痕含笑着介绍。江秋痕于是笑盈盈地步上去，给侯老太恭恭敬敬地鞠了一个躬，口中也很亲热地叫了一声妈。

侯老太因为云珠叮嘱她不要冷待江小姐，所以便也站起身子，含笑说道：

“江小姐，你请坐吧。”

侯玉书于是接着又给云珠介绍道：

“这位是我的表妹李云珠。”

江秋痕遂走上去两人握了一阵手，大家便在沙发上坐下了。在当初侯老太还没有仔细瞧她的脸，此刻秋痕和云珠并肩坐在一块儿，这就向她细细地打量起来。觉得修短合度，秾纤得衷，真个是我见犹怜，秀丽得可爱，一时把憎恨的意思也就慢慢地消失了。随妈泡上了茶，云珠笑道：

“江小姐今年几岁？看起来大概比我小的。”

“我十八岁，你呢?”

江秋痕一面告诉着，一面便还问着她。

“比你大两岁。”

李云珠说着，站起身子，伸手在桌上玻璃盘子内抓了把瓜子，放在前边的茶几上，又笑道：

“别客气，嗑会儿瓜子。”

“那么我就得喊你姊姊了。”

江秋痕含笑点了点头，秋波向云珠瞅了一眼。

“不，你该叫我一声姑娘才是哩!”

李云珠扑哧一笑，却向她轻声儿地取笑。江秋痕见大家都笑了，心里自然有说不出的羞涩，红晕了娇靥，秋波逗了她一瞥嗔意的目光，忍不住低下头来了。待江秋痕抬头的时候，云珠已不在房中了。侯老太于是向她问长问短地问了一会儿。秋痕也小心地回答，侯老太见她谈吐流利，态度温重，心里自然十分欢喜。侯玉书站在旁边，心中本来是怀了鬼胎，生恐妈妈瞧不中意，如今见妈满面春风的神情，知道她老人家是瞧中意的了，心里这一快乐，当然把心花儿也几乎乐开了。

这时候随妈端进一盘炒面来，后面李云珠也笑着步进室中，说道：

“江小姐，你现在总还是客人啦，快大家坐下来吃些点心吧。”

江秋痕听她这样说，这就赧赧然地笑道：

“姊姊，你真太客气，还是你亲手去做的吗?”

李云珠道：

“做得不入味，恐怕没有味道，大家就试试看。表哥，你怎么老是站着？你应该伴着表嫂和大家吃些，那么表嫂才不会害难为情哩!”

说着，又向侯老太笑道：

"姨妈，你说我这个话可对吗?"

说时，便哧哧地笑起来了。这时四个人坐在桌边吃着面，各人心中都有不同的感想。在江秋痕心中，以为云珠的高兴的表情，当然因为是取笑自己的缘故，所以一颗芳心除了羞涩外，也含有些喜悦的成分。但侯玉书却明白云珠的大笑，至少是带有些痛苦的表示，所以他微蹙了眉尖，嘴虽然吃着炒面，却有些食而不知其味的模样了。

晚上，江秋痕当然是睡在李云珠的房中。云珠因为秋痕对自己显得非常亲热，虽然秋痕是夺自己表哥的仇人，但心中也不免和她表示好感起来。

"云小姐，老太太叫你们早些安置了。"

随妈走进房来，给她们泡了两杯玫瑰茶，含笑向她们说了一句，便悄悄地自管地退出去了。

"表嫂，那么我们就睡吧。"

李云珠瞟了她一眼，嘻嘻地笑。

"姊姊，你老取笑我，我可不依你。"

江秋痕偎着她的身子，忸怩了一下腰肢，向她显出孩子撒娇般的神气。

"我何尝取笑你?你早晚不是我的表嫂吗?"

李云珠见她粉脸红晕得可爱，尤其那个深深的酒窝儿，令人瞧了意消，遂情不自禁地把她脸捧来，啧的一声，吻了一个香去，哧哧地笑了。江秋痕"嗯"了一声，秋波逗给她一个妩媚的白眼，也忍不住笑起来，于是两人携手站起，一同走到床边。秋痕笑道：

"我和姊姊真可谓一见如故，这也难得。"

"可不是！表嫂，我和你一头睡，还是分头睡?"

李云珠伸手解着旗袍的纽襻，回眸瞟了她一眼，露齿又笑起来。江秋痕听她只是喊表嫂，表面上虽然向她娇嗔着，但内心却是十分甜蜜，因此也随她去喊了，说道：

“我们睡一头好说话，你瞧怎么样？”

“也好，我今晚就权充个表哥，你先开始练习怎样服侍起来，明儿和我表哥新婚那夜的时候，就不会觉得生硬的了。”

李云珠点了点头，一面笑着说，一面身子已是钻进被窝里去了。江秋痕听她说出这些话来，一时把耳根子也羞得通红了，啐她一口，笑嗔道：

“姊姊，亏你说得出这些话！你瞧，羞也不羞？”

说着，还把手指在自己脸颊上向她划了两划。李云珠既说出了口，心内也非常难为情，同时又非常悲酸，她一骨碌转身，把脸便别向床里去了。江秋痕的心里是只晓得她也怕难为情，可是却不知道她有悲酸的成分，所以笑了一笑，遂很快地脱去了旗袍，掀开了被，也钻身睡了进去，把手按着她的腰肢，说道：

“姊姊，我和你说着玩的，你别生气吧。”

“谁和你生气？”

李云珠并不回过脸来，她勉强装出笑的声音来说。

“你既然不生气，怎不回过脸来？”

江秋痕还淘气地去扳她的肩胛。

“时候不早，我们睡了吧。”

李云珠不敢回头来望她，因为她脸上全是沾着泪水。

“不，我不依。刚才你说一头睡，不是为了彼此好说话吗？你若不肯回过身子，那你一定恨着我。”

江秋痕生恐她真的见了气，所以捧着她脸，一定要她回过头来。不料手摸着她的脸颊，却有些湿的感觉，这就吃了一惊，说道：

“姊姊，你哭吗？”

“没有，谁哭的？你怎么瞎说我？”

李云珠抬上手去，揉擦着眼皮，她心中也有些惊慌。江秋痕颦蹙了眉尖，说道：

“我摸着眼泪水的，你不用骗我，要不你回过脸给我瞧仔细。”

说着，扳着她的肩胛，一定要她回过身子来。李云珠被她缠绕不过，只好回过身子，望她一眼。笑道：

“你瞧吧，我何尝淌泪呢？”

江秋痕明眸在她脸上脉脉地望了一会儿，说道：

“你的眼皮还红着哩！我觉得很奇怪，姊姊好好儿的为什么伤心起来？这一定有个原因的。”

李云珠见她雪白的牙齿微咬着殷红的嘴唇皮子，似乎在做深思的样子，一时那颗芳心不免忐忑地跳跃起来，遂只好把秋痕的娇躯搂在怀里，偎着她粉脸，笑道：

“你别发傻了，我好好儿的干吗伤心？”

“姊姊，你不用瞒我，我知道你是哭过的。假使你认为我是知音的话，那么你应该告诉我究竟是为了什么呢。妹妹刚才虽然得罪了你，但不是已经向你认错赔罪过了吗？难道你还气着我不成？”

江秋痕原是个细心的姑娘，她忽然想起了云珠和玉书是个表兄妹的关系，那么他们不是也可以结成一对姻缘吗？莫非因了我的缘故，所以使他们不成功了吗？云珠的伤心，恐怕也是为了这一点吧？秋痕心中既然这样想，当然是十分猜疑，所以微仰着粉脸，明眸望着云珠的粉脸，想慢慢地探出她所以淌泪的真情来。

“你这话就说得有趣，我和你开玩笑，你和我开玩笑，怎么我会气着你？好嫂子，你这人就忒会多心了。”

李云珠听她追根究底地问下去，遂含了满面的笑容，一面向她解释着，一面反而怨她太多心。

“这个如何能怨我太多心？因为你淌泪是事实，我岂会看错了吗？姊姊，假使你不告诉，那我明天一定问玉书去，他也许能知道的。”

江秋痕见她一定不肯说出原因，遂故意拿话去激发她。

李云珠听她这样说，心里这就惊慌起来，乌圆眸珠一转，这就有了主意，说道：

“嫂子，我告诉了你，你又不会给我表示同情的，因为我想起自小儿没了爹妈，命会生得这么苦，所以暗暗地伤心了。”

江秋痕听她这样说，因为自己新近丧父，孤苦伶仃，对于李云珠这几句话，如何不激起同情的悲哀呢？这就眼皮一红，也淌下泪水来，说道：

“姊姊，你假使为了想起身世而伤心，那我和你实在可说是个同病相怜。想我十二岁没有了娘，今年十八岁，又没有了爸，我这个命不是比你还苦着十分吗？”

李云珠见她也会淌泪，于是自己熬住了许多时候的满眶子热泪，也滚滚地抛下来了。江秋痕见她伤心得这个模样儿，遂偎着她脸，低低地安慰她道：

“姊姊，好在你姨妈不是很疼爱你吗？所以你也不用太伤心，自己身子要紧。”

李云珠对于她这些空虚的安慰，如何有什么效力呢？心中暗想：你怎会知道，你自己就是造成我悲哀环境的一个对头呢！但心里是这么想，表面上还是点了点头，俏眼脉脉地望了她一会儿，表示感激的意思。一会儿，方才说道：

“姨妈叫我们早些睡，我竟引起你的伤心了，那真该死。嫂子，我们睡了吧。”

说着，撩上手来，把电灯熄灭了。

第二天，江秋痕在睡意蒙眬中，被李云珠的呻吟声惊醒过来，慌忙揉擦了一下眼皮，睁开眸珠向她瞧了一瞧，只见云珠两颊绯红，仿佛很痛苦的神气，一时倒吃了一惊，遂伸手在她额角上按了按，觉得是十分烫手的，忙问道：

“姊姊，你病了吗？”

李云珠应了一声，握住了秋痕的手，明眸脉脉望着秋痕颦锁翠眉的粉脸，却是频频地点了点头。秋痕于是急急地起身，洗了一个脸，说道：

“姊姊，你要不喝一口茶吗？”

“谢谢你，我不想喝茶。”

李云珠摇了摇头，眼角旁展现了晶莹莹的一颗。

“姊姊，你别难受，那么我给你告诉妈去。”

江秋痕向她安慰了一句，身子便走出房外去。不料才跨出房门，就听后面有人悄悄地叫道：

“秋痕，你怎么起得这样早呀？”

江秋痕回头去瞧，原来是侯玉书，遂忙说道：

“云姊忽然病了。”

侯玉书加快了几步，也吃惊地道：

“什么？好好儿的怎么会病的？有热度吗？”

“热势很盛哩！你倒去瞧瞧。”

江秋痕说着，便和他又到房中来。玉书走到床边，向她低低叫了一声云妹。云珠见是玉书，心中当然有十分的悲酸，因此闭上眼睛来并不理他。玉书生恐秋痕见疑，遂回头说道：

“你给我告诉妈去吧。”

秋痕不理会这些，她便匆匆又到上房里去了。侯玉书待秋痕走后，他便伸手按到云珠的额角上去，柔声儿叫道：

“云妹，你心中恨我吗？唉，但是我也没有办法呀！”

李云珠依然闭着眼睛，她并没有回答，但眼角旁却已涌上一颗泪水来。侯玉书瞧此情景，心中怎不悲酸？因此眼泪也落了下来，不料落下来的眼泪，齐巧滴在云珠的颊上。云珠心里奇怪，遂睁眸来瞧，见玉书也含泪满颊，这就向他说道：

“表哥，你不用多心，我并不恨你，姻缘乃前生所注定，岂可以强求的吗？况且江小姐确实也是个可爱又可怜的姑娘，她能够得到幸福，和我又有什么两样呢？我这病没有关系，睡一两天就好了。”

侯玉书听她反来安慰自己，觉得云妹实在是个多情的姑娘，遂也不愿引逗她的伤心，用手去拭了她额上的泪水，说道：

“云妹既然想得很明白，那我当然很安慰，不然，我觉得实在太对不住你了。好在像云妹那么的才貌，将来也不难找一个英俊的夫婿。”

李云珠听了侯玉书那一句话，似乎非常心痛，向他挥了挥手，她的眼又微微闭上来了。侯玉书理会她的意思，他觉得云珠的痴心，背过身子，叹了一口气，也不禁为之泪下如雨矣。

约莫有了十分钟之久，方见秋痕伴着侯老太很慌张地走进来了。侯老太坐到床边，一面摸她的热度，一面急急地问道：

“云儿，你怎么会病了？唉，你总要想明白一些才好呀!”

“姨妈，你不用惊慌，我大概是受一些风寒所致，没什么要紧的。”

李云珠见了侯老太这才又开了眼睛，向她低低地劝慰着。

“玉书，那么你快去请个大夫来吧！虽然是受些风寒，但总也要医治得快才会好起来呢!”

侯老太听她这样说，回头又向玉书吩咐着。玉书不敢怠慢，遂急急到外面去请个大夫来给云珠诊治。大夫说云珠的病症，一半是积劳，一半是气郁所致，先要理气，然后可以退热，说着，便开了一张方子。玉书一面送大夫走出，一面顺便到街上去撮药。这里随妈因为要烧饭煮菜，所以由江秋痕给她拢旺了炭炉子。不多一会儿，玉书把药撮来。秋痕遂一包一包地透入药罐子里，入了两碗半的水，然后炖到炭炉子上去。

李云珠见玉书和秋痕两人为自己这样地忙碌着，心里自然是非常感激，遂向他们说道：

“嫂子和表哥还不曾用过早点吧？想你们都也饿了，还有姨妈，你们大家快吃早饭去了。”

侯老太于是站起身子，向云珠安慰了一番，叫玉书和秋痕都跟她吃早粥去。秋痕道：

“我此刻不饿，你们先去吃了，我还得当心药哩。”

“也好，那么我回头换你吧。”

侯老太说着，便和玉书走出房外去了。这里秋痕走到床边，向云珠望了一眼，低声儿问道：

“姊姊，你可曾饿了没有？玉书刚才有面包给你买来着呢，要不我给你切一片吃？”

“谢谢嫂子，我此刻没有饿。”

李云珠说到这里，把她的手又紧紧地握住了，明眸向她凝望了良久，忽然涌上一颗泪水来，十分感激地又道：

“嫂子，你这样热心地对待我，真不知叫我如何报答你才好。”

“姊姊，你不要再叫嫂子了，祢的身世是可怜的，我身世也是可怜的，可怜的人应该要爱护可怜的人，所以我是非常同情你，你不要难受，我希望你身子快快地好起来。”

江秋痕听她这样说，心里当然也有无限的悲哀，她低低地向她说了这几句话，泪水也险些滴了下来。秋痕这几句话使云珠一颗芳心是感动得太厉害了，她握着秋痕手紧紧地摇撼了一阵，说道：

“嫂子，你真是我的知心！”

秋痕听她这样说，眼皮已是润湿起来。云珠的泪水也纷纷地沾上了脸颊。不多一会儿，侯老太走进房来了，说道：

“秋儿可以吃饭去了。”

两人听了，慌忙收束泪痕。秋痕点头答应，她避过了侯老太的视线，匆匆地到上房里去。只见桌上已盛好了一碗粥，玉书坐在桌旁，还没有吃好，他见秋痕脸上沾着丝丝泪痕，心里很是奇怪，忙问她说道：

“秋妹，你怎么伤心起来了？”

“因为我见云姊病得伤心，所以我胸口也觉得怪难受的。”

江秋痕用手背在脸颊上来回地擦去了泪水，秋波脉脉地向他瞟了一眼，端着饭碗，握着筷子，凑在嘴旁划了一口粥吃。

“云妹因为受了一些风寒才病的，那有什么伤心呢？你这话不是奇怪吗?”

侯玉书听她这两句话分明说得有意思，这就放下了饭碗，望着她怔怔地出神。江秋痕微微地一笑，却并不作答，一会儿，又瞟了他一眼，说道：

“玉哥，你不用瞒骗我了，刚才你和云姊说的话，我全都听见的。”

“什么？我和云妹说了什么话?”

侯玉书被她这么一说，心头倒猛可地吃了一惊，遂不待她说下去，就急急地向她追问。

“你还要假作什么含糊呢？到此我才恍然明白云姊所以如此悲哀的神情，在当初我就想到这么一着，谁知果然不出我的所料……玉哥，你应该明白地告诉我，究竟是怎么的一回事呢?”

江秋痕也把饭碗和筷子放下了，向他又低低地问着。

“秋妹，你这话说得我莫名其妙，你料着的是什么事呀?”

侯玉书因为生恐她多心，所以把这件事还要含糊地混过去，故意皱起了眉尖，望着她玫瑰花似的娇容，显出不了解的神气。秋痕见他越装越糊涂的样子，倒不禁抿着嘴儿笑起来了，说道：

“‘云妹，你心中恨我吗？唉，但是我也没有办法呀!’这几句话可是你自己说的吧？现在我明白地已说出了，你难道有什么话可以赖了吗?”

侯玉书听了她这两句话，方知自己叫她去告诉妈的时候，她一定是在房外听壁脚，所以把我对云珠这几句话听去了。因为怕秋痕心中发生误会起见，所以便正了脸色，低低地告诉道：

“秋妹，你别误会，事情是这样的，我可以完全地告诉你。”

说着，咳了一声，遂把自己回家后母亲对自己说的话，及自己拒绝婚事的事情向她详详细细地告诉了一遍，并且说道：

“你想，这叫我有什么两全的办法呢？因为我和你是有约在先，当然我是不能负心你的，所以对于云妹的一片情分，也只好辜负她了。秋痕，你窃听了我这一句话，你难道心中就喝起醋罐子来了吗？唉，那你也太不知道我对待你一片心了。”

江秋痕听到后面这两句话，粉颊便绯红起来，秋波向他逗了一瞥嗔意的目光，啐了一口，微笑道：

“我喝什么醋？你别给我信着嘴胡说了。那么在妈的心里，她当然是喜欢云姊的了，对吗？”

“凭你这一句话，就知道你心里是喝着醋。又不是给妈做妻子，要妈欢喜有什么用？况且妈对于你也未始不喜欢呀！你瞧她老人家不是跟你显得很亲热吗？秋痕，你应该要相信我，我是始终爱着你的一个人。”

侯玉书见她很猜疑的样子，觉得这是会破裂我俩爱情的危险，所以他平静了脸色，向秋痕赤裸裸地表白自己的心理。江秋痕听他这样说，心里真有说不出的感激。明眸含了无限的柔情蜜意，向他凝望了良久，点头说道：

“玉哥，我很感谢你！”

说到这里，自己也不知道为什么缘故，却又涌上一颗晶莹莹的眼泪来。侯玉书见她这个楚楚惹人爱怜的意态，觉得更增加了十分的妩媚，遂忙又说道：

“秋痕，你干什么又难受了？难道你还信不过我吗？”

“不！并不是！”

秋痕低低地说，她已垂下粉脸来。

“那么你干吗这个样子？叫我见了，心头不是难受吗？”

侯玉书很快地划完了碗内的粥，他站起身子，已走到秋痕的身旁来，手搭上了她的肩胛。江秋痕并不作答，黯然了一会儿，忽儿听得有人走进来的声音，触送耳鼓，秋痕这才抬起粉脸，向他挥了挥手。玉书会意，只好悄悄地退到梳妆台旁去。就在这时，见随妈走进房来，说道：

“江小姐，粥冷了，要不我给你到厨下去换一碗吗？”

“不用了，我已经吃好。”

江秋痕摇了摇头，匆匆吃毕粥，她便离开桌旁，又到李云珠的房中去了。一脚跨入房中，就闻到一阵药香，遂忙说道：

“药还在煎吗？”

侯老太和云珠正在絮絮地说着话，忽见秋痕进来，遂停止了谈话。侯老太回头说道：

“大概煎好了，你把它滤到碗里去吧。”

江秋痕答应了一声，遂把药罐子拿来，把药汁滤到碗里，用一只碟子，盖在上面，碟子里还放了一把剪刀，端到床边的桌上，向云珠望了一眼，低声地问道：

“云姊还不想吃吗？”

李云珠把秋波向她逗了一瞥谢意的目光，点头笑道：

“刚才姨妈已给我吃过一片面包了。为了我的病，倒累忙了嫂子，真叫我感激。”

江秋痕听她在侯老太面前也喊自己嫂子，这就羞红了粉脸，逗给她一个娇嗔。笑道：

“只要姊姊病好，忙些有什么要紧？”

说着，又向侯老太道：

“妈要休息一会儿，只管自回房去好了，这儿我都会服侍的。”

侯老太刚才在云珠的口里，已经听到赞美秋痕好的话，此刻见秋痕果然和云珠表示十分亲热的样子，一时觉得秋痕这个姑娘实在是真正的好性情了。既然她们姑嫂两人说得来，那当然是一件使自己喜欢的事，所以点了点头，她便回到自己的卧房里去了。江秋痕待侯老太走后，便把碟子拿下了，端了药碗，向云珠瞟了一眼，笑道：

“姊姊，我服侍你喝药了好吗？”

“喝药我真有些怕，怪烫怪苦的，再慢些好吗？”

李云珠微蹙了眉尖，摇了摇头，忍不住微微地笑。

“冷了药性要散的，姊姊又不是小孩子，难道还赖喝药吗？别挨时光了，反正回头你总得要喝的。来，我扶你起来喝吧。”

江秋痕听她这样说，便扑哧的一声笑起来，一手扶起她身子，一手端了药碗，凑到她的嘴唇边去。李云珠没法，只好大口地喝了下去，江秋痕忙又拿开水给她漱了口，把帕拭了她嘴边的水渍，又扶她躺到床上，笑道：

“现在你可以闭着眼静静地养一会儿神了，回头出了一身汗，你的热度就会退尽了。”

李云珠点了点头，遂把身子转了一个侧，她便静静地躺了一会子。

流光如驶，不知不觉李云珠竟病了有十天光景了。也不见得瘥，也没有加重，不过人却是一天一天地瘦削下来，医生皱了眉尖，要想问侯老太，但又不敢问，所以这样子竟一直拖延到半个多月。江秋痕见云珠人瘦得非常可怕，喝药如喝水一样，竟然一些效力也没有，她心里是非常奇怪，她患的究竟是什么病呢？秋痕是个聪敏的姑娘，她在经过一度沉思之后，当然是慢慢地理会过来了。既然理会了后，她便替云珠十分担忧。因为这样下去，说不定会把一个聪敏的姑娘坠入了灭亡的道路，这是一件多么可惜的事情呢！所以她便决心牺牲自己，预备救云珠这一条性命。

这天晚上，江秋痕悄悄地到玉书的房中来。玉书见了秋痕，便拉住她纤手，说道：

“妹妹，这半个月来，真累苦你了，而且为了云妹的病，也耽误了我们结婚的日子。”

秋痕听他这两句话中至少是含有些抱怨的成分，遂瞟他一眼，说道：

“你还说哩！你知道云姊的病是为谁生的呀？”

“秋妹，你这是什么话？别跟我开玩笑了。”

侯玉书听她话中有因，不免红晕了脸，把她拉到沙发旁，两人一同坐下来了。

“谁跟你开玩笑？她这个病给大夫诊治，恐怕是一辈子也治不好了。所以我说只有你发发慈悲，也许可以救活她一条命哩！”

秋痕见他害羞的样子，便正色地向他说着，但说到末了，她掀着酒窝儿忍不住又笑起来了。侯玉书听她这样说，心头别别地跳个不停，遂说道：

“那叫我有什么办法？唉，我真想不到她会害起这个病来。”

江秋痕见他蹙了眉尖，很忧愁的神气，遂也叹了一口气，说道：

“总而言之，是女孩儿家一片痴心所致。所以我对于云姊的病十二分地同情，确实她太可怜了，我瞧她的病是只会一天一天地沉重起来，瞧着一个可爱的姑娘活活地死去，这在我心头又怎么能忍受？所以无论如何我劝你应该救她一救的。”

“妹妹，那么照你说，叫我如何救她呢？”

侯玉书听秋痕会说这几句话，觉得秋痕真不愧是个多情的姑娘，遂紧紧握住她的手，明眸望着她四月里蔷薇那么的脸庞，呆呆地出神。

“这你何必还要明知故问呢？只要你向她说一声‘云妹，你病好起来，我就准定和你结婚是了’。她听了这两句话，当然是病占勿药，霍然而愈了。”

江秋痕抿嘴一笑，却把盈盈的秋波逗给他一个妩媚的娇嗔。

“妹妹，那怎么能够呢？难道你情愿牺牲自己了吗？”

侯玉书听她这样说，便情不自禁地挨近了她一些身子，手臂把她的肩胛环抱住了。江秋痕也把娇躯乘势偎到他的怀内去了，微仰了粉脸，低低地道：

“虽然牺牲了我的婚姻，但到底救了人家姑娘一条性命，这个牺牲，我不是还有相当的价值吗？”

“不！但是我怎舍得放弃妹妹？妹妹，你这个意思叫我如何能照办呢？”

侯玉书听她这样慈爱过人，心里也就愈加爱她，便紧抱了她的身子，低下头来，望着她粉脸发怔。

“我以为爱的范围很广，两性的爱，何必一定要达到肉体的爱呢？况且云姊也不是一个庸俗的姑娘，在你说起来，不是一样有个贤惠的妻子吗？我想云姊几年来服侍你的妈，在她们心中是早已认为彼此成了婆媳了，她们心中是多么欢喜呢！现在突然生出我这么一个人来，在云姊固然痛心万分，在妈的心中恐怕也未必会欢喜。所以为了我一个人，而造成悲惨局面，那我是不忍心的。玉哥，你千万别拗执，还是快快听了我的忠告吧！”

江秋痕用了冷酷的理智，竭力地压制热情的爱火的爆发，向他絮絮地又说出了这一篇话。

“妹妹，你这话说得好没道理，我俩的婚姻乃是光明正大，神圣可爱而结合的，这是一个人的终身大事呀！岂可以马马虎虎随便地让步吗？你说这些话，是不是你心里不爱我了吗？”

侯玉书皱了眉尖，说到后面，话声是带有些颤抖的成分。江秋痕听他这样说，心里不免也激起了无限的悲哀，叹了一口气，忍不住要流下泪水来，但她犹竭力镇静了态度，乌圆的眸珠转了转，妩媚地笑道：

“玉哥，我怎么会不爱你？假使我不爱你，我还会跟你到家里来吗？”

“那么你千万别说这些话，叫我听了不是难受吗？云妹的病能够好，是她的命；不能够好，也是她的命，叫我又有什么办法可以想呢？秋妹，你听了我这话，以为我心狠吗？但是，云妹她实在不应该生这种病呀！”

侯玉书见她这样可人的意态，心里更加爱她到了极顶，觉得像秋痕那么慈爱的姑娘，世界上再也找不出第二个了。

秋痕所以肯自己牺牲，去救云珠的性命，这也是被情感一时的冲动，因此才激发出如此伟大的思想来。不过被玉书这么一说以后，她明白玉书的确是真心地爱上了自己，所以把她决心要让步的勇气又慢慢地消失了。她情不自禁把手臂已环到玉书的脖子上去，掀着酒窝儿，低声地笑道：

“玉哥，你这样坚决地爱着我，你真是个用情专一的少年，叫我的心中实在是太感激你了。”

“秋妹，我们的爱是神圣的，我们的心是早已合在一块儿了，我怎么肯离开妹妹呢？”

侯玉书望着她殷红的嘴唇皮子，说话时那种一掀一掀可爱的情景，实在太够人陶醉了。他有些想入非非，他心里是不停地荡漾着。因为四周是那么静寂，知道室中是再没有第三个人，玉书心头增加了万分的勇气，他终于低下头去，在秋痕的嘴上紧紧地吻合住了。秋痕虽然是娇羞万分，但一颗芳心到底是甜蜜无比，所以她仰起了粉脸，把挽在玉书脖子上的那条手臂是更有劲一些。从这一点猜测，显然秋痕的心田里也很需要玉书热情的灌溉，两人经过永久的热吻，彼此的心是跳跃得快速，脸颊也会热辣辣地红晕起来。江秋痕忽然离开了玉书的胸怀，猛可站起身子，秋波逗了他一瞥羞涩的目光，嫣然笑道：

“时候不早，明儿见吧！”

说着话，身子已奔到房外去了。秋痕在奔到自己房门口的时候，手按着胸口，只觉得那颗芳心还在忐忑地跳跃着。想起刚才那一幕亲吻的情景，真是又喜又羞，自己不免也扑哧一声笑起来了。谁知正在这个当儿，忽然听得房中有人喃喃地在说话，秋痕以为侯老太在房中，所以且不步进房去，就在门口偷偷地窃听了一会儿，只听云珠在说道：

“你想，这我的命不是太苦了吗？唉！真奇怪，我和表哥不是一头美满的姻缘吗？早也等，晚也等，满想等表哥回来，便是我幸福生活的开始了，谁知却是我的死亡到了呢。现在我这个病是不会好了，唉，秋痕，你虽然待我那么好，但究竟是枉然的呀！”

江秋痕听房中只有云珠一个人在说话，方知房中并没有侯老太，原来她一个人在自言自语。一时回味她这几句话，心里把刚才的甜蜜和喜悦都又渐渐地消失了，暗想：云姊这话中不是总有些怨恨我的意思吗？那么换一句话说，假使她不幸死了，还不是等于我害死了她吗？哟！这我是多么罪孽深重啊！想到这里，秋痕不免全身抖了两抖，觉得自己为良心问题着想，似乎总不应该害死一个年轻的姑娘。虽然我不杀伯仁，但伯仁终为我而死，叫我心灵上不是时刻地会感到不安吗？于是在秋痕心里，对于让步的决心，又渐渐地滋长起来了。

江秋痕轻步地走入房内，只见云珠面着床里躺着，似乎在息息地抽噎着哭泣。秋痕听了，心头愈加不忍，遂坐到床边，按着她的身子，低低叫道：

"云姊，你好好儿的怎么又伤心起来了？"

云珠听了秋痕的话声，她便转了一个侧，回过头来，秋波含了无限哀怨的目光，向她脉脉地逗了一瞥，摇头说道：

"我没有什么伤心，这半个多月来，真累苦了你，我心里感激着你是了。"

说到这里，泪水又像雨点儿一般地滚了下来。秋痕听她说感激自己，这似乎更增加自己内心的痛苦，遂握住了她手，流泪满颊地说道：

"姊姊，你总得想明白些，只要你快快好起来，我相信上帝一定会赐给你幸福的。"

李云珠点了点头，眼皮又慢慢地合上了。在她合上眼皮的时候，那一眶子的热泪，这就大颗地又溢了出来。秋痕心头是蕴藏着无限的酸楚，她把手指轻轻地抹着云珠颊上的泪水，慢慢地站起身子，一步移一步地走到窗旁来，掀开了绿绸的窗幔，天空中那一轮玉洁光辉的月儿便在她眼帘下显现了。她默默地凝望了良久，泪水也在她粉颊上沾满了，心中的思潮是起伏着不停。云珠这个心病，是非心药不医。假使我不肯牺牲自己这头婚姻的话，那么云珠的生命是必死无疑了，不过我若悄悄地走了的话，云珠的病固然会霍然而愈，但我和玉书心中的痛苦，当然亦非笔墨所能形容其万一的了。因为在玉书的心中，可怜他的确是爱上了我，这在刚才他的话中不是已经很显明的了吗？不过为了自己的幸福，而使云珠坠入了悲惨的境地，这在我是不忍心的，我自信绝不会生这个病，那么我虽然不能和玉书结婚，不是依旧可以做一个人吗？那么我救了人家姑娘一条命，这总也是一件好事。事到如此，我也顾不得玉书和我心中的痛苦了，因为我对于这个举动，至少是件痛快的事呀！江秋痕想定了主意，她把掀着窗幔的手又懒懒地放了下来，回眸向床上的云珠望了一眼，只见她闭上眼睛，似乎熟睡了的样子，于是她悄悄地走到写字台旁坐下，抽过一张信笺，提起笔来，却是愕住了一会子。江秋痕这时的心，真所谓心乱如麻，几次三番把笔尖已抵触到信笺上去，但结果是不知道写哪一句话才好。她雪白的牙齿微咬着殷红的嘴唇皮子，呆呆地想了一会儿。不料要写的话既没有想出，眼泪倒先滚滚地抛下来了，觉得忍痛割爱，真不是一件容易的事情，不过她又自己责备自己说道：

“秋痕，你这些勇气都没有，那么你能算是个理智健全的姑娘吗？”

于是她把一切思绪都抛开了，遂提笔写道：

玉书先生台鉴：

江秋痕写了这六个字后，脑海里忽然又浮上了一个感觉。这个称呼似乎显得太以生分一些了，玉书瞧了，不是更要心痛了吗？虽然我和他不能成为夫妇，兄妹的名分总可以保留的吧。于是她又抽了一张信笺，重新写道：

玉书我的哥哥：

当你瞧到我这封信的时候，你心里一定会感到万分惊惶吧？不过你应该要明白，我之所以出此下策，实在是为了救治云姊危险的病症。请你原谅我的苦衷，不要责我寡情，那我是十二分感激你的了。

云姊病的前夜，她就暗暗地流泪。我问她为什么伤心，她说因为想起了爸妈，自己是个命苦的孤女，所以时常悲伤。我当初不疑有他，因为在我本身也是个没爹娘的孤女，当然对于云姊的身世会感到同情的悲哀，所以我也曾经为她而流过几滴眼泪。谁知云姊的伤心，还是正因为我破坏了她美满的姻缘哩！天哪！这在秋痕岂是梦想得到的事情吗？云姊现在是病了，病得快要步入死亡的道路。我虽然是铁石心肠吧，总也不能不坐视不救呀！所以我绝不能为了自己的幸福，而害死了一个聪敏的姑娘。玉哥，你应该怜悯云姊的痴心，给予她柔情蜜意的安慰，那么她的病才会一天一天地好起来。

人生的聚散，本来像天空的浮云那么缥缈无定。在桃花坞里我和玉哥开始认识了，而且又是这样不平凡的认识，这也是令人意想不到的事情。然而今日的分手当然也不是我俩在当初所能想得到的。这就是所谓人生聚散，真如流水浮萍。不过虽然在这短短一个月中的认识，我们到底是一个缘吧。玉哥，请你忘记了我，把爱我的一片热情赤裸裸地用到云姊的身上去。

在这里我祝福你们白头偕老，永远地在乐园中过着幸福的生活！

敬请

俪安！

江秋痕临别寄语

即日

江秋痕写完了这封信，那眼泪早已扑簌簌地滚下来了，但又深恐床上的云珠发觉了，慌忙收束泪痕，把信笺也不折好，就这样地摊在玻璃台板底下。回眸瞧瞧手腕上的表，已经十一点多了。因为深夜不敢走路，所以决定挨到天亮了再作道理。

这晚秋痕和衣躺在云珠的脚后头，可是却没有合过眼，心中是只管暗暗地盘算着，我这次出走，到底到哪儿去呢？回桃花坞去吧，但房屋都已出让给人家了，况且乡下地方，也绝不是年轻人的出路。那么我还是到表姊家里去吧，听说姊夫这两年很得意，在社会上很有些地位。那么我叫他在什么女子银行里找个事情做做，不是很容易的吗？秋痕想定主意，遂蒙眬地合上了一会儿眼。不知不觉，东方已发了鱼肚皮的颜色，于是她悄悄地起身，将热水瓶里水倒出，洗了一个脸。回眸见云珠正睡得熟，她心里很喜欢，遂匆匆地走到会客室去。不料随妈从厨下走出，见了秋痕，便忙问道：

“江小姐，你起得这样早做什么？”

江秋痕心头倒是别别地一跳，忙镇静了态度，说道：

“我到街上去买些东西，你给我来关门吧。”

随妈道：

“那么你要买什么东西？我给你去走一次吧。”

“不用，这东西很难认识，恐怕要买错的。”

江秋痕摇了摇头，身子依然向门口走。随妈如何知道她去了就不回来了呢？所以也不再客气，送她走出大门，还叮嘱了一声：“早些回来吃早饭吧。”秋痕应了一声，低了头，几乎把泪水又欲夺眶而出了。

江秋痕匆匆到了火车站，买了一张到北平去的车票，于是长蛇般的火车便载着一个孤弱的姑娘，到异乡客地去飘零了。火车是一站一站地过去，北平也就快到眼前了。江秋痕想着侯玉书爱我的情深，他发现了我出走之后，心头不知又将如何悲伤呢。正在暗暗伤神，不料忽然有个西服少年很快地过来，向秋痕招呼道：

“咦！咦！你不是杨小姐吗？”

秋痕回眸向他一瞧，因为是并不认识他，所以望着他倒不禁愣住了一会子。

第五回

为避小人反被小人害

诸位你道这个西服男子是谁？原来就是侯玉书的生死之交柳剑影。时局平靖，剑影汗马有功，于是衣锦还乡。那时他的弟弟剑鸣亦已大学毕业，见哥哥凯歌来归，便兴高采烈地给哥哥洗尘。那晚月圆如镜，剑影和他父母兄弟共聚天伦之乐，各人心中的喜欢，当亦不在话下。

光阴匆匆，剑影在家不知不觉已住了月余，那日夜里忽然想起烽火连天中结识的这位杨红薇姑娘来。她虽然是一个乡村里的姑娘，但态度稳重，有大家闺秀的气派，况且艳若桃李，娇憨可爱，实在讨人喜欢。这次我既救了她女孩儿家的清白，又救了她的性命，无怪她对待我的情形，真所谓柔情绵绵的了。想到这里，脑海里不免又浮映起红薇给自己包扎伤处的一幕。她和我有一搭没一搭地说着话，在她意思就是要我忘记了痛苦，你不要说她是个乡村姑娘，见识倒是超人一等的哩。于是他又想起两人竟会认了兄妹，最不能使自己忘记的，就是她临别这几句话，太使人感动了。所以我已铭入心版，常常仿佛听到她在耳边真挚地说道：

“哥哥，你的话，我已深铭心版，我决定终生等候你的到来，你去吧！你还有重大的使命哩！我不能为了儿女之私而误了你伟大的前程。哥哥，你去吧！反正我们往后见面的日子自多哩！”

柳剑影一想起这几句话，他的心中就会兴奋起来，觉得这位杨红薇绝不是个乡村里庸俗的姑娘。他情不自禁地把手在桌上一拍，自言自语地说道：

“好，明天我一定去找她。”

柳剑影这举动因为是冷不防的，所以倒把坐在对面台灯下的柳剑鸣吃了一惊。他放下手中的书本，抬头望了哥哥一眼，显出很惊慌的神情，问道：

“哥哥，你预备明天找哪个去呀？”

剑影被弟弟这么一问，方知书房里是坐着两个人哩。因为是心虚的缘故，所以两颊不免透现了一圆圈红晕，遂忙又镇静了态度说道：

“我想起从前在战地里曾经受了伤，遇到一个朋友，他待我真好。现在时局平靖，所以我想去报答报答人家。”

“哦，原来如此，但不知在什么地方，你现在去还能够找得到他吗？”

剑鸣听他很认真的样子，当然不疑有他。其实剑影说的原也是实话，他是真的受过伤，曾经被红薇包扎的。

“是在乌家镇杨柳村，所以也许能够找到她。”

剑影点了点头，把手按在嘴上，打了一个呵欠，表示睡神已催促他安息的模样。

“是怎么样一个人？男的还是女的？”

剑鸣脑海里忽然浮上了一个感觉，明眸瞟了他一眼，抿着嘴忍不住笑起来。

“当然是男的。”

柳剑影含笑只回答了一句，他已站起身子来，走到楼上房中去了。剑鸣瞧他哥哥的神情，心里就有些不相信，虽然没有追问下去，他知道哥哥在外面一定已有了女朋友，所以他回家后，有这许多人给他作伐，他都回绝了，这还不是一个可疑的地方吗？不过自己这两天也为了一个舞女拼命地追求着，所以对于哥哥的事情也就没有工夫去管他了。望着剑影在门框子里消失的身子，笑了一笑，他便熄了灯光，也就回房安寝去了。

第二天起来，柳剑影带了一些银钱，便动身到乌家镇的杨柳村去，因为有了半年的隔别，景物未免有些依稀，问了村里的人，方才找到了杨红薇的家。柳剑影望了望院子的门，似乎尚有些认得，那夜自己受了伤，就向那个院子门口摸索进去的，今天旧地重临，就可以和自己的心上人相见了，所以内心真有说不出的兴奋和快乐，他便大踏步地向里面走了进去，还高声地叫了两声红薇。

随了他的喊声，就见屋子里走出一个三十几岁的村妇来，她向剑影身上逗了一瞥惊异的目光，似乎对于这个陌生的西装客，心中感到有些害怕，低低地问道：

“你……你是找哪一家呀?”

“哦，大嫂子，请问这儿不是有个杨红薇姑娘吗?”

柳剑影走上几步，脱了头上的呢帽，向她含了笑容，很和气地问着。

“杨红薇？你找她有什么事？可是她已不在这儿了呀!”

那村妇听他是找红薇来的，心中倒暗吃了一惊，两颊立刻涨得绯红了，话声是显得特别焦急。

“那她到哪儿去了?”

柳剑影在听到她的回答之后，心中当然是大失所望，紧蹙了两条清秀的浓眉，望着她呆呆地出神。

那村妇支吾了一会儿，方才口吃地告诉道：

“也不知道她到哪儿去，是前星期的晚上吧，她就偷偷地逃跑了。你先生贵姓？和我们红薇是朋友吗?”

柳剑影听她这样说，心里就猜疑不定，暗想：红薇为什么偷偷地逃跑了？难道她是来找我的吗？不过她又不知道我住在什么地方，她到哪儿去找呢？唉，当初她不是说终生等着我到来吗？为什么这样性急就等不及了？柳剑影这样想着，心里自然很不快乐，所以对于那村妇的问话，也没有去回答她，只管出了一会子神。忽然他又想着红薇家里是已没有什么人了，那么这妇人又是她的谁呢？于是也急急地问她道：

“请问你是红薇的谁呀？”

“我……我是红薇的婶娘。”

那村妇听他既不回答，而且反来问着自己，一时更加吃惊，脸红得像血喷猪头似的，呆住了一会儿，方才低低地告诉出来。柳剑影这才猛可想到，红薇曾经告诉我，她族中还有几个叔叔的。瞧那村妇的神情，似乎十分心虚的样子，莫非他们想夺红薇的家产，所以把她赶出了吗？想到这里，心中就愤怒起来，意欲向她喝问情由，但自己到底不是她家什么人，如何可以去管他们的家事呢？若闹开来了，总还是我的理由欠缺，因此把满腔的怒火只好又竭力压制下来，向她说道：

“红薇好好儿的怎么会不别而行，这不是很奇怪吗？”

“可不是！我们也很奇怪哪！听说她爱上了一个姓柳的男子，所以我们猜测，也许她是去找那个姓柳少年的。”

婶娘虽然没有听他回答姓什么，不过她心中已经有些明白过来了，这次她又聪敏了，灵机一动，遂向剑影说出这两句话来。柳剑影听她这样说，脸也不免变了颜色，心中暗想：若照此说来，红薇是真的去找我了。这个我倒不能告诉她是姓柳的，万一她问我要起红薇的人来，我不是还要担着一个拐骗的罪名吗？剑影在这个感觉之下，他觉得三十六着走为上着，于是向她一点头，戴上呢帽，别转身子就匆匆地走出院子外去了。柳剑影一面走，一面还在暗暗地想：这事情就觉得奇怪，红薇怎么肯把爱上了姓柳的少年向他们告诉？不过既没有告诉，她又如何会知道？而且红薇也不应该这样性急地就来找我，因为她并不知道我住在什么地方，难道偌大的一个中国，她就找得到我了吗？唉，这孩子未免太糊涂一些了。想到这里，忍不住微微地叹了一口气，但是他立刻又有个感觉浮上来，像红薇这么一个聪敏的姑娘，想来她绝不会这样傻的。我想她一定是受了家庭的逼迫，因为无法再住下去，所以她才出走的。柳剑影左思右想，总是十分失意，临风独立，顿时感到无限凄凉。坐在归家途中的火车上，柳剑影是带了一颗悲哀的心，想不到来时的满腔热望，竟成了泡影的空虚。他暗暗地叹息着：为什么世界上的事情总是不如意的多，那不是造物嫉人，明明地在和我们作对吗？想到这里，摇了摇头，握着桌上那杯已凉的红茶，微微地喝一口。偶然抬头望去，忽然瞥见前面第一排椅子上，也不知什么时候哪一站上来的，竟坐了一个年轻的姑娘。穿了一件朴素的旗袍，没有烫发，但鬓发间还缀了一朵白绒线打成的花结。从这一点看来，显然还戴着孝。因为柳剑影瞧不到她整个的面目，所以当然是很模糊。后来那姑娘回过了粉脸，剑影这就瞧了一个清楚，觉得她的脸实在很像杨红薇，心中不免一动，暗想：莫非她真是杨红薇吗？

柳剑影和杨红薇原只有见过一次面，虽然红薇的脸已深印在他的脑中。不过江秋痕的脸蛋确实和红薇太相像，所以在剑影的心中自不免疑惑起来。因此他望着秋痕的脸，老远地只管呆呆地出神。后来他想起红薇母亲的死，照理她原该戴孝，现在这个姑娘，也是全身素服，那还不是红薇吗？剑影越瞧越像，越想越对，这就自己鼓励自己道：

“你怎么这样胆小？不是上前去可以招呼吗？”

于是剑影站起身子，很快地走到江秋痕座桌旁，来向她很急促地问道：

“你……你……不是杨小姐吗？”

江秋痕想着侯玉书对待自己的深情蜜意，并那亲热接吻的一幕，但自己终于忍痛割爱，向他不别而行，正在暗自伤神的当儿，忽然听得有人向自己喊杨小姐，这就回眸向他望了一眼。因为并不认识他，知道他一定认错了人，遂摇了摇头，说道：

“我并不姓杨，你先生认错人了。”

柳剑影被她这么一说，两颊不免羞得绯红，向她愣住了一会儿，自己也笑了出来，说道：

“你不是姓杨吗？那么你的名字不是叫作红薇吗？”

江秋痕见他这人有些奇怪，遂颦蹙了柳眉，说道：

“我不是叫红薇，你这人倒有趣，假使你认识我的话，我会不认识你吗？”

柳剑影听她话中的意思，似乎有些误会自己故意和她搭讪般的，这就愈加局促起来，搓了搓手，很抱歉地向她弯了弯腰，说道：

“很对不起，因为你这位小姐太像我一个女朋友了。”

说着，便转身又回到自己的座位上去了。江秋痕听他这样说，心里当然有一个反感，暗想：这话就有趣，无论如何脸相像，也绝不至于连自己女朋友都不认识的，可见他是借故和我表示认识，以便做个谈话的开始，所以一个单身女子在外面走路，实在是很危险的。秋痕既误会柳剑影是个歹徒，她心中自不免暗暗害怕起来，生恐剑影对自己还有不利的阴谋，那我不是要上他的当了吗？但仔细一想，那又有什么害怕？车到北平，我坐上一辆车子，叫他立刻拉到表姊那儿去，他能奈何我吗？江秋痕心中既然有了这个计划，她那颗跳跃的心方才又平静了许多。

柳剑影回到座位上坐下，虽然内心是十分失望，但两眼脉脉地还是向秋痕脸上不住地望过来，觉得这位姑娘确实太像红薇了。但为什么她偏偏不肯承认呢？那当然因为她真的不是红薇，假使她是红薇的话，见了我还不像小鸟儿般一跳一跳地向我来招呼了吗？可见无论什么事情，外表的相像是一些也没有用的。虽然那姑娘和我红薇长得一样妩媚动人，不过她却给予我十分的难堪呢！想到这里，情不自禁地会叹了一口气，心中对于那位姑娘也不免激起了一些怨恨的意思。但转念一想，这也怪不了人家，一个陌陌生生的男子，上前去招呼一个年轻的姑娘，这在人家姑娘的心中，怎不要引起误会来呢？那么说来说去总是自己不好，太以鲁莽一些，不过在当初我倒的确还不敢冒昧，后来越瞧越像，也不知打哪儿来的一股子勇气，竟会大胆上去招呼了。说也可怜，我一向记忆力不弱，怎么今天也会糊涂起来？在这里当然有两个原因：第一，和红薇认识的时间太短；第二，那姑娘确实太像红薇。所以我有些模糊，同时又因为我去找她，齐巧不遇，此刻在半途相逢，还不是喜出望外了吗？可怜是认错了人，不但一场空欢喜，而且还让人家姑娘轻视。唉，恋爱的滋味，究竟是苦涩的时候多哩！柳剑影独个儿暗暗地沉思，窗外春天的风虽然是很热情，但扑送在他的脸颊上，他也会感到了一阵恓惶的难受。

江秋痕对于柳剑影心中的沉思，当然是不会知道。今见他回到座位上后，还要目不转睛地盯住了自己呆望，一时便愈加肯定他不是个好人，心里暗想：瞧他人样儿倒生得气概不凡，谁知他是个无耻的狗蛋呢？江秋痕此刻的心里，绝对把剑影认作了坏蛋，所以一颗芳心中，不但很鄙视他的人格，而且还十分愤怒，这就鼓着小嘴儿，把脸别向到窗外去了。若把脸老是向着车窗外望，这当然也是一件很吃力的事，所以秋痕偶然也有回过脸来的时候，不料每次回脸，总和柳剑影的视线接了一个正着。秋痕心中既愤怒又害怕，她实在有些忍无可忍，忽然瞥见前面座位上有个空位子，旁边那个男子年约三十左右，生得非常老实的样子，这就灵机一动，心里有了主意。好在自己没有行李，换个位置坐坐，那是极便当的事情，于是她站起身子，就坐到那个三十左右男子的旁边座位上去了。柳剑影忽然见她换个位置坐了，心里这才猛可理会自己的态度不对，所以使她更加引起误会来了。一时又惭愧又好笑，暗想：我这人也痴得可怜，为什么老是望着她出神呢？在她心中不是要骂我是个好色之徒了吗？想到这里，忍不住连自己也笑出声音来了。

不多一会儿，火车已进了汉口的车站，离开北平是就在眼前了。江秋痕心中暗暗欢喜，觉得一到了北平那就不怕他了。在汉口下车的旅客也是不在少数，所以火车停在车站上，至少也要十五分钟的时间，不料这时月台上有四名巡逻队走到火车里来检查旅客的行李，江秋痕因为自己并没带着衣箱等物，觉得省却许多的麻烦，所以心自泰然。那时四名巡逻队握了盒子炮，早已检查到江秋痕的面前来了，其中一名把手向秋痕座椅下放着的一只小皮箱指了指，问道：

“那只皮箱是谁的？快打开来瞧瞧。”

秋痕因为事不干己，所以没有回答。谁知连旁边那个三十左右的男子，也是不声不响，装出若无其事的样子。那巡逻队连问了数次，却没有人来应承，心知事有蹊跷，遂亲自拔出利斧，将皮箱斫开，开了盖儿一瞧，见上面覆着一条簇新的线毯，再把线毯掀开，这就使众旅客都大吃了一惊。你道为什么？原来皮箱内安放的全是军火。巡逻队这就冷笑了一声，把盒子炮向两人一扬，大声喝道：

“这是谁带的东西？快快从实说出。”

“这……这……不是我的皮箱，你……问她好了。”

那个三十左右的男子脸色慌张地摇了摇头，伸手却向江秋痕指了指。江秋痕听他这样说，心中这一吃惊，真是非同小可，顿时花容失色，急急地说道：

“你问我，我怎么知道？我还是刚从那边坐过来的呢！你这人不要丧尽良心，一个人做事一个人当，你害了我，你有什么好处？”

“你们不用分辩，且跟咱们到司令部去一次再说。”

巡逻队认为两人都有嫌疑，遂把皮箱盖上，押着两人，跳下车厢去了。可怜这时江秋痕心中的焦急和害怕，几乎已经要哭出声音来了，心中暗想：我原是避免这个男子的捉弄，所以才换一个位置坐的，谁知反被这个歹徒咬了一口，私带军火的罪名不轻，万一被司令部糊里糊涂枪决，那不是有冤都没处去申诉吗？想不到这次为了救人性命，才忍痛割爱，留书出走，到如今只落得这样的下场，可见世界上的事情好心没好报，这不是太令人感到心痛了吗？想到这里悲惨已极，早已忍不住泪如雨下了。

柳剑影冷眼旁观，对于那姑娘受冤屈的事情，他心头是很明白的，暗自想道：这姑娘把好人错认小人，把小人当作好人，因此竟遭了无妄之灾了。这真所谓天下本无事，庸人自扰之。但转念一想，觉得自己这个人真浑蛋极了。那姑娘的受冤，虽然是她自己太小心了所致，然而推其原因，还不是为了我吗？假使我不向她出神般地呆望，她也绝不会无缘无故换座位的。既不换座位，她哪儿又会受这个冤枉呢？万一她真含冤而死，还不是等于我亲手杀了她吗？啊哟！那我的良心上怎么能够安？柳剑影心中既然有了这个感觉之后，他觉得无论如何非自己救她一下不可了，于是他便站起身子。不料这时火车已开，柳剑影心中这一焦急，不禁也为之汗流浃背，在情急之下，他就冒了危险，奋不顾身地就向车厢外跳了下去。

站在月台上的站警，见车厢内突然有人跃下，一时还以为发生了自杀的事情，慌忙奔了上去，把柳剑影从乱石堆中扶起来，问道：

“喂！你这人好好儿的为什么要自杀呀？”

柳剑影因为心慌意乱，站脚不住，所以竟是跌伤了腿。他听站警这样问他，心里正是又好气又好笑，连忙摇了摇头，说道：

“你别误会，我并不是自杀，因为有件要紧的事情。对不起得很，请你先送我到医院里去好不好？”

站警听他这样回答，不免也弄得莫名其妙，遂也不去管他，把他扶出车站，讨了一辆街车，给他坐到汉生医院里去了。到了汉生医院，柳剑影瞧那个来诊治自己的医生竟是从前随军的军医宋大仁博士。两人见面之下，俱各惊喜万分。宋大仁急急问道：

“老弟怎么又到汉口来了？你是怎么样受伤的呀？”

“宋大哥，这事说来话长，你且先瞧瞧我的伤处，会不会妨碍走路的？回头我得好好儿和你详细地谈一谈哩。”

柳剑影忍不住又笑出来，但腿疼痛非常，所以便先向他急急地催治伤处。

宋大仁于是把他伤处视察了一会儿，知道并没有跌断骨节，遂说道：

“不要紧，你放心，在院中住几天就好了。”

说着，一面把他伤处敷上了药，包扎舒齐，一面便送他到特等病房里去。柳剑影在躺到病床上的时候，心里真感到说不出的有趣，想不到我竟会在汉口睡医院了，这不是做梦也想不到的事情吗？宋大仁站在旁边，见他虽然受了伤，但嘴角旁却老是含了笑，一时十分奇怪，于是忍不住又问道：

“柳老弟，这到底是怎么的一回事情？你现在总可以告诉我了。”

柳剑影因为自己受了伤，所以把那姑娘被捕的事情竟淡忘了一些。及至被宋大仁一提，他这方又记得了，慌忙从床上坐起，说道：

“慢来慢来，这事情不能延迟，否则岂不误了人家一条小性命吗？”

说着，立刻在袋内取出一张自己的名片来，拿了自来水钢笔，在名片上唰唰地写了几行字，递给宋大仁，又急急地说道：

“宋大哥，对不起，相烦你差个人到司令部去一次，把我这张片子交给司令，快些快些吧！”

柳剑影一面笑着说，一面还向宋大仁连连地挥手。宋大仁接了名片，瞧了一遍，虽然有些明白，但还是并不十分清楚，这就忙问道：

“柳老弟，你闹的什么玩意儿？快告诉了我，不是叫我也好知道一个详细吗？”

“好大哥，你先差了人去，我和你细谈吧。救人如救火，这可不是玩的事。快！快！快！”

柳剑影说到末了，还连加了三个“快”字。宋大仁听他说得这样认真的神气，也就不敢怠慢，立刻走到外面，差个自己的助手，叫他快把那张名片送到司令部去。宋大仁的助手朱梅卿，平日司令家中有什么人病了，时常跟着大仁到司令部去诊治的，所以司令部里几个卫队也都认识他的，今见他匆匆前来要见司令，遂报了上去，不多一会儿，出来向梅卿说道：

“司令请你进去。”

朱梅卿和李司令见了面，就很恭敬地鞠了躬，然后把柳剑影那张名片呈送上去。李司令不知什么事情，遂很快地接过名片，见是柳剑影名片，上面还写了几行小字，遂瞧着道：

湖北省警备司令李凤池勋鉴：

刻在车站破获私带军火犯二名，其中一少女，实乃冤枉也。晚知其屈，不忍坐视，希请司令释放此女，实为大幸。斗胆上陈，还望宽恕，不胜感激之至。

专肃，敬请

大安！

晚　柳剑影叩上

即日

李司令瞧毕这张名片，心里好生不解，遂皱了眉尖，向朱梅卿问道：

“那么柳剑影他自己的人在哪儿？为什么不亲自来见我？”

朱梅卿见司令似有不悦之意，心里倒是吃了一惊，遂忙说道：

“柳剑影自己因为受了伤，所以此刻正躺在医院里。”

“什么？他受了伤？怎么样受伤的？”

李司令听了这话，也不禁为之骇异十分，遂向他急急地追问。

“那倒不知道他是怎么样受伤的，不过我知道他的腿确实是跌坏了。”

朱梅卿垂了两手，依旧很小心地回答着。李司令听了这话，不免暗自叫了一声奇怪，遂命张副官到汉生医院里去一次，一面表示慰问剑影的伤，一面向他探问究竟是怎么的一回事。张副官答应，遂和朱梅卿坐车到汉生医院去了。

大约经过三十分钟之后，张副官一个人从医院里匆匆地回来了，他含了笑容，把剑影受伤的经过向李司令告诉了一遍。李司令听了，这才有了一个恍然，暗想：当初我瞧那姑娘满颊沾泪的样子，就知道她是个被冤枉的女子，无奈那可恶的东西一口咬定是姑娘的皮箱，所以我不得不把他们暂时押起来。现在柳剑影既然为她作保，当然不能委屈良民，这就命张副官把江秋痕去带上来。张副官点头答应，便悄悄地退下去了。不多一会儿，张副官把江秋痕带领进来。李司令见她两颊红晕，犹沾着丝丝泪痕，仿佛雨后海棠，显出楚楚可怜的意态。她见了司令，似乎心有些害怕的意思，所以连抬头的勇气都消失了。李司令手指拈着人中上的短须，笑了一笑，遂和颜悦色地问道：

“你不用害怕，我再问你几句话。”

江秋痕听他这样说，遂抬起又惊又怕的粉颊来，秋波脉脉含情地在李司令脸上逗了那一瞥猜疑的目光，却是默不作声。李司令便又说道：

“你不是说到北平表姊家里去吗？现在我问你，有个柳剑影，你可认识他吗？”

江秋痕被他问得丈二和尚摸不着头脑，定住了乌圆眸珠，愣住了一会子。良久，方才摇了摇头，说道：

“我并不认识他，你问我做什么呀？”

李司令于是把柳剑影那张名片，交到江秋痕的手里，说道：

“你倒瞧一瞧。”

江秋痕不知道他存的什么意思，但也不去管他，就低头把名片上的字儿念了一遍。江秋痕既念过这几行字，一颗芳心真弄得说不出的神秘起来，暗自想道：这个柳剑影到底是谁呢？我既不认识他，他如何会知道我是受冤枉的，那不是奇怪吗？李司令见她瞧了这张名片后，却呆呆地只管出神，遂又问她道：

“你真的不认识他吗？”

江秋痕点了点头，把名片交还了他，低低地说道：

“是的，我委实是不认识他。”

李司令忍不住也笑起来，说道：

“那真是你的造化，所以才有这样热心的好人奋不顾身地跳下火车来救你。我告诉你，那个柳剑影知道你是冤枉的，正欲跟你们下车同到司令部来，不料火车已开，所以他便从车厢内跃身跳下，因此跌伤了腿部。你想，这样任侠的好人，你不该到医院里去望望他吗？”

江秋痕听了这几句话，心里又惊又喜，那玫瑰花儿似的粉颊上，酒窝儿掀了起来，破涕笑道：

“那么李司令也相信我是受冤枉的吗？”

“我倒并不是相信你，但我就相信柳剑影的话，他说你是受冤枉的，那么你当然是冤枉了。”

李司令听她这一句话问得至少还带有些孩子气，这就肯定她是个良善的姑娘，因为自己和剑影在过去实在也有些交情，所以这次把人情都交给剑影身上去了。江秋痕对于李司令这两句话，自然又不禁为之愕然，暗想：那柳剑影是个什么的身份？他说的话，连司令都这样信仰吗？那我这次的不幸遭遇，可说是逢凶化吉，遇到贵人的扶助了。遂立刻向李司令深深地鞠了一个躬，笑盈盈地说道：

“多谢司令明鉴，实使民女感激不尽，但这个柳先生现在不知住哪个医院，民女当然也得向他去道个谢。”

李司令见她说话流利，人聪敏，心里也很喜欢，便笑道：

“柳先生现住汉生医院，几号病房我倒不详细，哦，张副官，你知道吗？”

说到这里，忽然瞥见旁边站着的张副官，于是忙又向他问了一句。

“是特等病房，三号房间。”

张副官低低地告诉。

“好，那么你此刻就去吧！”

李司令点了点头，向江秋痕挥了挥手，于是张副官就带她出了司令部的大门，江秋痕坐车到汉生医院里去瞧望那个并不相识的恩人去了。江秋痕走进了汉生医院，当她踏上了特等病房的走廊的时候，她那颗芳心中是在暗暗地猜想：这个柳剑影先生一定是个慈祥的老年人吧？他和李司令一定是非常知己，所以把这么重大的一个私带军火犯凭了这么一张名片就可以释放出来。虽然我确实是个安分守己的良民，但也可知柳先生真不是个等闲之辈了。可怜他为了我的冤枉，要救我无罪，而竟累他跌伤腿部，这在我是多么抱歉和不安啊！这个天大的恩惠，真是叫我没法报答的。不知他老人家有没有女儿，否则我认他做个义父，情愿终生服侍他，以报答他奋不顾身的相救之情。江秋痕一面走，一面胡思乱想地忖着。不知不觉地早已走到三号病房的门口了，她停止了步，望着白漆的板门，倒又呆住了一会子。最后她才鼓足了勇气，伸手握了门拳，轻轻地推门走了进去。当江秋痕一脚跨入病室，秋波掠到床上倚靠着的柳剑影脸的时候，她心中这一惊奇，不觉面红耳赤，目瞪口呆，竟像泥塑木雕似的怔住了。

柳剑影靠在床栏旁，听有人走进来，遂回眸望去，突然见了江秋痕，这在他一个寂寞的心灵里也是感到了意外的惊喜，所以望着秋痕四月里蔷薇那么可爱的脸庞，也是一句话都说不出来。结果还是江秋痕转着乌圆的眸珠，一步一步地走近床边来，一撩眼皮，低声儿地问道：

“这位就是柳剑影先生吗？”

“不敢，在下正是。小姐怎么知道的？”

柳剑影慌忙也把定住了的眼珠转起来，点了点头，满脸含笑地回答着。

“是李司令告诉我的，柳先生，你这样热心仗义，奋不顾身地跳下火车来，原因是为了救我，我在万分感激之余，实在又觉得太对不住你了。柳先生，你腿伤得怎么样？不知会不会妨碍走路吗？”

这时候秋痕的芳心里，真是充满了甜酸苦辣各种不同的滋味。她做梦也想不到在火车上自己认为无耻的坏蛋，竟是个有身份而且具有热情的少年，所以她不但感激得五体投地，而且对他也觉十二分羞惭。所以明眸脉脉含情地凝望着他英挺的脸蛋，她绯红了两颊，话声是感动得带有些颤抖的成分。

“不要紧，刚才我给医生诊治过，大概没有妨碍走路的危险。我还不曾请教你的贵姓并芳名，不知道小姐肯告诉我吗?”

柳剑影见她那种表示无限歉意的神情，会令人感到了楚楚爱怜，于是摇了摇头，向她又微含了笑意，低低地问。

“敝姓江，草字秋痕。柳先生，我觉得总太对不住你了。”

秋痕一面回答，一面又向他低低地抱歉。因为柳剑影那种温文的神情，更使自己心头感到了极度不安。

“江小姐，你不用说这些话，因为你这次的受冤被捕，是我害了你的，所以我非把你救了出来不可。其实累你饱受虚惊，我已经是很对不起你了。”

柳剑影听她一味地只管抱歉，知道是她芳心中表示感激的意思。当然他心里是非常喜欢，因为他可以叫秋痕明白自己到底是好人还是坏人，所以他望着秋痕的粉颊，又低声儿说出了这几句话。

江秋痕听他这样说，心中不胜惊异，倒是愕住了一会子，她凝眸含颦地反问道：

“柳先生，你这话我可有些听不懂，怎么说是你害了我的?”

柳剑影笑了一笑，说道：

“你不懂？其实那是很明白的事情。假使我不错认你是我的女朋友，那你也不会换一个位置坐的，既不坐到那男子的身旁去，这件冤枉官司你不是一些也不会连累在内的吗？所以推其原因，总是我害了你的。”

江秋痕听了他这几句话，连耳根子都羞得红起来了，垂下了粉脸，却是默不作答。经过好一会儿，才抬起螓首，秋波娇羞地逗了他一瞥，赧赧然地说道：

“这不能怪你，是我太多心了，把你错认了是个歹东西，所以我很惭愧，真可说是有眼无珠了。”

柳剑影听她说完了这两句话，又显出娇羞万状的意态。因为她话中的意思，也在抱怨她自己的多心，所以忙也说道：

“江小姐，这倒不能说你太多心，因为社会是黑暗的，人心是险恶的。知人知面不知心，一个女孩儿家在外边走路，怎不要随时随地地防到呢？所以我说总是我不好，不过我一个女朋友名叫杨红薇的，她实在很像江小姐，因此我就情不自禁地来问你了。”

江秋痕方知他是个胸中雪亮的少年，这就扑地一笑，忙又说道：

“认错了人，那也是常有的事情，不算什么稀奇，不过柳先生既错认了以后，为什么还不相信似的老望着我发怔？难道说我和杨小姐是脱了一个胎子不成？”

“是的，我很明白，江小姐所以生气，也是因为我老是望着你的缘故，但这也有一个原因。我这次出来，原是去拜望我那个姓杨的女朋友，不料她家里人告诉我，说杨小姐也来望我了。我既扑了一个空，心里当然是很失望。后来在火车上见了江小姐，以为在半途上遇见了，所以我是非常高兴，不料被江小姐否认了以后，我心里就觉得奇怪。因为杨小姐也该是戴着孝，不料你也是戴孝，脸又越瞧越像，可是你偏不承认，所以我就不免痴呆起来了。”

柳剑影点了点头，望着秋痕的脸，很认真地说着，似乎他在此刻还分辨不出秋痕和红薇的脸，是哪一处有些不同的。

江秋痕从他这两句话中猜想，就可以知道柳先生也是个很痴情的少年，但她芳心中还有些疑问，遂一撩眼皮，又很快地说道：

“柳先生这话我觉得有些不合乎情理。”

“那为什么？难道我又骗了你吗？”

柳剑影不等她说完，立刻又急急地追问她。

“不，你别忙，我问你，柳先生和杨小姐是朋友，有了多少日子了？分开以后到现在，又有了多少日子了？为什么瞧了我许多时候，还认不出我究竟是不是你的杨小姐吗？所以你这话在无论什么人耳中听来，也总觉得有些不合乎情理。”

江秋痕转了转乌圆的眸珠，向他又絮絮地问出了这一篇话，表示自己所以说他不合乎情理的话，理由是相当充足。柳剑影点了点头，笑道：

“你说得不错，不过在我告诉你了以后，你就会明白我和杨小姐的友谊，就是这么短短的在一个深夜里只见了一次的面啦。”

说着，遂把那夜的经过，向秋痕约略地告诉了一遍，并且又说道：

“江小姐，你想只有见了一次的面，而且又隔别了半年多的日子，所以见了酷肖杨小姐的你，怎不要叫我弄得模糊起来了呢？”

江秋痕听了这些话后，方才有了一个恍然，暗想：如此说来，那就无怪他的了。于是开始又明白柳先生原来也是个有热肠侠骨的志士，所以他和李司令也都认识的了。一时想着自己会把一个勇敢的少年当作了无赖之徒看待，那真是可笑极了，遂说道：

“原来柳先生和杨小姐是在剿匪区域中认识的，那么杨小姐她已知道你的府上是住在什么地方吗？”

柳剑影被秋痕这么一提，忍不住又愁锁眉梢，说道：

“她只知道我是北平人，可是她并没有知道我家住在什么地方，所以我心里也在担着忧愁哩！”

说到这里，又忍不住微微地叹了一口气。江秋痕见柳剑影那种用情专一的模样，她的芳心中这就也想起侯玉书来。玉书比剑影更要俊美，他也和剑影同样多情，我和他原是一对美满的姻缘呀！想不到会落得如此的结局，那我的命不是太薄了吗？想到这里，自然无限感触，也就情不自禁地深深地叹了一口气。柳剑影听秋痕也叹气，心里不免奇怪起来，遂瞟了她一眼，很猜疑地问道：

“江小姐，你怎么也叹气了？莫非你心中也有不如意的事情吗？”

江秋痕被他这么一问，两颊倒不禁又添了一圆圈的红晕，芳心暗想：我难道也把失意的事情告诉你吗？那究竟太不好意思一些了。沉吟了一会儿，忽然有了主意，遂把无限哀怨的目光向他脉脉地逗了那么一瞥，低低地说道：

“我听说柳先生是个勇敢的青年，所以使我不免想起曾因剿匪殉职的哥哥来，唉！”

说到这里，又叹了一声，大有盈盈泪下的神气。

“哦？原来你的哥哥也是我们的同志，不知道他叫什么名儿？”

柳剑影听她这样说，微蹙了眉峰，向她又低低地询问。

“哥哥叫江鸿宾。”

秋痕轻声儿回答。

“什么？江鸿宾就是你的哥哥吗？”

柳剑影不等她说下去，两道炯炯的目光直望着秋痕，他的眼角旁已是涌上一颗晶莹莹的泪水来。

“可不是！柳先生认识我的哥哥吗？”

江秋痕再也想不到自己眼泪还没有流下来，却见柳先生已泪下如雨了。她本来是站得老远的，大概被情感一度地激动，使她情不自禁地走近到床沿边来，一面向他急急地追问，一面她的泪水也沾有了她整个的面目了。

“不但是认识的，而且是非常知己……哦！我倒又想起来了，你哥哥临死的时候，他有一本日记册子交给侯玉书，因为他们是同乡，所以托玉书回家的日子，顺便到你家里来一次，不知道侯玉书可曾到你家里来过了没有？”

柳剑影见她带雨海棠似的娇容，实在惹人爱怜的，遂向她低声地说着，忽然想起玉书的一回事，他又顺便向秋痕问了一声。秋痕听他连玉书的名儿都喊了出来，可见他确实是我哥哥的好朋友无疑了。因为自己和玉书还有这一段不如意的事情，心中更加悲酸，一面点头，一面泪又扑簌簌地滚下来了。柳剑影见她索性已在自己床沿边坐下来了，而且是悲泣得非常伤心。一时忽有所悟，遂急急地又问道：

“江小姐，你瞧我这个人可糊涂吗？你怎么也上北平来了？还有你戴的是什么人的孝呀？你的爸爸身子好吗？”

柳剑影问到“好吗”两字，声音根本在颤抖，因为照他心中的猜测，恐怕她的爸爸已经不在人世的了。果然江秋痕听他这样问着，她把剑影已当作了亲人一样，竟掩着脸，不管一切地已呜呜咽咽地哭起来了。

柳剑影被她这么一哭，他就急得没了主意，搓了搓手，要想安慰她几句，但喉间仿佛有什么东西哽住着，竟是一句话都说不出，因此陪着秋痕也默默地淌了一会儿泪。良久，方才取出一块雪白的绢帕，掷到她的身怀里去，低低地安慰道：

“江小姐，你别伤心了，自己身子要紧。你也是个明理的人，难道你还不知道‘生老病死’这四个字吗？但你的爸爸，不知道是在哪一个月……”

说到这里，顿了一顿，却望着她粉脸出神。江秋痕见他这样多情，芳心中自然十分感激，遂不忍拂他的美意，拿了他掷下的手帕，在脸上拭去了泪痕，低低地说道：

“去世到现在还不到两个月……”

说着，叹了一声，泪水又从眼角旁滚滚地掉下来了。

“那么江小姐现在是预备到哪儿去的？”

柳剑影想起秋痕孤苦无依的身世，因此又想着了飘零在外面的红薇，他觉得两人会一样可怜，一面陪着落泪，一面又向她很关心地问着。

“我是预备到北平表姊家里去的，想不到在火车上会遇见了柳先生，而且又遭了不幸的不白之冤。若不是你柳先生舍身相救的话，我的生命不是危在旦夕了吗？现在我虽脱了罪名，但是却累柳先生跌伤了腿。此恩此德，真不知叫我如何感激才好呢！”

江秋痕见他也陪着自己只管淌泪，心里在万分感动之余，又觉得无限过意不去，所以她自己先收束了泪痕，然后把那方手帕又递给他，是叫他把泪拭去的意思。柳剑影于是也拭干了泪水，握住了她的手，很柔和地说道：

"江小姐，既然说起来你哥哥还是我的同志，那么说得恳切一些的话，我们也就像兄妹一样，所以你对于感激的话，还是不要提起吧。"

"好吧！那么我就认柳先生做一个哥哥，请你瞧在我已死的哥哥的情分上，你就得多多照顾我一些。"

江秋痕被他握住着纤手，是显得十分柔顺，她点了点头，掀着娇媚的酒窝儿，秋波盈盈地却逗给他一个倾人的甜笑。柳剑影对于秋痕这两句话，那是感到意料之外的。他想不到自己又会收了这么一个妩媚可爱的妹妹，他望着秋痕这时的一笑，实在娇艳到了极点，于是他情不自禁地也笑起来，说道：

"你放心，我总可以尽哥哥的力量来保护妹妹的。"

说着，把她的纤手更握得紧一些。两人四目相对凝望了一会儿，彼此都赧赧然地微笑起来了。

"哥哥，你的腿现在还痛吗？给我瞧瞧，究竟伤得怎么样了？"

两人相对凝望了一会儿，江秋痕忽然向他叫了一声，伸手去掀开在他身上的线毯，要瞧他腿伤的地方。柳剑影听她真的亲热地喊自己哥哥了，心里不免荡漾了一下，遂忙拦阻她去掀那线毯，把她的手拉了回来，微笑道：

"医生已敷上了药，包扎舒齐了，你瞧不到的，还是别瞧吧。秋痕，你告诉我，你今年几岁了？"

"我十八岁，你几岁？"

江秋痕被他手一拉回来，她的身子就几乎直扑到他的怀里去，遂忙坐正了身子，红晕了娇靥，秋波向他盈盈地瞟了一眼，低低地还问他。柳剑影暗想：杨红薇去年十八岁，不料秋痕比红薇还小一年。握了她白嫩的纤手，温和地抚摸了一会儿，笑道：

“你还只有十八岁，那真是我的小妹妹哩！”

“罢呀！我瞧你也长不了我几岁的。”

江秋痕把殷红的小嘴儿噘了一噘，秋波却逗给他一个妩媚的娇嗔。柳剑影见她一举一动、一颦一笑，真仿佛和杨红薇一模一式，心里这就又喜又愁，愁的是红薇不知上哪儿去，喜的是又得了像红薇那么可爱的一个秋痕，而且还是鸿宾的妹子。望着她娇嗔的意态，遂也笑道：

“我二十四岁了，不是比你长了好多年吗？”

秋痕听了，芳心中自然也有个感觉，他比侯玉书大一岁，虽然十分感触，但表面上还是含了倾人的娇笑，淘气地说道：

“你二十四岁了吗？嗯，生得很嫩面，我瞧着最多也不过十六岁罢了。”

秋痕一面说，一面笑，说到“罢了”的时候，她的腰肢几乎直不起来了。

“哎！你真是个顽皮的孩子！”

柳剑影瞧了她那种可人的意态，他不禁为之神往左右，忍不住得意地笑起来。忽然他又想起了一件事，遂向秋痕正经地道：

“秋痕，医生嘱咐我，在院中要住上好多天，才可以照常步行。所以我的意思，你此刻还可以动身到北平去，只要你告诉了我表姊家里的地址，明天我出了院，就会到表姊那儿来望你的，你瞧好不好？”

柳剑影说这两句话原也是一片好意，不料听在江秋痕的耳中，心里就大不高兴。她把脸上的笑容也收起了，秋波无限哀怨地望了他一眼，说道：

“你既然承认我是你的妹子，那么你就不应该向我说这几句话。你做哥哥的能够尽最大的力量来保护妹妹，那么我做妹妹的难道不应该尽最大的力量来保护哥哥吗？况且你这次的受伤，完全是我累苦你的。就是我们不认作兄妹吧，那么我也不忍心抛着你独个儿回北平去的，所以你说这些话，叫我听了不是心中难受吗?”

秋痕说到这里，泪水却忍不住又夺眶而出了。秋痕这一篇话，是使剑影心中感动得太厉害了。他握着秋痕的手，轻轻地摇撼了一阵，他说不出一句话，望着海棠着雨般的秋痕的脸，他把眼泪也不断地落了下来。

“妹妹，我说错了话，请你饶恕我吧。我想不到你竟是个这样多情的姑娘。”

柳剑影向她低低地赔着不是，他后面这一句话，至少是感到意外的意思。他觉得自己这次的腿伤，的确是得到了相当的代价。秋痕听他赞美自己多情，一时心里也不知道为什么要这样悲酸，她的眼泪更像断线似的珍珠一般地滚下来了，低声地说道：

“哥哥，你别说那些话，在哥哥所以叫我此刻回北平去，我也未始不知道你是一片好意的，不过……”

说到这里，却是说不下去，忽然她倒入剑影的怀里，却是深长地叹了一口气。柳剑影觉得秋痕这位姑娘的脾气有些怪，她在未知我是她哥哥朋友之前，我问她一声是不是杨小姐，她却把我当作了歹徒看待。现在忽然对我竟分外亲热起来，莫非她真的想爱上我了吗？一时把手抚摸着她的背部，倒不禁愕住了一会子。秋痕这时却又抬起满颊是泪的秀脸，向剑影望了一眼，说道：

“哥哥，兄妹间对于这样的亲热，总还可以的吧?”

柳剑影忽儿又听她这样说，心中奇怪得更加说不出话来，暗自想道：秋痕这几句话，不是明明地存心和我结个纯洁的兄妹关系吗?那么我倒又误会了她，其实这位姑娘的性情，真是太令人不可捉摸的了。遂拿帕给她拭去了颊上的泪水，向她轻声地说道：

“妹妹，你为什么要说这些的话？总是我不好，把妹妹又引逗得伤心起来了。”

“不，这不干哥哥的事，因为我又想起了一件悲哀的事情来了。”

秋痕见他柔情蜜意地对待自己，又在抱怨他自己的不好，心里有些不忍，遂连忙向他摇了摇头，她已抑制不住把她内心的苦恼要向剑影倾吐出来。

“秋痕，你又想起一件什么悲哀的事情来？假使你不把我当作外人的话，那么你就应该告诉给我知道的。”

剑影到此方知她抑郁的意态，原来她内心还蕴藏着一件悲哀的事情，这就拍着她的肩胛，又柔声儿地安慰她。

“哥哥，你和侯玉书也是很知己的朋友吧？”

江秋痕点了点头，俏眼瞟了他一眼，向他低低地问着。剑影是个很聪明的人，他听秋痕话中有因，这就吃惊地问道：

“不错，侯玉书和我都是生死之交。怎么啦？妹妹难道受了他的委屈了吗？不过我知道他也绝不是个浮华的少年呀！”

江秋痕听他这样说，那分明是误会了自己的意思，这就连说了两个“不”字。一面把自己和玉书说合婚姻的经过，以及忍痛割爱的事情，详详细细地向剑影告诉了一遍，并且淌泪说道：

“哥哥，你想，妹子的命苦不苦？”

剑影想不到玉书和秋痕其中还有这一段甜酸的事情，一时反而埋怨她说道：

“妹妹，不是我还抱怨你这举动不应该，要知道你这么一走，玉书心中不是太痛苦了吗？”

“不过云珠也不是个庸俗的脂粉，玉书心中的痛苦也无非是暂时的问题。牺牲我个人的幸福，成全他们一对，救了云珠的性命，这在我不是要算干了一件痛快的事情吗？所以我觉得这个牺牲，至少还有些价值的。”

江秋痕摇了摇头，很兴奋地说。

“虽然你这存心是伟大的，但是你精神上的痛苦，当亦难以尽述的了。”

柳剑影拍着她的肩胛，代为她深深地叹了一口气，忽然又笑道：

“不过妹妹的用情，不但可称情之神、情之圣，简直可说已超入佛的世界，大可称之为无量慈悲多情佛。称之为神，只不过专一纯洁高尚而止。称之为圣，即含有至善无上之意，程度已较神高一等了。若称之为佛，则大千世界，一切众生，无所不包，无所不容，虽神与圣，犹有望尘莫及之感。所以我谓妹妹乃天地古今第一多情人，实可当之无愧呢！”

江秋痕听他絮絮地说出了这两句话，一颗芳心在万分空虚之余，不免也得着了无上的安慰，掀着妩媚的酒窝儿，也不禁为之破涕失笑起来了。

光阴匆匆，江秋痕伴着剑影在医院里，不知不觉已有一星期了。在这一星期中，剑影的一切起居饮食，全是秋痕一手料理。两人你敬我爱，真仿佛一对少年夫妇那么亲热恩爱，在秋痕的心中固然把玉书忘怀，就是剑影的对于想念红薇，也一天淡如一天了。

这日剑影可以出院，于是和秋痕匆匆乘火车回到北平，剑影还亲自送秋痕到表姊家中，方才自行回家。不料他弟弟剑鸣一见哥哥回来，便向他笑嘻嘻地告诉道：

“哥哥，事情真不凑巧，你动身走后的第三天，就有一个姓杨的姑娘来找你哩！”

剑影一听这话，真是喜出望外，不禁乐得跳了起来，拉了弟弟的手，急急地问道：

“好兄弟，她的人在哪里？她的人在哪儿呀？”

第六回

命途多舛红粉又飘零

杨红薇那夜待柳剑影走后，她想起身世的孤苦，悲从中来，伏在她娘的尸体上，呜呜咽咽地又哭了一场。因为四周是那么黑暗，而且又这样静寂，忽然她眼泪模糊地似乎瞥见了可怕的魔影，在微弱的灯火光芒下闪来闪去，红薇虽然明知这是自己心虚眼花所致，但也不免害怕起来，心中暗想：此刻最多也不过两点光景，等到天明，要四五个钟点，我一个人睡又睡不着，若坐一夜那实在太害怕一些了，况且把妈尸体移到床上去，也要有个帮手才是。隔壁张大娘平日和我非常莫逆，何不叫她来给我做一夜的伴呢？杨红薇想定主意，遂急急奔到隔壁院子来，把竹篱笆的门连连敲了两下。

那时张大娘两口子躺在床上，听了外面一片噼噼啪啪的机关枪声，已经是吓得全身在瑟瑟地发抖了。此刻突然又听敲门甚急，一时还以为残匪抢劫，心中这一吃惊，顿时脸无人色，慌忙把灯火熄灭了，连牙齿都咯咯地相打起来了。

“他妈的！我去开门瞧瞧，究竟是什么东西？若来的人少，我就和他拼个死活，这个世界还做什么人呢？”

张大爷气急了，把心一横，他便要愤愤地从床上跳下来。

“啊哟！那你是去不得去不得呀！他们有刺刀有手枪，你凭几条性命跟他们去拼呀？”

张大爷这举动瞧在张大娘的眼里，心中这一害怕，真是非同小可，急得把他身子紧紧抱住了不放，口里还向他急促地问着。一个人的性命是人人要的，所以张大爷被大娘这么地一抱住了后，把他满腔的勇气都消失了。他在想雪亮的刺刀、乌黑的手枪，他偎在大娘软绵绵的怀里，把身子开始又瑟瑟地抖个不休。

“张大娘，张大娘!”

忽然一阵女子的喊声，从静夜的空气里触送到两人的耳中。这声音是十分耳熟，那可是隔壁的杨姑娘呀！张大娘有了这么一个感觉之后，她的胆子又大了起来，向张大爷说道：

“你听那口音不是杨姑娘吗？连姑娘都在外面跑呢，想来危险时间已经过去了，我们快给她开门去吧。”

“可不是？所以我要开门去瞧个仔细，因为假使是残匪的话，他还不劈门而入吗？何必这样客气老是敲着门呢?”

张大爷说着话，连忙又摸索着了火柴，燃着了油灯，一面披衣起床，握着油灯，匆匆地步到院子里来了。

“张大爷，你快开门，大娘呢?”

杨红薇见张大爷慢步走出，她便急急地催促着。

“杨姑娘，你的胆子可不小，怎么还敢到外面来跑吗?”

张大爷一面开了门，一面向她低低地说。红薇挨身而入，急急地代他关上门。张大爷在她回身过来的时候，手中拿着的油灯光芒，照映到红薇的脸颊时，只见泪丝点点，仿佛刚出水的芙蓉模样，这就大吃了一惊，忙又急急地问道：

“杨姑娘，怎么啦？你家里发生了乱子了吗?”

“是的……我的妈被匪徒……杀死了。”

杨红薇点了点头，一面和他向屋子里走，一面已是哭出声音来。

“哟！什么？你妈被……杀死了吗?”

张大爷手一抖，那盏油灯几乎也落到地下去了。

“杨姑娘，那么你……你可曾受了他们的亏啦?”

张大爷高声地嚷，在房中的张大娘也早已听得清清楚楚的了。

她脸色慌张地走出来，但杨红薇已步入了房中，她一见了张大娘，仿佛见了亲娘一样，便投扑到她的怀里，哇的一声哭起来了。

“杨姑娘，你别哭呀，到底是怎样的情形？你不是该告诉我一个说法吗？”

张大娘抱住了她的娇躯，轻轻地向她安慰着。杨红薇于是把残匪进门后的惨无人道的行为向张大娘悄悄地告诉。两口子听到红薇被绑在床上的时候，急得不约而同地都高声地嚷道：

“啊哟！那可怎么办？你不是完了吗？”

“你们别急，后来自有救星的。”

杨红薇说着，于是把柳剑影奋勇相救的一幕又向他们告诉了一遍。张大娘听了，这才转忧为喜，微笑道：

“那真是谢天谢地了，天下真有那么的好人吗？杨姑娘，不知你问了他姓名没有？否则，将来不是还可以多个认识的机会吗？”

杨红薇羞红了两颊，以下的话她就不再告诉下去，单说道：

“张大娘，此刻外面已经没有事，因为他们全都退却了。所以我要求你过去陪伴我一夜，因为我一个人实在害怕哩！张大娘，不知你能够答应我吗？”

说到这里，泪珠又扑簌簌地滚下了两颊。张大娘见她这样楚楚可怜的意态，心中不忍，遂点头答应了她。张大爷还不放心，所以亲自送她们过来，帮着在草堂上陈设了素帏，将杨老太的遗体移到素帏里。杨红薇在灯火闪烁之下，瞧着妈满胸鲜血的情形，真是惨不忍睹，于是撞撞颠颠地又哭起来。张大爷连忙劝她说道：

“杨姑娘，这样兵荒马乱的时候，且又在半夜三更，你能如此地大哭吗？所以我劝你想明白一些，事已如此，哭亦无益，我们还是办理老太的后事要紧哩！”

“这话对了，杨姑娘，你把老太的寿衣拿出来，我们不是该将她衣服换一换吗？”

张大娘拉着红薇的手，也低低地向她劝慰着。

杨红薇听了，也只好停止哭泣，收束泪痕，把妈的寿衣取出，和张大娘一同忙碌起来。直待一切舒齐时，已东方发白。张大爷也把红薇族中几个叔叔都喊来了，几个婶娘也自不免在杨老太的床边嘤嘤地哭了一场。几个叔叔的意思，因为时值兵荒马乱，所以不必过于铺张，就这么悄悄地下葬了是正经，说什么落土为安。杨红薇因为只管伤心地哭泣，一时也没了主意，所以随他们的摆布。事后，杨红薇对于张大娘两口子自然感激万分，向他们谢个不了。张大娘劝慰了一番，也就自管回去。

这里几个叔叔中有个名叫大保的，是非常贫穷，而本身的品性又不甚正气。他的妻子也是个好角色。她见杨红薇只剩了一个人，她灵机一动，这就有了主意，便假说和红薇做伴，叫她不用伤心。红薇因为一个人也确实很感寂寞，所以很是欢喜，不料一住再住，从此以后，大保夫妇便当作自己家里一样地专起权来了。

杨红薇也不是个好欺侮的姑娘，她当然不肯让他们随便地做主，所以家庭中就常有了吵闹的事情，但一个女孩儿家，心中怎受得了委屈？因此气愤不过的时候，常常到张大娘那儿去哭诉一番。张大娘虽然给她代为不平，但自己不过是邻居的地位，自然不好出来干涉，因此也只有劝慰她几句，总叫她心放宽了一些，不要和他们一般的见识才是。

事情是非常遗憾，张大爷因职业上的更动，所以他们便搬了家。这在杨红薇失却了一个闺中的腻友，当然是十分难受，所以在张大娘搬家的那天，两人握住了手，曾经也暗暗地淌过了一会儿眼泪。从此以后，红薇受了叔叔的气后，她只有在妈的遗像旁呜呜咽咽地哭泣了一场。

光阴是过得非常快速，转眼之间，又是春的季节了。杨红薇听到剿匪已经结束了的消息后，她内心开始又滋长了新生的希望。每夜睡在床上的时候，她终要默默地祈祷了一会儿，有时候暗暗地淌着眼泪，有时候独个儿也会笑出声音来。她想着剑影那种英武的风姿、多情的举动，尤其人格的伟大，见色不乱，这在少年人群中确实是不可多得，怎不令人感到他的可爱呢？于是她脑海里又浮起剑影闭了眼睛，摸索着给自己解绳子的一回事，两颊一阵绯红，全身顿时会热辣辣起来。她情不自禁扑哧一笑，觉得剑影在诚实之中，不免掺和了一些傻气。闭了眼睛，怎么可以解绳子呢？因此把他的手反而摸索到自己的……想到这里，再也想不下去，心内真感到了无限娇羞。虽然室中是并没有第二个人，但她也会把粉脸躲藏到被窝里去。

剿匪是结束了，照理柳剑影不是该来瞧望我了吗？但何以一个多月后，还不见他来呢？莫非他被别的事务缠住了吗？也许他已不在人间……想到这里，她把自己的嘴会立刻扪住了，自己抱怨自己道：

“别胡猜，像他们那么雄壮的少年，老天也绝不忍心的，但愿他平安无事吧！”

杨红薇口里虽然那么说，但心中也不知为什么要这样悲酸，眼泪会像泉水一般地涌了上来。不过既把泪水落下了，她又用手背去拭了拭，暗暗地又道：

“不要伤心，他一定会来瞧我的，那时候我们握手言欢，又是多么快乐呢！”

于是红薇的酒窝儿一掀，她又破涕笑起来了。可怜红薇这几天睡梦中也会见到剑影，一会儿笑，一会儿哭，她是陷入了痴呆的生活中在度日哩！

这天下午，红薇和她的婶娘在草堂上坐着干活儿，忽见叔父带了一个年轻的男子走进来，因为躲避不及，所以两人的视线不免接了一个正着。红薇见他身穿灰哔叽长衫，满脸显出滑头的神气，两只眼睛只管在自己脸上来回地打滚，心中好生不悦，于是站起身子，低了头，自管回到卧房里去了。吃晚饭的时候，那少年当然是走了。大保一面喝着黄汤，一面望着红薇的粉颊傻笑了一会儿，这才低声地说道：

“红薇，刚才那个少年你可认识他是谁吗?”

“叔叔，你这话问得有趣，我一个女孩儿家，管得他是谁吗?”

红薇咽了一口饭，秋波逗了他一瞥轻视的目光，却给他碰了一鼻子的灰。大保被她碰了一个钉子，当然是十分没趣，这就沉下脸来，愕住了一会儿，忽然他又笑起来，说道：

“你这孩子说话就不知轻重，不是为了他是个了不得的人，叔叔会跟你说这些话吗？他是乌家镇上数一数二的大财主的儿子，梅世凯少爷呀!”

“管他这么有钱，我们也不能向他借一个半儿。这样大少爷，到我们穷人家里来干什么?”

杨红薇见他涎皮的神情，一颗芳心中实在非常生气，所以绷住了粉脸，还是向他冷冷地讥讽着。

“唉！你这孩子没有吃了生米饭，怎么说话就这样没有道理呀?”

杨大保被她说得有些下不了面子，皱起了眉尖，表示十分不高兴。

“这是你自己不好，你有什么意思，不向她快快地说出来，尽管说些那种废话，这不是叫姑娘心中生气吗?”

红薇的婶娘掀了两片厚唇，插着嘴说，但脸上含了笑容，还向大保白了一眼。大保听她这样说，方才又笑了起来，说道：

“那倒是我错了，错就错了，红薇你别生气吧。叔叔是很关心你的终身问题，你的年纪可也不小了，所以我在外面一心地给你找好的婆家。现在就找到了那位梅少爷，他家里既有钱，而且人样儿又好，你若嫁给了他，那就真福气。住的楼房，吃的山珍海错，穿的绸缎绫罗，大小使女凭你使唤，这样一个好婆家，还不是你的造化来了吗?”

杨红薇听了他这一篇话，方知他原来是还有这一层意思，心中又羞又恨，红晕了两颊，摇了摇头，很坚决地说道：

“不！谢谢你的好意，不过我现在还不需要婆家，叔叔就别为我多操这份的心了吧！”

“你这话太奇怪了，女孩儿长大了，谁不要出嫁呢？你现在十九岁了呀！像你母亲那样年龄结婚的话，恐怕连孩子都早有了。所以你这意思我不懂，难道说有这样财主人家的好少爷，你还不喜欢不成？”

杨大保见她一口地回绝了，心里十分地惊异，遂正了脸色，又向她严肃地追问。

“嫁人不嫁人，那是我的自由，关你什么事呢？哼！那真是笑话！”

杨红薇见他很凶狠的样子，心里很不受用，便冷笑了一声，把饭碗一推，噘着小嘴儿，赌气向房中跑了进去。红薇到了房中，把刚才那一股子倔强的勇气全消失了，眼皮一红，泪水又扑簌簌地滚下来了。就在这时候，杨氏也跟着走进来。她见红薇淌泪的情景，这就眉开眼笑地做好人，把她拉到床边坐下，拍着她的肩胛，显出十二分亲热的样子，笑道：

“傻孩子，那是一件喜欢的事，怎么反而伤心起来呢？你叔叔也是一片好心，女孩儿谁不要出嫁的？你难道一辈子喜欢赖在家里吗？我想这也断断没有这个道理，婶娘和你原像娘儿一样，你有什么意思，你就不妨和我说说吧。”

“我也没有什么意思，我就是不情愿嫁人。”

杨红薇拭去了眼泪，望了她一眼，摇了摇头，只好厚了脸皮说出了这两句话。

“哪有这一种话？你不要尽管地闹孩子气了。”

杨氏望着她出水芙蓉那么可爱的娇靥，忍不住扑的一声笑起来，接着又“嗯”了一声，把嘴凑到她的耳边去，低低地说道：

“我倒明白了，红薇，你老实地告诉我，是不是你另外地有了爱人吗？”

杨红薇再也想不到这一句话竟被她说到心眼儿里去了，因此两颊透现了一圆圈的娇红，却是低头，并不作声。杨氏见她这样娇羞不胜的意态，心中暗想：果然不出我之所料。遂又低声儿地笑道：

“孩子，你告诉我吧，你到底爱了谁？我也许可以帮你的忙，给你成功了愿望的。你若不说出来，谁又知道你心中有爱人的事情呢？”

杨红薇听她这样说，就真的把她当作了好人，抬起粉脸，秋波脉脉地逗了她一瞥羞涩的目光，轻声地说道：

“婶娘，这事情发生，还是在去年我妈被杀的那夜里。”

说着，顿了一顿，于是把自己险些被匪人奸污的事情，后来亏得姓柳的少年相救，才得保全了清白的话，向杨氏悄悄地告诉了一遍，并且又道：

“婶娘，你给我着想，我不是也该一辈子地等待他到来吗？”

杨氏听了，不住地点头，转着眼珠儿，沉吟了一会儿，说道：

“你的意思虽然不错，不过我为你终身着想，你别发什么傻劲地痴等了。不管你心中计气的话，我这么比方地说一句，一个过着军营生活的人，他的性命是随时随地都可以没有的。你和他分手到现在，差不多有了半年多的日子，也没有接到他一封信，他的人是否有活在世界上，尚且是一个问题哩。那么他假使死在外地的话，你难道就为他守一辈子的节吗？”

“婶娘，你别给我胡说白道地瞎猜了，他又不曾给你确实的消息，你何以就知道他死在沙场上了呢？”

杨红薇听了她这两句刺耳的话，不免有些心惊肉跳，这就大不快乐，颦蹙了眉尖，秋波瞪了她一眼，有些嗔怪她不该说这些不吉利话的意思。杨氏见她薄怒娇嗔的神情，倒反而笑起来了，说道：

“我不是预先给你声明过吗？我不过说句比方，你别生气吧。我说他死，他也不见得会死。就是他真的死了，我说他活，他难道就会活过来了吗？”

说着，脸上还浮现了阴险的奸笑。红薇听她这样说，心中真恨得了不得，遂把她身子推开了，冷笑道：

“你别给我在这儿多说废话了，我在没有得到确实消息之前，我终不再另嫁他人的。你放心吧，叫叔叔去死了这条心，我真不情愿嫁给这种奴才的。”

“这样有钱人家的少爷，你怎么说他是奴才？那不是笑话吗？我正经地和你说，俗语道得好，好男不当兵，好铁不打钉，就单拿这两句话想，那姓柳的少年还不是个无赖东西吗？所以我劝你……”

杨氏听她骂梅少爷是奴才，遂含了微笑，还向她低低地劝着说，但说到这里的时候，杨红薇早已站起身子，向她恨恨啐了一口，也不和她分辩，就自管走到窗口旁去了。

“唉！孩子，你这么不听大人的话，将来恐怕后悔就来不及了。”

杨氏见她这个神气，知道自己的话再说也是不中用了，遂望着她微含嗔意的脸，深深地叹了一口气。她的身子便懒洋洋地走出房去，心里至少是含了一些怨恨的成分。

这晚，杨红薇睡在床上，如何还睡得着？翻来覆去，只管想着心事。她记起婶娘刚才说的几句话，假使他死在外地的了，你难道为他守一辈子的节吗？这两句话叫她此刻细细地回味，真觉得有无限的沉痛，不禁暗自骂道：

“你这样黑良心，红口白舌地咒念人，你真没有好结果的！”

杨红薇十二分怨恨地骂着，但心头却愈加地烦恼起来，于是她掀开了绸被，跳下床来，穿上了那件灰布的旗袍，走到院子里踱一会儿步，抬头碧天如洗，一轮明月，光圆如镜，清澈的光芒皎洁无比。她凝望了良久，忽然在那月儿里又显出剑影俊美的脸庞来，似乎还在向自己微微地笑着。杨红薇有些情不自禁，她掀着酒窝儿，却伸手向天空招了两招。但当她发觉这是幻想的时候，她忍不住又叹了一口气，觉得自己是痴得太可怜一些了，不禁低低地说道：

“月儿哟，你是圆了，但我和剑哥在哪一天方才能够团圆呢？”

自念到此，不觉声泪俱坠，慢慢地垂下粉脸来，望着青灰的泥土地上自己那瘦削的人影子，却是愕住了一会儿，偶然抬起头来，忽然瞥眼瞧见叔叔的房中还亮着闪烁的灯火，这就暗想：夜已深了，我有心事的人睡不着，他们怎的也还不睡去呢？杨红薇在这样感觉之下，她便蹑着脚，轻轻地步到婶娘房中的窗旁来，侧耳细听，仿佛他们还在喁喁地说话。红薇心中奇怪，于是把耳朵凑到窗缝口旁，只听婶娘的口吻在说道：

"你这人也好糊涂！怎么赌输了这许多钱？那么你既答应了人家，这个妮子偏又执意不允，你如何是好呢？"

"你急什么？我当然有办法哩！过几天清明到了，这孩子少不得要到娘墓前去哭祭一番。那时你烧几样好的小菜，回来的时候，我们把她劝几杯，让她醉倒了，然后叫梅少爷到房中去成其好事。待她发觉了，生米已成熟饭，到那时候还怕这小东西不答应嫁给梅少爷吗？"

杨红薇听到这里，一颗芳心忐忑地跳跃不停，暗自想道：这王八东西还能算是我的长辈吗？想不到我这样好心待他们，他们却反而欲出卖我的身子，这不是叫人气破了肚子吗？杨红薇想到这里，意欲敲门进去，揭破他们的诡计，向他们痛骂一顿，但仔细地一想，凡事总不能太鲁莽，我且细细地想个良策，再作道理。红薇想定主意，也不愿再听他们说下去，她便自管地回房去了。杨红薇睡在床上，两眼望着豆火似的油灯的光芒，呆呆地思忖着。剿匪结束到现在，也有一个多月的日子了，柳剑影虽然没有来瞧我，我想他一定先回家去了，那么我何不到他家里去找他呢？虽然我不知道他家住在什么地方，不过他曾经告诉我他是住在北平城里的，我到了北平，不是可以向人家探问的吗？假使他有功劳的话，他的大名，当地人还有个不知道吗？就是他果然成了仁，到那时候当然也可以明白一个详细的了。杨红薇既然决定自己到北平去找柳剑影，所以她对于叔叔的阴谋也就置之泰然，吹熄了油灯，沉沉地熟睡去了。

第二天起来，杨红薇装出一些没有心事的样子，照常地干活做事。直到午后吃过饭，她乘婶娘不防备的时候，就悄悄地离开了杨柳村，乘车到北平去了。

杨氏对于红薇的出走，她是一些也意想不到的，所以杨大保回来问红薇呢，她还说在房中做活儿吧。后来直到吃晚饭的时候，依然不见红薇走出房来，方才有些奇怪，急急到她房内去一瞧，哪里还有红薇的影子？因了红薇的出走，倒害得大保夫妇大吵了一顿，几乎动手相打起来。不料红薇走后的第三天，柳剑影就找到这儿来了。杨氏见是个陌生的男子，明知那人一定是姓柳的少年，在当初原想和他吵闹，要他赔还红薇，但仔细一忖，他是个军人，一定有十分的势力，我怎么可以和他计较？万一闯起祸水来，那可是玩的事吗？所以她故意说给剑影知道，红薇是找姓柳的少年去了。

且说红薇到了北平，先在京华饭店找了一个歇脚的地方。她坐在沙发上，手托香腮，不免暗暗想了一会儿心事，偌大一个北平，到哪儿去找他好呢？正在愁眉不展，忽然见侍役进来冲茶，红薇于是触动灵机，遂向他问道：

“你知道在北平有个柳剑影的人吗？”

侍役听了，忙回答道：

“柳剑影将军吗？他可是当代有名人物，怎的会没有吗？这次剿匪的成功，他可出了许多的力量呢！”

杨红薇听了他这几句话，心中这一快乐，不禁把心花儿也乐得朵朵地开起来了。她猛可地站起身子，转着乌圆的眸珠，含笑惊喜地问道：

“真的吗？那么他的家里是住在哪儿呀？”

侍役对于她这样兴奋的神情，也似乎感到意外奇怪的，笑道：

“杨小姐问他干什么？你和柳将军是朋友吗？”

“对啦，从前我们还是同学，谢谢你，最好把他家里地址告诉给我知道好吗？”

杨红薇被他这么一问，两颊倒绯红起来，但她不得不镇静了态度，点了点头，同时还向他圆了一个谎话。侍役听她果然是柳剑影的同学，于是不敢怠慢，遂满含笑容地告诉道：

“南车站路第四胡同里十五号门牌就是，这儿乘车前去，大概两毛钱就行了。”

杨红薇得了这个消息，真比得了什么珍宝还喜欢，于是她有些迫不及待，就走到面汤盆边，开了冷热水龙头，好好儿梳洗了一会儿，向侍役关照了一声，她就坐车急急地到南车站路去瞧她心爱的剑影了。

车到南车站路，杨红薇找到了第四胡同，三脚两步走到十五号大门的面前，伸手欲去敲那铜环的时候，但忽然又缩了回来。仔细再向门牌号码瞧了瞧，那还不是两个十五的阿拉伯字母吗？红薇的心里是甜蜜无比，掀着酒窝儿，但她这时那颗芳心却不知为什么缘故，却加倍了速度，更加地像小鹿般地乱撞起来了。这真是出乎彼此意料之外的，杨红薇第二次还没有伸手去敲门的时候，谁知那大门砰的一声，却是开起来了。杨红薇这就和里面开门出来的那个西服少年瞧了一个正着，大家自然不免愕住了一会子。

“剑鸣，门外是谁啦?”

这时那少年的后面，又走出一个翩翩的少年来，见剑鸣发怔的样子，遂含笑故意地问了一声。

“请问你是找哪一家的?”

柳剑鸣被他朋友这么一问，遂含了微笑，方才向红薇低声儿地发问。

“这儿不是柳剑影先生的府上吗?”

杨红薇听后面那个少年喊他剑鸣，她忽然想起剑影告诉他是有个弟弟的，想来这少年还不是他的弟弟吗？虽然她心中已有了八分的把握，但她掀起了酒窝儿，还是低声地问着。

“是的，柳剑影就是我的哥哥。请问你小姐贵姓大名？找我哥哥不知有什么事吗?”

剑鸣一听她是找哥哥来的，遂忙向她笑着点了点头。

“我叫杨红薇，和你哥哥是朋友。”

杨红薇因为本身是个年轻的姑娘，所以被他这么一问，当然是十分难为情，红晕了两颊，显出不胜娇羞的样子。

“哦，是杨小姐，那么请里面来坐一会儿吧。”

柳剑鸣于是弯了腰肢，把手一摆，请她进里面来。随了这一句话，杨红薇跟他们走到会客室。柳剑鸣连喊请坐请坐，一面在克罗米的热水壶里开了一杯玫瑰茶，送到她的身旁茶几上去。这时剑鸣的朋友在袋内摸出一只烟盒子，取了一支，递到红薇的面前，也含笑说道：

“杨小姐，你抽支烟。”

“不，谢谢你，我是不会抽烟的。”

杨红薇摇了摇手，脸上含了浅浅的微笑。

“杨小姐，我来给你们介绍，这位是我的朋友王雪冷先生。”

柳剑鸣见他们客气着，遂也顺便地介绍了一声，于是红薇和雪冷重新又弯了弯腰，彼此招呼过了，方才在沙发上各自坐了下来。柳剑鸣见杨红薇面如满月，眉不画而翠，唇不点而红，真个是我见犹怜，心中暗想：哥哥的本领倒不错，在外面打仗几年中，居然还结识了一个这样美丽的女朋友哩！遂向红薇低低地告诉道：

“杨小姐，我哥哥在前天出外瞧朋友去了。你不知有什么事情，不妨告诉了我，让我等哥哥回来再告诉他吧。”

“哦！你哥哥在前天就出外瞧朋友去了吗?”

杨红薇听剑影不在家中，心里自然感到了十二分的失望，这就颦锁了蛾眉，粉脸罩上了一层黯淡的颜色。她把雪白的牙齿微咬着鲜红的嘴唇皮子，沉吟了一会儿，忽然抬头一撩眼皮，又含笑问道：

“也没有什么事情，但不知他什么时候可以回来的?”

“这倒说不定，因为这次他是到很远的地方去瞧朋友的。杨小姐，我想你常常到这儿来玩玩，不是总有机会可以见面的吗？”

柳剑鸣见她很懊丧的样子，遂轻柔地安慰了她几句，同时还向她微微地笑了一笑。杨红薇是个聪敏的姑娘，见他这笑至少是含有些神秘的意思，这就把粉嫩的脸蛋儿再度红晕起来，秋波逗了他一瞥感谢的目光，说了一句是的，她便慢慢地垂下了螓首，默默地出神。柳剑鸣见她这样楚楚可怜的表情，遂皱了眉毛，也不免沉吟了一会儿，忽然他若有所悟般地向红薇问道：

“杨小姐，你府上在哪儿？莫非你也从很远地方来瞧望我哥哥的吗？”

杨红薇听他这样问，遂又抬起玫瑰花儿似的脸颊，说道：

“不错，我是从乌家镇杨柳村那儿来的。”

柳剑鸣听了“乌家镇杨柳村”六个字，这就不禁为之哑声儿失笑起来了，忙说道：

“杨小姐，这样说来，我哥哥恐怕是找你去的了。因为我问他到哪儿去，他回答的也是杨柳村去的，可是太不凑巧，他一定也扑了一个空。不过哥哥既知你也到北平来了，我想他一定不会多耽搁，就会急急赶回来，所以杨小姐就在北平多住上几天是了。”

杨红薇听他这样说，一颗芳心在十分失望之余，方才又得到了深深的安慰，遂一撩眼皮，微微地笑道：

“这真的是太不凑巧了。”

柳剑鸣这时心中在想那夜哥哥说话的表情，自己早就料到他是说着谎，谁知果然不错的。杨小姐会亲自来找哥哥，显然两人的友谊也绝不是普通可比的了。遂又很关心地问道：

“那么杨小姐现在耽搁在哪儿？不知在北平可有亲戚没有？”

“也没有什么亲戚。我如今住在京华饭店四百五十四号……”

说到这里，忽然站起身子，又道：

“那么我走了，过几天我再来吧。”

在柳剑鸣的意思，既然杨小姐和哥哥交情不浅，那么不妨住到我们的家里来，不过她并非是哥哥的男朋友，所以对于这些意思就很觉不容易表白出来。谁知正欲语还停的当儿，忽见她站起来要走了，因此也只好站起相送，说道：

“那么杨小姐有空的话，就只管常来玩玩好了。假使哥哥一回来的话，我立刻就会告诉他，叫他到京华饭店来看你的。”

“那很好，多谢你了。”

杨红薇含笑点了点头，遂回身走出会客室来。柳剑鸣很快地步过她的前头，把大门开了，让杨红薇走了出去。柳剑鸣站在大门口，直瞧不见了她娇小的倩影，还是呆呆地愕住着出神。后面的王雪冷拍了拍他的肩胛，忍不住笑道：

“剑鸣，这可惜是你哥哥的爱人，否则，这样美丽的姑娘，你还不竭力地设法去追求她吗？”

“你别胡说吧，这位杨小姐也许是我未来的嫂子哩！好了好了，我们快走吧！时候已经三点半了呢！”

柳剑鸣回眸瞅了他一眼，也笑嘻嘻地回答。王雪冷哈哈地笑了一阵，于是和他便步出胡同口去了。柳剑鸣近来热恋了一个舞女，名叫周曼丽的，所以他一星期中，倒有四五天是在舞场里跑的。这个王雪冷，也就是柳剑鸣在舞场里才认识的朋友，两人一见如故，彼此志同道合，所以非常莫逆，今天他们穿了笔挺的西服，当然又是上舞场里去玩的了。两人到了舞场，柳剑鸣望着霓虹灯光下的众舞女，便感叹似的说道：

“瞧过刚才那位杨小姐后，觉得这里的姑娘，没有一个是美丽的了。”

“那么你的曼丽，难道还及不来杨小姐吗？”

王雪冷听他这样说，可见他的心里，还在念念不忘那位杨红薇小姐，遂瞟了他一眼，向他哧哧地笑。

“那是差得多了。”

柳剑鸣摇了摇头，接下去又道：

“曼丽的好看，一大半是全靠人工化妆的。可是那位杨小姐的好看，真所谓清水货，完全是天然的好看。你瞧她穿了一件灰布的旗袍，一双元色的布鞋，既不烫发，又不涂脂抹粉，但秀丽之气溢于眉目之间。这种朴素的姑娘，才可以称得上国色天香哩!”

王雪冷听他这样拜倒在旗袍角下地赞美着，便扑哧一笑，说道：

“既然你这样醉心杨小姐，何不趁你哥哥不在，就向她进攻一下子呢?”

“那是不行的，我若爱上了杨小姐，不但对不住我的哥哥，而且也对不住我的曼丽呀!”

柳剑鸣摇了摇头笑嘻嘻地说，他伸手到颈项上去拢了拢领带，这就是要下去跳舞的意思。

“剑鸣，你倒是个爱情专一的少年。”

王雪冷听他这样说，便又瞅了他一眼，笑嘻嘻地称赞了一句。柳剑鸣回眸一笑，他便走到舞池里去了。王雪冷待他走后，他合上了眼皮，靠在沙发背上，却是默默地想了一会儿心事。诸位，你道雪冷是个怎么样的人物?原来他是个有名的拆白党。他每天的工作就是跑跑交际场，专门勾搭人家公馆里的姨太太和大小姐。因为他有着一副天生白净的脸，媚人的功夫又好，所以女人家一遇见了他，就会失魂落魄地着了迷，把金钱钻戒都会送给他，所以王雪冷的职业，是叫靠女人吃饭。可惜柳剑鸣瞎了眼睛，却把他也当作了一位大少爷看待呢。王雪冷在各码头都十分熟悉，所以他的行踪也是没有一定，一会儿在北平，一会儿在天津，一会儿又到南京，说不定又到上海去了。这原因他是所谓狡兔有三窟，然而他岂止三窟呢?在北平勾搭上的女子，玩厌了便卖到天津窑子里去；在天津勾搭上的女子，玩厌了又卖到上海妓院里去。这样翻来覆去地玩弄着，上钩的女子固然不会间断，那么他的饭碗也就永远地打不碎的了。他这时闭了眼睛又在想什么心事呢?原来他是在转杨红薇的念头，暗自想道：一个从远处来的乡村姑娘，无论怎样聪敏，我要在她身上捞一票的话，还不是一件极容易的事情吗？不过这位姑娘很稳重，要想在她身上得一些肉欲的好处，恐怕是很辣手的吧。王雪冷正在暗自想他的计策，不料柳剑鸣早已舞罢归座，拍了拍他的肩胛，笑道：

“怎的不去拉拉？在舞场里打瞌睡，那可不行的呀！”

王雪冷这才笑着站起，和他一块儿又到舞池里去了。这一个宝贵光阴的下午，两人又在砰哧砰哧的声音中消磨了过去，直到茶室散场的时候，两人方握手匆匆别开。

光阴匆匆，又过了两天，王雪冷想定了计划，他便走到京华饭店来。乘电梯到四楼，找到了四百五十四号，抬头见卡子上写的果然是“杨红薇”三个字，心里这就大喜，遂推开门进去，只见杨红薇坐在沙发上，手托香腮，似乎正在暗暗地想心事。她抬头突然望见了雪冷，脸上显出了很惊异的神气，却是愕住了一会子。

“杨小姐，杨小姐，我是柳剑鸣叫我来告诉你的。”

王雪冷搓着两手，神色是故意显得特别慌张。

“王先生，你说……到底是为了什么事呀？”

杨红薇见他这样惊慌的神情，当然是吓了一跳，这就情不自禁地从沙发上跳了起来，急急地追问。

“哦，哦！剑鸣的哥哥他不是上乌家镇杨柳村去找你了吗？不知怎么的，他因为你不在家里，他竟跑到上海去了。早晨剑影有电报从上海到来，说他被强徒用枪狙击受了伤，现在上海光华医院里诊治，叫他的弟弟立刻动身到上海去望他。因为他的伤受得很厉害，所以恐怕有生命的危险。剑鸣得此噩耗，心慌意乱，在动身的时候，方才想起了杨小姐，说他来不及来伴你，托我陪杨小姐动身到上海去，因为杨小姐和他的哥哥不是很知己的吗？我虽然有公务的人，但为了朋友的事情，当然也只好牺牲几天，所以就答应了剑鸣，那么我们就赶快地动身到上海去吧。不知道杨小姐心中的意思怎么样？”

王雪冷凭他所知道的，就这么地向杨红薇说了一个谎，说到后面一句，望着她粉脸，还故意征求她的意见。杨红薇虽然是个细心的姑娘，但这回却一些不再加以考虑了，她的芳心已为了“恐怕有生命危险”的一句话而粉碎了。她红了眼皮，几乎已急得要哭起来，遂连连地点头说道：

“好吧！那么我们此刻就马上动身吧！小柳先生他不是先到上海去了吗?”

王雪冷见她欲盈盈泪下的神气，心里这才明白她和剑鸣的哥哥确实是有特殊的感情，遂愈加装出认真的样子，说道：

“是的，剑鸣他一早就走的。杨小姐，那么你心里也不要惊慌，有什么东西不是该整理整理吗?”

“我也没有什么东西要整理，王先生，说走就走，我们不要延迟，你不是说他的伤很厉害吗?”

杨红薇拍了拍身子，她向房门口走了两步，从她这举动上瞧来，就可以知道她内心焦急得这一份的程度了。

“杨小姐，你别急糊涂了，事到如此，急也没有用了。你这儿一共住了几天？账目不是都要结清楚了才可以走吗?”

王雪冷见她急得真的没有了头绪，遂又向她低低地提醒着。杨红薇听了，这才猛可地记得了，一时暗想：在一个陌生的男朋友面前，我怎么可以显出如此失魂落魄的样子？那给王先生见了，不是笑话吗？杨红薇这样一想，红晕了两颊，只好又镇静了态度，走到门口旁，揿了电铃，叫侍者来结清了账目，然后和王雪冷匆匆地出了京华饭店，便到火车站预备动身赴上海去了。在火车里，杨红薇是一心地祈祷着，但愿柳剑影的伤是不要紧的，那真是谢天谢地。虽然火车是飞样地疾驶着，然而在红薇的心中却还厌恶它走得太慢。在她心中是最好一眨眼间，立刻就到了上海，给自己坐在柳剑影的病床旁边，彼此叙一叙半年来的相思的苦闷。但是她哪里意想得到呢，当她到上海的时候，也就是她步入另一阶段里去生活的开始了呢！

杨红薇被王雪冷拐骗到上海后的第五天，柳剑影却从汉口急急地赶回家里来了。当时他听了弟弟告诉以后，心里真是喜欢得了不得，所以连声地说道：

“好兄弟，你快告诉我，她的人在哪儿？她的人在什么地方呀？”

柳剑鸣见他惊喜得这一份模样，遂故意迟疑了一会儿，卖个关子，笑道：

“别忙，别忙。哥哥，我先问你，你不是瞧男朋友去吗？现在这个女朋友是打哪儿来的呀？杨小姐告诉我，她是从乌家镇杨柳村那儿来的，那么哥哥一定是扑一个空了，是不是？”

柳剑影听弟弟已经全都知道了，因此红了两颊，也只好笑道：

“弟弟既然已经明白了，那就是了。你快告诉我，杨小姐现在的人是住在什么地方呢？”

“杨小姐耽搁在京华饭店四百五十四号房间，本来我想叫她住到我们的家里来，不过我又觉得很不好意思，所以始终没有和她说。现在哥哥快些去瞧她吧，可怜杨小姐她是多么地想念你哩！”

柳剑鸣笑嘻嘻地告诉，同时又逗了他一瞥神秘的目光。柳剑影听弟弟取笑自己，遂啐了他一口，一骨碌转身，兴冲冲地走到京华饭店去了。不料走到四百五十四号的门口，见卡子上写的却是“赵文秀”三字，一时倒噤住了一会儿，但转念一想，也许是红薇的化名，于是推去一瞧，谁知室内有许多的男子抱着妓女们正在调笑。柳剑影慌忙退了出来，心里正在感到不胜的惊奇，忽听得有人问道：

“你是找哪一间房间的？”

柳剑影回眸去望，原来是个茶役，遂忙问道：

“对不起，我问你一声，四百五十四号里不是住着一位姓杨的姑娘吗？怎么现在就换了客人了？”

“不错，一星期前原有个姓杨的姑娘住着，可是她已到柳剑影将军家里去了呀，因为她和柳将军还是同学哩。你要找她，就到柳剑影府上去好了。你知道他家里的住址吗?”

茶役一面点了点头，一面又向他悄悄地告诉。柳剑影听他这样说，显然他是并不认识自己，一时几乎要笑出来，遂也不和他多缠，就点了点头，匆匆地又回到家里来，把这话告诉了剑鸣，问他杨红薇究竟在什么地方。柳剑鸣听哥哥这样说，弄得目瞪口呆，遂也把红薇那天来的经过向哥哥详细地说了一遍，并且又道：

“杨小姐她不住在京华饭店了，这我委实没有知道呀!”

柳剑影满腔的热望，到此又成了泡影，但心中还以为红薇一定另租房屋居住了，因为住旅馆的开支究竟太大了一些，所以他希望红薇又会来望他，不料他早也盼望，晚也盼望，从此以后，却消息沉沉，杳如黄鹤。柳剑影在万分苦闷之余，不免恹恹地生起病来。这一病下去，足足有了一个多月。这天病后新愈，因为是四月里的初夏天气，十分热情动人，于是他便踱到中山公园里去呼吸新鲜空气，不料在公园门口，却遇见了一个姑娘。柳剑影这就抢步迎了上去，握住她的手，含笑叫道：

“秋痕，那是凑巧极了，你也在公园里闲散吗?”

不料秋痕见了剑影，眼皮一红，却是落下泪水来。柳剑影瞧她这个情景，那真是出乎意外地惊异，因此望着她粉脸倒是怔怔地愕住了。

第七回

姊妹巧设计求婚出丑

江秋痕的表姊竹露明，还是个花信年华的少妇，她从前也在女子高级师范里毕业的。当她步出校门的时候，是满腔热望地怀了伟大的抱负。在她的意思，至少要在社会上干一番轰轰烈烈的事业，为女界同胞争一些光荣，不料到结果她事实上的遭遇，和她理想的抱负却是绝对相反。原来她步入社会还不上一年，就嫁给了一个四十多岁的吕大邦做太太，从此便享受茶来伸手、饭来开口的少奶奶的生活了。阅者诸君瞧到这里，心中当然要起了一个大大的疑问：竹露明既是个富于前进思想的年轻的姑娘，如何会肯甘心情愿地嫁给一个四十多岁的中年人做妻室呢？她思想的转变，也绝没有这样快呀！但是其中当然有个不得已的原因，这原因是社会太黑暗了，人心太险恶了。其实竹露明的遭遇，也就是整个社会里女子求奋斗中一个普遍的写照。

事情是这样的：竹露明凭了她的学识，考进了一家女子银行去做出纳员，不到两个月，就被经理先生看中意了。认为竹露明办事能干，做了一个小小的出纳员，未免大材小用，所以立刻提拔到经理室来，做了他自己的秘书长。从此以后，经理先生就时常请这位女秘书长到外面去吃饭看戏。露明为了饭碗问题起见，自然只好勉强地应酬着，但是一次两次，也就习惯成了自然，仿佛和经理先生一同吃饭瞧戏也不算什么一回稀奇的事了。因此就在有一次酒后的晚上，竹露明便上了他的圈套。事后，竹露明虽然羞愤交并，但木已成舟，有什么办法？不过竹露明还是个年轻的姑娘，如何肯嫁一个四十多岁的男子？所以她认为失足是一件事，自新又是一件事。失足的女子，绝不是永远就丢送了幸福、丢送了光明的前途，所以她竭力抑制内心的痛苦，力求新生命的更生。然而她的腹中却又作起怪来，一面又经那位经理先生一再地追求和温存，因此她已失却反抗的能力了，含了满眶子沉痛的热泪，和经理先生踏上了婚礼进行曲的道路，于是她把伟大的抱负、前进的思想，一股脑儿都关紧在一只精美的鸟笼里去了。在起初竹露明只知道他是没有妻子的，后来一打听，方知他在乡下还有个黄脸婆子，不过这个黄脸婆子是很可怜的，她固然没有办法来阻止丈夫的停妻再娶，并且她在乡下生活还是十二分苦恼哩！

且说竹露明突然见她的表妹到来了，心里自然十分快乐，握了秋痕的手，表示非常亲热，含笑叫道：

"妹妹，你一个人来的吗？舅爸的身子可好了？"

江秋痕听她这样问，眼皮一红，几乎欲淌下泪来，但她竭力压制伤心的透露，叹了一口气，说道：

"我爸爸是已经过世了。"

"哟！舅爸已没有了吗？有多少日子了？怎不写信来告诉我呢？唉，他老人家不是很强健的吗？"

竹露明很惊叹地问着，她心中暗想：怪不得她全身素服哩。江秋痕遂把过去的事又诉说一遍，只把玉书的婚事瞒住了；一面又很悲哀地说道：

"表姊，你想，爸爸和哥哥都丢我别去，剩下我这么一个孤苦的人，我的命不是太薄了吗？"

"生死大数，非人力所能挽回，所以事已如此，你也不用过分伤心了。好在我一个人太寂寞，正需要有个人来给我做伴，所以妹妹到来，我很是欢喜，你就安安心心地在我这儿住下是了。"

竹露明见她凄然泪下，遂拍着她的肩胛，柔声儿地安慰着她。

“姊姊的意思，妹子当然十分感激。不过我想托姊夫给我谋个职业，很想在社会上做些事。我以为女子能够经济独立，那么什么都不怕的了。”

江秋痕伸手揉擦了一下眼皮，秋波脉脉地逗了她一瞥感激的目光，向她轻声儿表示很肯定的样子说。秋痕这两句话听到露明的耳里，会勾引起她过去的旧创的痛苦，她心头有些悲哀，无限温柔地抚摸着她的纤手，暗自地想道：你这天真无知的孩子，你真不晓得社会险恶，简直会吞没了你整个的前途。然而这几句话她是绝对没有说出来，为了不忍使她感到失望的悲哀，所以露明望着她微微地一笑，说道：

“你要个职业，那倒是一件极容易的事。等刻儿他回来了，我就跟他说吧。”

江秋痕听她这样说，她心头是滋长了新生的希望，她把忍痛割爱的一回事完全淡然地忘去了。她掀着酒窝儿，把露明手摇撼了一阵，秋波却盈盈地逗给他一个妩媚的娇笑。

竹露明见表妹是愈长愈美丽了，虽然是乱头粗服，却是娇艳无比，遂望着她又含笑问道：

“在路上你就这么一个人来的吗？”

“不，有人伴我一块儿来的。”

江秋痕情不自禁地回答。

“是谁？他现在到哪儿去了？怎的没有和你一同到这儿来呀？”

竹露明低低地问。

“哦，是我哥哥的朋友，他刚才送我到大门口，我原叫他进来坐一会儿，不料他说怪不好意思的，所以就匆匆地走了。”

江秋痕微红了粉脸，转着乌圆的眸珠，笑盈盈地说。

“那有什么不好意思？难道他还老不出脸来吗？既然是你哥哥的朋友，那么我猜准定是妹妹的爱人了。妹妹，你几时一定要带他来给我瞧瞧的。"

竹露明见她粉颊上突然透露了青春的红晕，心里这就有些理会过来了，一撩眼皮，却是抿着嘴儿笑出来了。

"嗯！我不依，才见了面，姊姊就要把人家取笑了。"

江秋痕啐了她一口，两颊益发地绯红起来，秋波逗给她一个娇嗔，偎在她的身怀里却是哧哧地笑。她的脑海里是在浮现汉生医院中这一星期的相聚，柳剑影那种温文的态度，确实是使自己的芳心太以感动一些了。

"你做阿姨的人还要在我怀里撒娇，那不是给我杏儿瞧了笑话吗？"

竹露明见奶妈抱了杏儿进来，便向秋痕笑嘻嘻地说。秋痕因为没有瞧见，所以听了她的话，十分奇怪，连忙坐正了身子，回眸望去，只见乳娘手中抱着一个三四岁穿绯红羊毛衣裤的孩子，这就笑道：

"表姊，这就是你的杏儿吗？哟！长得怪可爱的，快给我抱吧！"

说着，便站起身子，把乳娘手中的杏儿抱了过来，在他苹果般的小脸上吻了一个香，望着他笑盈盈地问道：

"杏儿，你认识我吗？"

杏儿乌圆的小眼睛眨了两眨，却别过身子，扑到竹露明的怀里去了。秋痕忙又坐到露明的身旁，轻轻打了杏儿一下肩，笑道：

"你见了我害怕吗？怎么就逃到妈的怀内去了？"

露明吻了杏儿一下小脸，指着秋痕，笑道：

"我没有给你们介绍，他当然不认识你的。杏儿，我告诉你，她就是你的阿姨，你快喊一声吧！"

杏儿经她妈一教明，遂向秋痕低低叫声阿姨。秋痕见他生得聪敏伶俐、活泼可爱，遂应了一声，把两手一拍，笑道：

"现在你妈介绍过了，总认识我了，来给阿姨再抱一会儿吧！"

秋痕这句话，说得旁边的乳娘也笑起来了。杏儿实足年龄也有三岁了，所以什么事情都已明白。他听秋痕这样说，于是便把身子扑到秋痕的怀里来。秋痕抱在怀内，连连吻香，啧啧称羡不止。露明见她如此疼爱，这就很高兴地笑道：

“表妹，你这样喜欢他，那么我们杏儿就给你做了干儿子好吗?”

秋痕听了，又喜又羞，秋波瞟了她一眼，却是含笑不答。露明见了，遂向杏儿又道：

“杏儿，你叫她妈妈吧，等会儿她会买糖给你吃的。”

杏儿听了，遂真的喊起妈妈来。秋痕绯红了两颊，又吻了他一下香，忍不住嫣然地失笑了。就在这个时候，院子外有汽车喇叭的声音。乳娘把手一拍，将杏儿抱了过去，笑道：

“爸爸回来了，我们杏儿快迎接出去，今天一定有糖果买来哩!”

说着，便跨出落地玻璃窗的门槛去了。不多一会儿，只见一个中年男子，身穿笔挺西服，头戴呢帽，手拿司的克，一路地和杏儿逗着玩笑进来。杏儿的手里，真的抱着一盒奶油咖啡糖。他抬头忽然瞥见了秋痕，便怔了一怔，遂把头上呢帽取下，这儿早有丫鬟走上来，把他呢帽和司的克接去了。竹露明拉着秋痕的手，也含笑站起，向吕大邦说道：

“你可认识这位小姐吗?”

吕大邦觉得并不认识，但是长得太漂亮了，遂趁此机会向她多打量了一会儿，摇头笑道：

“记不起来了，还是太太介绍了吧。”

秋痕在他脱下呢帽的时候，见他头发虽然已经是很稀疏了，然而是梳得光滑滑的，苍蝇走在上面，要滑跌的样子。下巴虽然也很光，但在光滑中有了无数的青点，便可知他还是个有胡须的人。一个四十多岁的年纪，还打扮得二十几岁小伙子的模样，这当然令人感到有副特殊的怪相。秋痕心中有个有趣的感觉，她忍不住抿着嘴儿笑起来。

竹露明听他这样说，遂笑道：

“你忘记了，她是我的表妹江秋痕呀！”

吕大邦“哦”了一声，忙说道：

“被你一提，我就记得了。不过你也说得不好，我们是至亲，你如何说这位小姐呢？所以我以为是太太的朋友，因此就不认识了。原来就是秋痕妹妹，我记得我们结婚的时候，秋妹不是也在吃喜酒吗？那时还矮小得像个孩子呢！哎！人长大起来也就真快。秋妹，你别客气，请坐呀！”

江秋痕听他这样说，也不免绯红了两颊，微微地向他弯了弯腰，含笑叫了一声大邦哥。竹露明于是拉了她的手，又一同坐下了。吕大邦在衣袋内摸出一只白金的烟盒，取出两支茄力克来，一支先递到竹露明的手中，一支又送到秋痕的面前。秋痕摇了摇头，含笑道：

“我不会吸烟，你别客气吧。”

“吸支玩玩要什么紧？”

竹露明以为她害羞，遂瞟了她一眼，笑嘻嘻地劝她。

“不会吸就要咳嗽的。”

江秋痕还是摇着头，她心中在暗暗地想：表姊从前不吸烟、不喝酒、不穿高跟鞋，但嫁后的她完全改变了。她觉得环境移人得快，心头感到无限惋惜，忍不住很轻微地叹了一口气。吕大邦见她一定不肯吸，遂只好拿回到自己的嘴上来，取了打火机，先给露明燃了火，方才自己点着了，也坐到沙发上去。

江秋痕见他们两口子的情形，显然是十分亲爱，不过在亲爱之中，大邦哥未免带有些畏惧的成分。这就想到表姊的御夫术是相当不错，心里有趣，望着露明的脸，忍不住微微地笑起来。

“秋妹老远地到北平来，还有些什么事务吗？”

吕大邦吸了一口烟把烟喷去了后，方才向她低低地问着。竹露明不待秋痕回答，就把她爸爸过世的话向他告诉了一遍，并且又道：

“秋妹一个人确实太寂寞了，所以到我们家里来玩玩的。”

“那很好，你姊姊也很冷清呢。”

说着，又向她劝慰了几句，忽然回头向杏儿笑道：

“你不要把糖拿着一个人吃呀，快分些出来给大家吃吃。”

乳娘抱着杏儿，于是放到地下来，把揭开的糖盒子放在杏儿面前，教他在每人面前去分给一把糖。杏儿听了，遂走来走去照样地做了。拿至秋痕手里的时候，秋痕抱住了他，又亲亲热热地吻了一个香。

吕大邦见秋痕和露明坐在一起，露明虽美，但究竟输秋痕多了。单瞧了她玫瑰花瓣似的两颊、那个倾人的笑窝儿，已经够令人魂销了。那何况这个樱桃般的小口，真使吕大邦有些想入非非起来。

这天吃晚饭的时候，大邦夫妇特地叫厨下又增添了几样可口的菜。本来已经十分丰富，因此这就愈加精美了，不过吃的人太少，所以每只菜也不过动了几筷子，都拿下去给丫鬟佣妇吃了。从此以后，江秋痕就在吕公馆住下了。

光阴匆匆，一忽儿已过十天。秋痕见柳剑影也并没有来望自己，而且问问露明的职业又说大邦没有得到相当的机会，所以心里十分烦闷。这天一个人站在房中的窗前，望着院子里的几株芭蕉，长得绿绿的可爱。下面还有一丛粉红色的蔷薇花，在阳光照映之下，更觉鲜艳夺目。这时有一对粉蝶儿翩翩地在花丛中飞舞，江秋痕触景生情，不免又想起侯玉书来。离开他的家里，直到现在不知不觉也有二十多天的光景了。李云珠的病大概是痊愈了，他们当然也可以结婚了。想现在这时候，他们芙蓉帐暖，芍药花开，鹣鹣鲽鲽，恐怕是正在享受新婚燕尔的甜蜜的生活吧？秋痕想到这里，陡忆出走的前夜自己被玉书热吻的一幕，她心中只觉无限悲酸，眼角旁早已忍不住涌上晶莹莹的一颗了。

“欲除烦恼须学佛，各有因缘莫羡人。”江秋痕把手背揉擦着自己的眼皮，低低地自念了这两句诗，于是她把玉书丢过一旁了，脑海里又浮起了柳剑影英武的脸庞、魁梧的身材，觉得剑影也未必输于玉书的可爱。他为了救我的不白之冤，竟奋不顾身地在已开动的火车上跳下来，跌伤了大腿险些伤了性命。这样任侠好义、热心的青年真不可多得。瞧他的神情，不是也有爱上我的意思吗？但是这十天来，他为什么却没有来瞧望我一次呢？难道说他没有空吗？不会的……忽然她又想起柳剑影心爱的原是杨红薇姑娘，他这次所以舍命相救，无非因我的脸和红薇相像罢了。那么在他心中爱我的原因，还不是爱杨小姐吗？他这种痴情可怜的举动，我明白他是慰情聊胜于无的一种办法罢了。因为他不是上乌家镇杨柳村在找杨姑娘吗？不料偏没有遇见，在他心中当然也是十分失望。这也奇怪，为什么天下的事情，总是失意的多，而得意的少呢？想到这里，内心酸楚十分，泪水又掉了下来，暮春的风虽然是那么热情，但吹送到她此刻的脸上，她全身抖动了一下，会感到说不出的凄凉。

“表妹，你一个人在做什么？张公馆用汽车来接我玩牌去，你要不大家一块儿去玩玩吗？”

江秋痕临风独立，正在不胜唏嘘的当儿，忽听表姊笑盈盈地嚷着走进来，遂慌忙收束了泪痕，回过身子，勉强浮上媚意的笑容，摇头说道：

“我不去了，你一个人去吧。因为我觉得身子有些怪倦怠的。”

“那么你就躺忽儿……”

竹露明一面说着话，一面身子已向外面走了。

“表姊，你多赢一些回来，明天请我听戏去。”

江秋痕笑盈盈地送出来，向她低声儿地说笑话。

“那当然一定的，你在家里等候我的好消息是了。”

竹露明非常高兴，回过头来向秋痕一招手，她已是咭咭咯咯地奔下楼去了。

“唉！谁相信表姊是个时代的女儿？”

江秋痕扶着走廊的栏杆旁，眼瞧着表姊亭亭玉立的倩影在落地玻璃窗的门框子内消失了，她低低地说了一句，茫然地叹了一口气。其实江秋痕倒并不倦怠，只不过心头烦闷得厉害罢了，所以叫她躺一会儿，这无论如何也受不了的。她移着懒洋洋的步伐走到楼下，出了会客室，到花园里去散步了。前面是一个圆圆的池塘，水面上浮着挺大的荷叶，碧油油的，像一只小艇，水点儿在上面滚来滚去，更像珍珠一般地亮晶晶地可爱。池塘里是游着许多的金黄色的金鱼，在绿绿的浮萍堆中窜来窜去，十分活泼，它们在吞食的缘故，所以水面上一时地起了一个一个的水泡。秋痕低头凝望，只见自己的人影子倒映水中央，不免顾影自怜。正在惋惜殊甚之间，忽听身后有人低低唤道：

“秋痕表妹，你一个人在想什么心事呀？”

因为是冷不防之间的，所以秋痕自不免吓了一跳，慌忙回眸去望，不料姊夫吕大邦已站在自己的身后了。这就以手按胸，微红了脸，秋波逗给他一个妩媚的娇嗔，笑道：

“大邦哥，你什么时候站在我的身后？怎么我竟一些也不理会呢？你怪会开玩笑的，倒把我唬了一跳哩！”

秋痕说着，掀着酒窝儿却是嫣然地笑起来。大邦瞧着她不胜娇羞的意态，一颗心不免像微风吹动春水那么地荡漾了一下，也笑道：

“我站在你的身后至少已有三分钟了，可是你却一些也不知道，可见表妹是在想心事哩！”

秋痕噘着小嘴，呸了一声，笑道：

“我有什么心事可想呢？你也信口胡说我了。”

说到这里，乌圆眸珠一转，忽然又告诉道：

“表姊到张公馆打牌去了，你知道吗？”

“我回家后，乳娘就告诉我的。我问表小姐可有一同去，她说在院子里踱步，所以我就来找你了。表妹，时候还早，我们一块儿去瞧一场电影好吗？”

吕大邦点了点头，含了满面的笑容，便低低地说了上去。秋痕本想答应了他，因为生恐奶妈告诉表姊，那么表姊想起我身子怪倦怠的一句话，她的心中不是要误会我和姊夫是预先约好的吗？所以她摇了摇头，微蹙了眉尖，说道：

“刚才表姊也叫我一同到张公馆去游玩，我说身子很疲乏，没有答应她，所以电影就下次去瞧吧，我们谈谈也好。”

吕大邦听她虽然没有答应，不过从她末了那句话猜想，显然这位表妹的心中是并没有讨厌自己，遂点头笑道：

“那么我们找个地方坐坐，那边葡萄棚下有两只花鼓凳，我们去坐一会儿好吗？”

江秋痕含笑点了点头，于是两人便慢慢地踱步到葡萄棚下去了。秋痕坐在花鼓凳上，微抬了粉脸，望着微风吹动叶子摇摆的情景，默默地出了一会子神。吕大邦遂开口先向她搭讪道：

“表妹前时在哪儿读书？我们住的地方实在隔得太远，所以平日就太生疏一些了。”

“可不是！我在求智女中初中部毕了业后，就一向闲在家里，做自修的工作。大邦哥，近来你没有什么机会吗？”

江秋痕听他这样问，遂微侧过粉脸来，秋波逗了那一瞥温情的目光，趁此机会，就悄悄地自己说了上去。不料吕大邦听了秋痕这两句话，却弄得目瞪口呆，半晌说不出一句话来，皱了眉毛，望着她白里透红的粉脸，笑道：

“表妹，你说的什么话？我可有些听不懂。机会？什么机会呢？”

他确实感到莫名其妙。江秋痕当然也感到十分惊异，但她还只道吕大邦脑子很迟钝，遂详细地说道：

“我到北平来的目的，原是想找一些事情做做，所以我曾经向表姊央求过，请大邦哥给我在什么银行或者公司里找个职位，不料表姊告诉我，说近来没有什么好机会。所以我现在亲自再拜托你，千万给我留心些，那我是很感激的。”

吕大邦“哦”了一声，把眼睛眨了两眨，心中似乎有些不了解似的，奇怪道：

“你表姊何尝向我说过这句话？她这人就糊涂了。表妹，你放心，要个职业，如何会没有机会？我大兴银行就正缺乏一个秘书长，表妹假使愿意任这个职务的话，那么你明天就可以进行去办事的。”

江秋痕听他这样说，一颗芳心中这就引起了绝大的疑窦，不禁颦蹙了翠眉，微凝了杏眼，雪白的牙齿微咬着那两片殷红的嘴唇皮子，倒是怔怔地沉吟了一会子，暗自想道：这事情就透着有些奇怪，表姊不肯给我做职业去，她心中到底是存的什么意思呢？难道她讨厌我吗？不过既讨厌我，就该给我去做职业才是，怎么反而留着我住在家里呢？那不是太令人感到奇怪了吗？江秋痕心中虽然是感到十二分奇怪，但表面上也不得不含混了过去，忙又向他说道：

“大邦哥叫我做秘书去，那我恐怕资格有些够不到吧？”

“你以为做秘书是一件困难的事吗？这你就错了，其实也只不过写几封信的工作，我想表妹是一定能够胜任的。所以你不用害怕，明天就去试试，反正是在我的身旁，你就是有不懂的地方，我不是可以向你告诉的吗？”

吕大邦见她很忧虑的样子，遂忙又柔声儿地安慰着她，表示十分热心。江秋痕当然非常感激，频频地点了点头，秋波含了无限的情意，向他脉脉地瞟了一眼，微笑道：

“那么也好，这是全仗你的大力，真叫我不知如何感激你才好呢！”

吕大邦听秋痕这几句清脆的话声，满心眼儿不觉充满了甜蜜的滋味，顿时乐得耸了两耸肩膀，笑道：

“表妹，你怎么说感激的话？我们完全是一家人一样，表妹的事，就是你姊姊的事，你姊姊的事，还不是等于我自己的事一样吗？”

江秋痕听他这样说，这就酒窝儿一掀，忍不住嫣然地笑起来。不料正在这时，满天乌云密布，风也吹得紧了，太阳已没了影儿，仿佛要落雨的光景。秋痕伸手掠了一下被风吹乱的鬓发，遂站起身子，说道：

“这天怕靠不住，我们还是预早地先进屋子里去吧。”

吕大邦点头答应，于是在绿叶丛中慢慢地消失了两人的影子。

晚上，竹露明从张公馆打牌回来，已九点敲过，她口里兀是嚷道：

“想不到天会落这样的大雨。”

奶妈抱了杏儿，把少奶迎接到房中。丫鬟上前接过大衣，拿了软底的缎鞋，给她换去高跟皮鞋。就在这当儿，江秋痕笑盈盈地走进来，问道：

“表姊，怎么啦？风头好不好？”

“表妹，不要提起了，头四圈牌只和了一副，洋钿先输一百五十元。后四圈又不吉利，结果输了二百元钱，还算上上大吉哩！”

竹露明一面接过丫鬟泡上的一杯柠檬茶，一面向江秋痕又笑又气恨地告诉着。江秋痕把小舌一伸，笑道：

“真倒霉，我明天想听戏，不是没有福气了吗？”

这两句话说得众人忍不住都笑起来。竹露明微微地呷了一口茶，把玻璃杯放到梳妆台上，抿嘴笑道：

“哪有这个话？钱只管输，客也只管请，譬如今天多输一百元钱。表妹，你说对不对？”

“对啦，表姊，你这话就说得漂亮。”

江秋痕秋波逗给她一个淘气的媚眼，忍不住哧哧地笑起来了。这时丫鬟又给秋痕泡上一杯柠檬茶，叫声：“表小姐喝茶。”秋痕伸手接过，遂坐到沙发旁去了。奶妈因为杏儿把小眼睛合上了，遂也悄悄地自回卧房里去。竹露明向丫鬟问道：

“少爷下午没有回来过吗？”

“回来过的，五点钟模样又坐阿三的汽车出去，说晚上朋友那儿有宴会。”

丫鬟低低地告诉，一面把绿绸的窗幔拉拢，一面拿了痰盂悄声儿退出房外去了。

“一年三百六十日，差不多天天有宴会，真不知在忙些什么东西!”

竹露明在烟罐子里取了一支烟卷吸着，轻轻地自语了这两句话，显然她心中有些生气。江秋痕坐在沙发上，忽然想起了一件事，她把茶杯放到旁边的茶几上去，抬头向表姊望了一眼，招了招手，笑道：

“表姊，你过来，我问你一句话。”

“什么事情?”

竹露明见她这个模样，心里很奇怪，遂也挨到她身旁来坐下了，望着秋痕红晕的两颊，呆呆地出神。秋痕笑了一笑，握着露明的纤手，轻轻地打了一下，顽皮地笑道：

“姊姊欺骗我，今天可被我揭穿了。”

竹露明是一个非常聪敏的女子，被秋痕这么一说，心里还有个不明白的道理吗?这就在粉颊上也盖了一圆圈的红霞，但她还竭力镇静了态度，装作不明白似的神气，问道：

“表妹，你这话我不懂，我有什么事情欺侮你啦?”

“你还要假装含糊吗?下午姊夫回来，我无意中问起职业的事，他说姊姊并没有跟他说起这个话呀，并且说要个职位很便当，他明天就叫我到大兴银行做秘书去。”

说到这里，忽然又哧哧地笑起来，接着又道：

“我很觉得奇怪，姊姊为什么要骗着我?难道你不愿意我到社会上去干些事吗?”

竹露明听她这样问，遂把乌圆的眸珠转了转，偎过身子去，拍着她的肩胛，显出十二分亲热的样子，笑道：

“表妹，你不要多心，我所以骗着你，不肯给你去做事情，当然也有我一番苦心的。因为你假使出外去办事了，我在家里不是又没有人做伴了吗?而且社会是非常黑暗，一个女孩儿家在外面做事，总有许多的不便。反正我家里又不会多妹妹一个人吃饭，妹妹又何必一定要到社会上去做事呢?”

江秋痕对于竹露明这份爱护的情绪，心里真是感动得了不得，但仔细一想，觉得这事情其中还有一些蹊跷，遂握了她的纤手，摇撼了一阵，说道：

“姊姊这样疼爱妹妹，那叫妹妹心里实在感激，不过姊姊既然不愿意我出外办事，你为什么不向我明白地劝阻，却喜欢故意地敷衍我呢?那你不是有意跟我开玩笑吗?”

竹露明对于她这两句话倒是被问住了，但幸亏她是个转机灵敏的女子，在经过一怔之后，立刻又含笑说道：

“因为妹妹对于献身社会、服务事业很感兴趣，那我当然不忍立刻就阻止你，使你心中不是要感到失望吗?原预备慢慢再向你劝说的，不料今天你和他就自己接头了，那算我这个计划是失败的。”

说到这里，俏眼瞟了她一下，也抿着嘴笑起来了。江秋痕被竹露明这几句话一说，心中的疑窦也就涣然冰释，便孩子似的偎到她的怀里去，浮着倾人的笑脸，撒娇似的说道：

“好姊姊，那么姊夫现在既然叫我做秘书去，你就答应我去试试吧。妹子年纪虽然很轻，但是自信力很强，绝不会去上人家当的，那姊姊只管可以放心。况且是在姊夫手下做事，他不是会随时随地照顾我吗?”

竹露明听她这样说，心中暗想：你这孩子懂得什么?我倒相信别人家绝不会给你上当，就是怕这个老色鬼要看中你哩！但心里虽然这样想，表面上当然没有说出来，手拍了拍她的肩胛，笑道：

“既然妹妹一定要去做事，那我当然也不能强阻止你，只不过你千万要小心些才是。”

江秋痕听她答应了，心里十分喜欢。她究竟还脱不了孩子气，把小嘴儿凑过去，啧的一声，竟在露明的脸颊上吻了一个香，却是咯咯地笑起来了。

姊妹两人又闲谈了一会儿，江秋痕方才很快乐地自回卧房里安睡去了，但竹露明的心中却是非常忧愁。大邦叫她做自己的秘书去，这老东西还不是有深刻的作用吗？他见秋痕这样美丽动人，一定又想玩弄他的老把戏哩！但不晓得秋痕这孩子是不是爱好虚荣的，假使被他花言巧语地说上了圈套，这一份家庭从此不是又要多事了吗？竹露明既然有了这个心事，一时里怎么能够睡得着？所以倚靠在床栏旁，只管抽着烟卷。丫鬟因为少爷还没有回家，所以不敢去睡，坐在房中沙发上和露明做伴，直到十一时敲过，露明才叫了丫鬟自去安置，她说不用等少爷了。谁知丫鬟去后不到五分钟，吕大邦却轻轻地推门走进来了，他见露明还倚靠在床上吸烟，便脱去了呢帽，笑道：

“妹妹，你不是在张公馆打牌吗？不知胜败如何？”

竹露明却不去睬他，仿佛没有瞧见似的，只管自己吸着烟卷。吕大邦见样子不对，心中倒是暗吃了一惊，遂把手中呢帽向桌上一放，笑嘻嘻地走到床边去坐下，说道：

“妹妹，怎么啦？你输了钱吗？干吗好好儿的又向我生气了？”

竹露明仍旧不理睬他，把吸剩的烟尾恨恨地丢到痰盂里去，秋波却逗给了他一个妩媚的娇嗔。吕大邦不知道究竟有什么事触怒了这位内阁总理，所以也依然笑嘻嘻地问道：

“你输了多少钱？我加倍地还你是了，你何必生这个气？气坏了身子，不是自己受苦吗？”

说到这里，却凑过嘴去要吻她的脸颊。

“安静些吧，谁和你涎脸？喝得酒气冲人，怪讨厌的。”

竹露明伸手把他嘴推开了，这回才说出这几句话来，一面躺下身子，一面把脸转向床里便自管睡了。吕大邦望着她乌油滑丝卷曲的头发，倒是愕住了一会儿，但又笑了一笑，遂急急地脱了衣服，把身子也钻到被窝里去，伸手抱住她的娇躯，笑道：

“妹妹，你到底为什么和我生气？好歹不是也该说出一个理由来吗？快回过身子来，回答我吧！”

说着，扳住她的肩胛，一定要她别转脸来。竹露明在半挣半扎顺从的情势下把身子转过来，听他这样问，一时把生气的理由实在也说不出，因此秋波恨恨地白了他一眼，咬着嘴唇皮子，说道：

“为了你，洋钿输了五百元。每晚老是十二点回家，说起来总是人家请客，谁又知道你在外面干什么鬼事？”

竹露明因为听他说自己输了钱，他会加倍地赔还我，所以故意多说上去三百元钱，噘着嘴，还是表示十分生气的神气。吕大邦听她果然是为了输钱的缘故，这就不禁哑声儿失笑起来，暗想：为了我洋钿输了五百元，这句话打哪儿说起的呢？真是天晓得，打牌是你自己去打的，我又不会叫你去，怎么输了钱就怪到我的身上来？一个女人家在丈夫的面前也太会使性子一些了。不过吕大邦心中虽有这么的一个反感，他表面上是绝对不敢得罪这位爱妻的，所以忙又说道：

“你输了五百元钱吗？说起来倒的确全是我不好，为什么不叫妹妹赢，却叫妹妹输呢？那我这个人不是该死的东西吗？”

竹露明被他这么一说，因此把绷住了的粉脸再也忍不住掀起一丝笑容来了，但她秋波还是恨恨地白了他一眼，啐了一口，笑道：

“谁要你说这些话？那么你到底赔还不赔还我呢？”

“赔还赔还，当然赔还你，你急什么？只不过输五百元钱，那要什么紧？我明天准定赔还你一千元，那你总可以不生气了。”

吕大邦见她笑了，心里这才落下了一块大石，遂把她娇躯更搂抱得紧一些，连声地笑着说。

“早知你肯加倍地赔还我，那我就甘愿再多输几百元的。”

竹露明扬着眉毛，忍不住抿着嘴儿扑哧一声笑起来了。

“好太太，你这是什么良心？难道我的钱是偷来的吗？”

吕大邦听她这样说，一面笑着说，一面凑过嘴在她颊上吻了一下。竹露明这次并没有拒绝他，尽让他默默地温存了一会儿，但小嘴儿里犹娇嗔似的说道：

“因为你的钱赚得太容易，实在和偷来一样，我若不向你拿些，你也是花到别个女人身上去的，所以我心里真恨着你哩!”

“好太太，你这句话真叫人要气得跳黄浦的。我自从和妹妹结婚以后，凭良心说一句话，确实是不曾有一个钱花到女人身上去。你若不相信，我可以发誓给你听的。”

吕大邦听她这样说，便故意焦急得跳起来的样子。

“谁要你发誓？为了寻死，你还要乘火车老远地到上海去吗？难道永定河里不好跳下去的?”

竹露明俏眼白了他一下，忍不住也哧哧地笑。

“因为我在上海住过几年，所以跳黄浦这句话就成了口头禅。从北平到上海去跳黄浦，这也真可以说是存存心心地去自杀的了。”

吕大邦心中也忍不住感到有趣，遂索性和她说起笑话来，于是两人都哧的一声笑了。

吕大邦这时忽又想起秋痕职业的那一件事情来，遂望着露明的娇靥低低地问道：

“你表妹曾经托你叫我给她找一个事情做做，你怎么不和我说，反而向她推托说我没有好的机会呢？这你到底是什么意思呀?”

其实竹露明心中生气的原因，就是为了这一件事，后来被他混七混八地说了一阵话，所以把这件生气的事倒也渐渐地忘记了。不料此刻又被他这么一提，因此她心中的忧虑又浮现上来，噘着嘴儿，秋波逗给他一个白眼，说道：

“你这人真是个直肚肠，一些随机应变都没有的。我所以不要表妹到社会上去做事，一则我要她做伴儿；二则她年纪轻不懂事，万一和我一样上了人家的当，那不是叫我太对不住已死的舅父母了吗？不料你偏不会说一句谎话，刚才表妹也问我什么意思，我心里真是怪难为情的。说来说去，不是又是你的错处吗?”

吕大邦听她这样说，两颊一阵红晕，全身不免感到热辣辣起来，便伸手轻轻打了她一下屁股，笑道：

“妹妹，你这话不是明明地见着和尚骂贼秃吗？我也只不过大了几年岁数，其实哪一件事情不待你好，你还偏要说你是上了我的当。那叫我听了，心里不是感到难受吗？”

说到这里，微皱起了眉毛，仿佛很失望的样子。竹露明凭良心说一句话，觉得大邦对待自己真可说百依百顺，就是养一个孝子，也不过如此罢了。一时心也软了下来，把粉颊紧偎着他脸庞，笑道：

“那么你是不是真心地爱着我，不再去爱上别个人了呢？”

竹露明这一句话，当然也问得含有深刻的意思。

“妹妹，你不要孩子气了，我们的儿子也养下了，难道还不是真心地爱上你吗？”

吕大邦见她柔情蜜意地又来温存自己，心中方才高兴起来，吻着她的脸颊，香个不住。

“那么你给我发个誓，假使以后再爱上了别人，你便怎么样？”

竹露明秋波瞅住了他，脸上显出很认真的样子。吕大邦听她这样说，心中倒是左右为难起来，暗想：我虽然爱着你，但这个艳丽娟秀的小姨，也是我所心爱的呀，我正欲设计享受我一箭双雕的艳福，这叫我如何能发这个誓呢？但不发誓，她又怎肯罢休？事到如今，且不要管它，我就发誓也不要紧。遂笑道：

“我假使有恶意遗弃你等事情，那么我就绝不会好死的。妹妹，我发了这么的重誓，你难道还不相信我吗？”

“好！但愿你言而有信，切不要使我感到失望才好。”

竹露明虽然聪敏，但这次可被他含混过去了。吕大邦暗自想道：遗弃是一件事，爱上别人又是一件事，我只要不遗弃你，当然我是不会没有好死的。心里这样地想，他几乎忍不住要笑出来。但这时又听露明说道：

“表妹还是个十八岁的女孩子，那么既然在你的身旁做事情，你就千万要好好儿地照顾于她，知道吗？”

“这还用你叮嘱吗？我当然知道的，你尽可以放心是了。”

吕大邦含笑向她低低地安慰，竹露明方才把忧愁减去了一些。两人又谈了一会儿旁的事情，遂熄灯沉沉地各自睡去了。

从此以后，江秋痕便每天早晨跟随大邦坐汽车到大兴银行里去办公事。大邦把秋痕的午饭却并不包在行里吃，所以一到十二时后两人总在馆子里吃。这原是吕大邦预定的计划，以便慢慢儿地引诱秋痕，总希望她能够投入到自己的怀抱里来。

光阴匆匆，不知不觉地已过去了二十多天。这天秋痕在行里坐在写字台旁，心中不免又想起这个柳剑影来。真奇怪，自从分手到现在，已有了一个多月的光景，无论事情忙到怎样地步，难道连瞧望我一次的工夫都抽不出来吗？可见他对我完全没有意思，因为他爱的是杨红薇姑娘呀！不过他真也想不明白，正因为了我知道他爱的是杨红薇，所以我才和他要认个亲兄妹。他在我的面前是说得多么好，他总要尽哥哥的力来爱护妹妹，谁知身子一转背，他就忘得一干二净了，唉！想到这里，她内心真有说不出的悲哀，忍不住轻轻地叹了一口气。

“表妹，又是十二时了，我们吃饭去吧。”

谁知就在这个当儿，忽听吕大邦的声音向自己低低地说。江秋痕抬起勉强含笑的粉脸，向手腕上白金的表望了一眼，说道：

“光阴真过得快，一会儿又是半天过去了。”

说着，站起身子，遂和吕大邦照例又到馆子里吃午饭去了。

“表妹，我们稍许喝一些酒好吗？”

在馆子里一间单人的室中，两人在桌旁坐下来。吕大邦拿笔点好菜以后，回眸向秋痕笑嘻嘻柔声儿地问。江秋痕因为不忍拂他的兴致，所以含笑点了两点头。吕大邦见她答应了，心中好不快乐，遂吩咐侍役拿上两瓶健身露来，一面向秋痕又笑道：

“这个健身露味儿很鲜美，并且开胃健脾，活血脉，喝了于身体也是有益的。”

江秋痕含笑点头说道：

"给我们不会喝酒的人喝很配胃，你恐怕不够瘾吧？"

吕大邦也笑道：

"没有这个话，我对于喝酒根本没有一些瘾的，随便什么都喝，就是一个月不喝也行。"

江秋痕笑了一笑，并不说什么。不多一会儿，酒菜都端上来。吕大邦拿了酒瓶，在玻璃杯内倒满了一杯，递到秋痕的前面去。秋痕笑道：

"一杯我怕还喝不了，半杯也许可以。"

"假使你真的喝不了，那么你就剩着吧。"

吕大邦向她低低地说，一面在自己杯中也倒满了，并且举起杯子，向她提了一提。江秋痕于是握了杯子，也凑到红润润的嘴唇皮子上去了。两人在喝完半杯的时候，各人的脸上都浮现了一层红晕的色彩。江秋痕停杯不喝，微笑道：

"大邦哥，我吃饭了，你多喝一些吧。"

"真的不喝了吗？我想这半杯你也喝下去了，陪陪我吧，难得的。"

吕大邦见她粉颊仿佛是朵鲜丽的玫瑰，媚眼儿更像秋水那么动荡，真个是娇艳到了极点，一时心里不住地荡漾，望着她憨憨地傻笑。江秋痕听他这样说，因却不过他的情意，遂把这半杯酒真的也喝下去了。可是她既喝下了后，就觉得有些醉意了。只吃了一小盅的饭，她便离座躺到沙发上去了。吕大邦见此情景，心中暗暗喜欢，便忙叫侍役拿上一盘花旗蜜橘，放在沙发旁的茶几上，叫她吃些，说可以醒酒的。待吕大邦吃好了饭，只见江秋痕倚坐在沙发背上，微闭了星眸，似乎睡着了的样子，于是悄悄地在她的身旁坐下来，在袋内取出一只精美的盒儿，揭开了盖子，只见一只光芒四射的金刚钻戒指。他笑嘻嘻地拉过秋痕的纤手，把那枚钻戒轻轻地套到她的无名指上去。秋痕虽然是有些醉了，但感觉还是相当灵敏，她觉得手指上仿佛有什么东西在套上去，遂把星眸又微微地睁开来。一见了这个情景，芳心不免暗吃了一惊，连忙坐正了身子，把纤手缩了回来，微蹙了眉尖，凝眸向他望了一会儿，问道：

“大邦哥，你这算什么意思呀?”

“我送给你的。”

吕大邦见她微含嗔意的态度，心里也有些着慌了。本来已经是喝醉了酒，此刻的脸这就红得像个血喷猪头一样了，勉强含了一丝笑意，话声是带有些口吃的成分。

“送给我?大邦哥，你什么东西送给我，我是都接受的。只有那戒指，我可不敢受。”

江秋痕见他局促不安的模样，心里当然是明白他的用意了，遂摇了一摇头，把左手要去脱那戴在右手上的钻戒。不料吕大邦却把她右手握住了，含了甜蜜的笑容，向她柔声儿地说道：

“妹妹，你难道还不懂得我心头的意思吗?”

“我真的不懂，你倒把你意思说出来给我听听。”

江秋痕竭力镇静了态度，呆滞了乌圆的眸珠，故意还装出木头人的样子。

“妹妹，我心里实在非常爱你……”

吕大邦见她还不明白，遂厚了面皮，鼓足了勇气，凑过嘴儿去，向秋痕终于低低地说出了这一句话。江秋痕的芳心好像小鹿般地乱撞着，更因为是喝醉了酒的缘故，使她周身的血脉也流动得快速。她心里真奇怪得了不得，想不到一个四十多岁的姊夫，会向一个才十八岁的小姨说出“爱你”两个字来。她因为是过度气愤，所以倒反而笑起来了，扳住大邦的肩头，笑道：

“姊夫，你爱我吗?那么你把姊姊怎么办呢?”

吕大邦瞧她的意态，似乎很兴奋的样子，以为秋痕心中一定也很欢喜的，一时把他直乐得心花儿也都朵朵地开起来，笑道：

“妹妹，我的意思是这样的，反正你们姊妹俩是非常亲热，那么何不效一个双凤伴凰呢?假使承蒙你答应了我，那么我这一份家产，一半也是属于妹妹的所有了。”

“姊夫这样柔情蜜意对待我，我当然是十分感激，不过你先该向姊姊面前通过一声才是，否则姊姊不答应，也是枉然的呀。”

江秋痕听他这样说，虽然是万分愤怒，但是她还显出娇媚的样子，低声儿地说着。

“这个……”

吕大邦听她这样说，觉得事情有些僵了。所以说了“这个”两字，不免愣住了一会子。忽然他眸珠一转，便有了主意，笑了一笑，把嘴凑到她的耳边，低低地说道：

“我想女人家都是气量狭窄的多，若预先向她告诉，她必定不答应。何不我们先……”

说到这里，停了一停，又笑道：

“到那时木已成舟，你姊姊瞧我们可怜，不是也会心软下来了吗？”

江秋痕听他这样无耻地说着，照自己的意思，真恨不得撩上手来，先量他几下耳刮子，然后再和他评理，但她到底不肯破脸，因为她一切还得瞧在姊姊的脸上，所以把满腔的愤怒，竭力地又压制下去，向他笑道：

“姊夫，我瞧你恐怕是醉得很厉害吧？”

“不，我并没有醉，我一些也没有醉。我自从见了妹妹以后，我在梦中也会想到你，假使你不答应我的话，我真要为你害起相思病来呢！”

吕大邦握了她的纤手，紧紧地摇撼了一阵，他望着秋痕玫瑰花朵儿似的两颊，有些涎水欲滴的样子。在他的意思，是最好立刻把秋痕的身子一口地吞了下去。

“既然承蒙姊夫这样痴心地爱我，我自然也不忍心过分拒绝你。不过女孩儿家的终身问题，也是一件重要的事情，岂可以贸然地答应？所以待我考虑一天，明天再给姊夫的答复好吗？”

江秋痕见他胡闹得实在太可恶了，忽然心生一计，便含情脉脉地向他低声儿说出了这几句话。

吕大邦听她这样说，不敢过分地强迫她，生恐她要恼怒，遂点头说道：

“那么也好，我想明天最好约一个地点谈谈，不知你能答应我吗?”

江秋痕秋波滴溜地一转，点头笑道：

“很好，我们就在东华饭店开个房间，因为这几天怪热的，我还想洗一个澡哩。”

吕大邦做梦也想不到秋痕会说出这两句话来，一时直乐得满心眼儿里都是甜蜜，拍手笑道：

“我的好妹妹，你这意思真是不错极了。”

江秋痕掀着酒窝儿哧哧地一笑，把那枚钻戒脱了下来，交给到他的手里，说道：

“那么这只钻戒暂时你也收回了去，明天待我考虑舒齐后，再给我也不迟哩。”

吕大邦的脑海里是只憧憬着明天东华饭店里甜蜜的一幕，所以也就含笑答应了，把那枚钻戒依然装到盒子里去了。江秋痕这时便站起身子，说道：

“下午我想请半天假，因为我酒喝得太多了，要回家去躺一会儿。你最好把房间先去开好了，免得明天临时局促，因为明天不是星期六吗?”

吕大邦连声地说好，于是揿铃叫侍役进来，算清了账目，付去了钱，两人遂匆匆地走出了馆子。江秋痕还故意向大邦叮嘱道：

“姊夫，在旅馆的房门口牌子上，我们叫茶役写‘张秋邦’三字好了，这样就不会有人注意了。还有，你晚上回家后这事千万别向姊姊告诉，知道吗?”

“我可不是傻子，怎么会把这事告诉了她？你放心，那么你回家只推说有些不舒服是了。"

吕大邦点了点头，笑嘻嘻地说。一面给秋痕讨了街车，一面便到东华饭店去开房间了。

江秋痕坐在车上，心里想想，真是又好气又好笑。一时柔肠百转，忽然想起表姊所以不肯给我向姊夫求职的原因，莫非就是为了这个吗？"对了，对了。"秋痕想到这里，若有所悟，自语了两声"对了"，她又想道：表姊当然是知道丈夫的脾气，生恐我和他同出同归，日子一久，这个色鬼免不得又要做出尴尬的事情来，所以表姊是不希望我去办事情，她情愿我住在家里跟她做伴的。可怜表姊原来也有一番不得已的苦心哩！但在我当初却会一些想不到，我这个人究竟还是笨得厉害呢！江秋痕一路上胡思乱想地忖着，那人力车也就在吕公馆的大门口停下来了。

江秋痕走进会客室，第一个遇见的就是表姊。竹露明忽然见秋痕两颊绯红的，这时候就回家里来了，心里十分惊异，遂急急地问道：

"表妹，你怎么啦？这时回家来做什么呀？"

秋痕不及回答，就拉了她的手，急急地向自己房里走，把房门砰的一声关上了，却是咯咯地大笑起来。竹露明见了秋痕这种失常的举动，真是弄得莫名其妙，遂把秋痕拉到沙发上坐下，望着她海棠红似的两颊，很奇怪地问道：

"妹妹，到底为了什么事？你快些告诉我呀！"

"姊姊，说起来真叫人笑痛了肚皮，姊夫他竟要爱上我了呢！"

江秋痕也许是为了醉意的缘故，她伏在露明的肩胛上，却是又哧哧地笑起来了。

"什么？他要爱上你？他向你怎么样说呢？妹妹，你别笑呀！你快告诉我吧！"

竹露明骤然听了这个消息，一颗芳心在十分怒恨之中，不免又含了几分酸意，她也涨红了脸，向秋痕急急地追问。同时把手还去抬秋痕的下巴，不料秋痕粉脸映入在露明眼帘下时，已沾上了无数点的泪水了。这就愈加吃惊地问道：

“妹妹，你说，你说，他怎么样欺侮你？我一定跟他拼命！”

江秋痕听她这样说，一时自己也不知道为什么要这样悲酸，她倒入露明的怀里，竟是呜呜咽咽地哭泣起来了。竹露明纤手摸着她的粉脸，是觉得热辣辣地十分烫手，这就知道他们在外面一定是喝过了酒，大概这色鬼酒后有失礼的举动，所以这位心高气傲的表妹就生气了。当然一个女孩儿家，在经过一度委屈之后免不得要哭起来。这时竹露明芳心里在愤怒之中，又得到了十分的安慰。愤怒的是，大邦这老不死的活了这一把年纪，还是色眯眯地专门想糟蹋人家的姑娘；安慰的是，秋痕并不受金钱的诱惑，她不但不和大邦胡调，而且还来向我哭诉，那么这老色鬼不是在想吃天鹅肉吗？所以抱着秋痕的身子，柔声儿地说道：

“表妹，你也不用伤心了，你也不要生气了。一切只好瞧在我姊姊的脸上，就别和他这色鬼一般见识吧！你好歹总要告诉我，他究竟向你说些什么话呢？”

说着，又拿手帕给她轻轻地拭泪。江秋痕这才坐正了身子，把手背在粉颊上来回地揉擦了一下，遂低低地把大邦在馆子里向自己求爱的一回事对露明告诉了一遍。竹露明听了，骂了一声：“真是个无耻的东西！”却又忍不住深深地叹了一口气，说道：

“表妹，我早就料到有这么一着的，所以我不愿意代你去向他恳求找个职业干的话。谁知他真的会一些不肯争气，那岂不是叫人感到可叹吗！”

江秋痕听她这样说，但忽然又破涕笑起来了，说道：

“姊姊，现在我已设了一个巧计，明天可要出出他的丑。因为我知道他是非常怕你的，所以……”

说到这里，便附着露明的耳朵，如此如此、这般这般地低低地说了一阵，扬着眉毛，扑哧一笑，说道：

“姊姊，你想好不好?”

竹露明听了她这一番的计策，觉得秋痕妮子在聪敏中不免总带有些顽皮的成分，这就抚着她纤手，也嫣然地笑起来了，点头说道：

“很好，明天看他有什么脸见我!”

“不过今晚他回家里来，姊姊千万别露了马脚，你只装没有事儿一样好了。”

江秋痕偎着她的肩胛，又向她低低地叮嘱着。

“我知道，对于这个，妹妹尽可以放心。姊姊虽然性子躁，但总不至于连这些忍耐性都没有的。那么妹妹也好躺一会儿了，这种人不用气他，他的话只好当他是放屁一样，气坏了自己的身子，那也不犯着呀!”

竹露明一面点头，一面扶她到床边去，又柔声儿地向她劝慰。

“姊姊，我并不气愤，我只有感到十二分的好笑哩！但明天这么一来以后，他一定是十分地气我。我这个断命秘书也不要做了，还是和姊姊在家里做个伴好。”

江秋痕躺在床上，转着乌圆的眸珠，又向露明又笑又嗔地说着。竹露明扑哧一声笑出来，给她把被盖好，点头道：

“不错，身为女子的，要想在社会上找一个出路，并不是一件容易的事。在我之所以嫁给大邦，还不是和妹妹今日一样的遭遇吗？唉!”

说到这里的时候，却忍不住又微微地叹了一口气。秋痕听她这样说，心头是感到了无限黯然，觉得这万恶的社会，难道真的没有我们女子立足的地方吗？是的，女子唯一的出路，是只有牺牲色相。秋痕在这样感觉之下，她的眼角旁不禁又涌上了晶莹莹的一颗了。室中的空气，是包含了凄凉的意味。

这晚，竹露明忍住了一颗说不出痛恨的芳心，终于笑盈盈地装出了若无其事般的态度，向吕大邦谈笑如常地说着话。吕大邦自然也更加甜言蜜语地向她拍马屁，竭力博得他爱妻的欢心。

第二天下午两点钟光景，竹露明按照秋痕的计划，急急地坐车赶到东华饭店。在旅客一览表上挨次地查瞧“张秋邦”三个字的名儿，果然在三百五十四号的下面，是“张秋邦”三个字。一时心中大喜，遂乘电梯到三楼，三脚两步地找到了三百五十四号房间。在她推开房门的时候，那一颗芳心的跳跃真像小鹿般地乱撞着。竹露明的视线随着门开了掠到房中的四周去。果然有一幕够人刺激的情景，映入到她的眼帘下，使她一颗芳心中真感到万分的怨恨和气愤。你道是怎么的一回事？原来秋痕坐在梳妆台前的一只锦凳上，吕大邦却直挺挺地跪在她的面前，拉了秋痕的纤手，却把一枚钻戒一定要套到她的手指上去。江秋痕在未瞧到竹露明身子以前，她的芳心中倒真的感到有些焦急，及至明眸望到露明推门进来的时候，她才放宽了许多，而且几乎扑哧一声要笑出来了。竹露明因为脚下穿的是双软底鞋子，所以走进来是一些声响也没有，吕大邦当然也没有知道，还向秋痕含笑央求着道：

“我的好妹妹，你可怜我一片痴心，你就答应了我吧！”

“好吧，你这个老色鬼，我就答应你是了。”

竹露明听了他这几句求爱的话，真是又气又笑，遂三脚两步地走到吕大邦的身后，用手一把扭住了他的耳朵，便娇声地怒斥着。

吕大邦做梦也想不到竹露明会正在自己紧要关子的时候突然寻到这儿来，所以回眸一见了这个玉皇大帝以后，他心中这一吃惊，真是脸无人色，因此歪了头，几乎吓得泥塑木雕似的僵住了。

江秋痕见表姊拧住了他的耳朵，他仿佛死人一样地连哼都不敢哼一声，这真像舞台上一幕惧内的趣剧，一时芳心中真有说不出的有趣，一骨碌转身逃到窗口旁去，便弯了腰肢哧哧地笑起来。

吕大邦被秋痕这么一笑，心里这才有了一个恍然，暗想：原来是她们姊妹俩做好的圈套，好个刁恶的秋痕，可怜我竟上了她们的大当呢！于是他也不顾痛不痛，慌忙从地下爬起，挣脱了拧在自己耳朵上露明的纤手，便头也不回地逃出东华饭店去了。秋痕拉着露明的手，姊妹俩人早已忍不住又笑了。

这晚，吕大邦回家，就急急地把房门关上，一本正经地向露明直挺挺地跪下来求饶，并且把送给秋痕那枚钻戒，亲自又套到露明的手指上去。露明摔脱了他的手，还是满面娇嗔地不依，说：

“我可不是秋痕，你把钻戒送给我做什么？从此以后，你不许再睡到我的房中来，我也不稀罕你这个老骨头。”

说着，拧着大邦的耳朵，把他身子向房门口推。吕大邦却是赖在地上不肯起来，千妹妹万妹妹地只管讨饶，说：

“下次再起野心，准定被妹妹打死是了。”

两人在房中一个薄怒娇嗔，一个涎皮嬉脸，这一出戏足足演了两点三十五分十三秒时间，总算宣告闭幕。两口子躺进满谷生春的热被窝里，于是言归于好。

江秋痕的计划虽然宣告成功，但想着自己身世的可怜、处境的困难，芳心自然十分烦恼，所以次日下午，便独个儿步到中山公园去散一会儿心。不料才到门口的时候，却会遇到自己心头正在时时想念的柳剑影，这不是使她要感到悲喜交集了吗？

第八回

兄弟竟误会情海风波

江秋痕的心中为什么要这样烦恼呢？当然她心中也有她的想头。自己这次的举动，虽然是带有些开玩笑的性质，给姊夫做个侮辱女性的当头棒喝，不过他心中对我当然是存了十分的恶感。那么我到底是住在他的家里，为了姊姊的关系，姊夫虽然不敢显出讨厌我的态度，不过我自己住着，亦觉得很是没趣，最好我能够脱离他的家里，自己去谋一条生路。但是在此人地生疏的北平，又叫我到什么地方去谋生路好呢？在秋痕心中既然有了这个感觉，你想，怎不叫她一个心高气傲的姑娘感到无限的烦恼呢？在中山公园的门口，忽然会遇见了柳剑影，这当然是梦想不到的一回事，因为在骤见之下，悲喜怨恨的各种不同的滋味就立刻塞满在她的心头。所以当柳剑影握着她手喊妹妹的时候，她眼眶子里那晶莹莹的热泪这就如泉水般地涌上来了。彼此才一见面，秋痕忽然就哭起来了。柳剑影的心里当然也是感到了不胜的惊异，这就握了她手，紧紧地摇撼了一阵，问道：

“妹妹，你干吗伤心啦？难道表姊待你不好吗？”

“不是。”

江秋痕低低地回答，把手背去揉擦她的眼皮，这柔媚的意态会令人感到了她楚楚的可怜。

“那么为什么？莫非你又在想起侯玉书来了吗？”

柳剑影对于这位娇媚可爱的妹妹当然也是十分疼爱，他微蹙了两条清秀的浓眉，又这样轻轻地猜测着。

“也不是，哥哥别胡猜吧。”

江秋痕粉嫩的两颊上透现了一圆圈的娇红，摇了摇头，把腰忸怩了一下，秋波脉脉含情地逗了他一瞥无限哀怨的目光，却是赧赧然垂下螓首来。柳剑影从她这一瞥哀怨的目光上瞧来，他似乎已猜透了她的心理，遂柔声儿地说道：

“这也不是，那也不是，也许是恨我一个多月没有来瞧望妹妹吗?”

说到这里，又向她默默地凝望了一会儿。不料江秋痕低了头，这次却并不作答。柳剑影瞧了她那种意态，显然是被自己猜中了无疑，一时心头是感动得太厉害了的缘故，所以内心也不免悲哀起来，深深地叹了一口气，话声是带有些颤抖的成分，说道：

“妹妹，但是你应该原谅我，因为我回家后就病倒了，直到今天才算能够起床呢!”

江秋痕听他这样说，一颗芳心这才明白了他所以一个多月不来探望自己的原因了，遂立刻抬起红晕的娇靥，两条蛾眉是像捧心西子那么颦蹙着，秋波脉脉地在他脸上打量了一会儿，哀怨地道：

“可怜你竟病得这许多的日子，唉，仔细瞧来，真清瘦得多了。哥哥，你为什么不写封信来告诉我？否则我不是也可以来服侍你几天吗?”

“妹妹，你这话也说得有趣，我病得一些气力也没有，怎么还能够握笔写信呢？照理妹妹见我这许多日子没有来，就可以知道我病着，那你不是也可以来望望我吗?”

柳剑影听她这样说，心中在十分感激之余，也觉到了几分甜蜜的滋味，含了微微的笑容，向她低声儿地说着。

“可不是，我这人竟糊涂得这个模样儿，为什么当初却没有想到你病的上头去呢？我以为你……唉!”

江秋痕听他这几句话中，至少是含有些抱怨的意思，一时真懊悔得了不得，本来是自己怨恨着他，此刻又反而感到抱歉起来。她自己埋怨着自己，情不自禁说到这里的时候，方才猛可理会，那怎么好意思说出来？于是顿了一顿，微微地叹了一声，她的眼泪水又在粉颊上晶莹莹地展现了。

“你以为我怎么样？妹妹，你说下去呀！”

柳剑影是个很聪敏的人，他听了秋痕这两句话，他就明白秋痕心中以为我把她忘记了。所以她一见我，就显出十二分怨恨的态度，并且还盈盈地淌下泪来。那么从这一点子猜想，她那芳心中不是也有爱上我的意思吗？想到这里，心就不免荡漾了一下，望着她海棠带雨般的粉脸，偏故意地向她追问了一句。江秋痕被他这样一问，当然是十分难为情，就秋波逗给他一个娇嗔，一撩眼皮，横眸扑哧的一声笑出来，顽皮地说道：

“我不知道，你别问了。哥哥，我们进公园里去坐一会儿吧。”

说着，还拉了他的手，向公园门口走了。柳剑影瞧她这可人的意态，至少还带有些孩子淘气的成分，一时更觉她的可爱，遂向她低低地笑道：

“妹妹，你眼泪先擦干了，被人家瞧见了，不是很不好意思吗？”

“你瞧我哪里还有眼泪呢？”

江秋痕回过粉脸来，眉毛一扬，掀起了酒窝儿，媚眼却逗给他一个倾人的甜笑。柳剑影今天是病后新愈，忽然会遇见了一个这样心爱的妹妹，他的心当然是分外高兴。两人携着手，便笑嘻嘻地步进富于诗情画意的中山公园里去了。

虽然是初夏的天气，但在北平却是温和得像春天里一样。红男绿女在中山公园里已是活跃着无数无数的了，每个人的脸上都透现着青春的红晕。柳剑影和江秋痕手挽手地走到一丛树林的下面，秋痕把手向那边绿叶满盖下的一把长椅上指了指，低声儿笑道：

“哥哥，那边很清静，我们去坐会儿好吗？”

柳剑影点了点头，遂和她在荆棘满布的草地上跨了进去。秋痕在胁下拉下一方蓝白相镶的丝帕，在亮眼长椅上拍了拍尘埃，秋波瞟了他一眼，两人方才并肩地坐下来。

“妹妹，一个月不见，你的脸倒更白胖得多了，大概表姊家里的生活很舒服吧?”

两人坐下了后，柳剑影明眸向她脉脉地凝望了一会儿，便柔声儿地笑着说。秋痕摇了摇头，却微微地叹了一口气，说道：

“物质上的享受虽然舒服一些，但精神上的痛苦却叫我心里常常难受。”

“那为什么？你精神也没有什么痛苦呀。”

柳剑影听她这样说，似乎很不了解似的，望着她微皱了眉尖，呆呆地出神。

“你又哪里知道呢?”

江秋痕俏眼掠了他一下，脸上浮现了悒郁不平的颜色。

“但是妹妹能否向我告诉一些知道吗?”

柳剑影很平静地问着。

“饱暖思淫欲，饥寒起盗心，这两句话就一些也不错。有钱的人，就是这么无赖呢！我表姊夫已经是个四十多岁的人，他娶了我的表姊，也算是个才貌两全的女子。不料他还不能满足心头的欲望，竟要爱到我的身上来。哥哥你想，这不是叫人痛心吗?”

江秋痕对于吕大邦的一番野心，她是感到非常愤怒，所以她情不自禁地就会向柳剑影告诉出来。

“天下哪有这种无耻的王八？真岂有此理！现在你表姊可曾知道这件事情了吗?”

柳剑影听一个四十多岁的姊夫还要看中一个才十八岁的小姨，他心头也会激起了一阵愤怒，大声地骂着，但既骂出来后，他倒又感觉鲁莽起来了，忙又笑道：

“妹妹，你瞧我也是个粗性子，就这么忍耐不住地会骂出来，你听了可不要生气。”

江秋痕把小嘴儿噘了噘，冷笑了一声，说道：

“我会去代他生气？这种王八不骂还骂哪个去呢？哥哥，他把一枚钻戒笑嘻嘻地要套到我的指上来，并且还说什么双凤伴凰的话。我听了以后，若不是为了姊姊待我太好的缘故，我真要量他几下耳刮子哩！”

“这种人你打了他，也是活该的。后来又怎么样了呢？”

柳剑影听她这样说，连连地点头，一面又很急促地问她，似乎很代为焦急这一幕尴尬局面的神气。在柳剑影的心中，以为秋痕的神情一定要更愤激一些了。不料事实上偏偏出乎意料之外的，江秋痕扑哧一声，却是抿着嘴儿笑起来了。柳剑影这就感到了奇怪，不免愕住了一会儿，怔怔地问道：

“妹妹一会儿怎么又高兴起来了？”

“哥哥，我告诉你，事情真有趣，因为我知道姊夫是个怕姊姊的人，所以我就存心戏弄他一下。”

说到这里，遂把东华饭店的一幕事情向他悄悄地告诉了一遍，一面却又哧哧地笑起来了。柳剑影也觉得她淘气得可爱，遂笑道：

“你计划虽然成功了，可是却难为了你的姊夫了。”

江秋痕俏眼逗给他一个妩媚的娇嗔，又掀着酒窝儿笑起来了。两人经过了这回微笑以后，各人的脸部又都平静下来，同时四周的空气也寂静了许多，除了微风吹动枝叶儿发出了细微的声响外，差不多连各人呼吸的声音也可以听出来了。柳剑影回眸又向她望了一眼，只见她脸部的表情又显出很愁苦的样子，眉尖似蹙的两条弯弯的月儿，若有无限心事的意态，于是便忍不住又问道：

“妹妹，你心中还有什么为难的事情吗？假使我有能力可以帮助你的话，我总能够尽我的力，这在汉生医院的时候不是早跟你说过了吗？”

江秋痕听他这样说，方知他说的话句句乃是从心眼儿里流露出来的，并非是口头上的一种好听白话，一时当然是说不出的感激，遂向他低声地告诉道：

"哥哥既然肯像自己妹子一样地爱护我，我就对哥哥恳求一下，不知哥哥能不能介绍一个只要有口饭吃的职业吗？"

"那是为什么？妹妹不是好好儿地住在表姊家里吗？你姊夫既然是怕妻子的，我想以后也许再不敢来欺侮你了。"

柳剑影听她这样说，虽然很敬佩她的志气高傲，但一时里自己也没法给她找个职业，所以便低低地向她劝慰了几句。

"姊夫虽然不敢再来欺侮我，但我自己总觉得不好意思再住下去。假使有办法可以脱离他们的话，我以为是比较安静一些，苦我倒不怕，我所怕的就是精神上的苦，这似乎太令我会感到难受一些的。"

江秋痕摇了摇头，明眸脉脉含情地凝望了他一会儿，向他轻声儿地说着。柳剑影听她很坚定的样子，这在自己似乎绝不能卸脱代为给她设法的责任，所以望着她玫瑰花儿似的脸庞，倒是呆呆地出了一会子神。忽然他有了一个主意，笑了起来，说道：

"办法倒有一个，不知妹妹可喜欢吗？"

"这个时候还有什么喜欢不喜欢呢？只要有办法也就行了。"

江秋痕乌圆的眸珠转了转，掀着笑窝儿低低地说，脸上浮现了一丝新生的希望。

"假使妹妹不嫌我家里地方小的话，那么你还是住到我的家里去吧。因为一时要找个职业，不但是女子，就是男子，恐怕也很不容易吧。"

柳剑影这才向她低低地说出这个办法来。

"哥哥，你怎么还和我客气，那似乎太不应该了。"

江秋痕鼓着小嘴儿，秋波逗给他一个妩媚的娇嗔，这神情显然有些生气。

"妹妹既这么说，我想准定就这样办，妹妹就住到我的家里去吧。”

柳剑影见她薄怒娇嗔的神情，那是更增加了她妩媚的意态，遂向她憨憨地笑着。

“虽然哥哥这份美意，我是一万分地感激，不过……在你爸妈心中想来，不是有些很不便当吗?”

江秋痕虽然满脸又显出笑容来，但她芳心却又考虑到这一层，明眸瞟了他一眼，低低地说着。

“对于这个问题，妹妹倒不必忧虑。因为爸爸只养我兄弟两个，并没有女儿，他们老人家若见了像妹妹那么一个可爱的姑娘，恐怕心里喜欢还来不及哩!”

柳剑影连忙含笑又向她这样地解释着。不料江秋痕听了，掀着笑窝儿，却逗给他一个可爱的白眼。

“妹妹，怎么啦？难道我这句话错了吗?”

柳剑影见她实在妩媚得可爱，有些情不自禁，偎过身子去，把她纤手紧紧地握住了。江秋痕并不作答，也偎了身子，柔顺得像头驯服的绵羊似的，望着他娇羞不胜地媚笑着。忽然她想着了一件事，一撩眼皮，含笑问道：

“哥哥，后来杨红薇小姐难道就一些没有音讯吗?”

“我回家后，弟弟就告诉我，说杨红薇已经来望过我，现在住在京华饭店等着我。我听了这个消息，就到京华饭店去找她，不料她已不住在那儿了，一时也不知道她又到什么地方去，直到如今还是杳无音讯，你想奇怪不奇怪?”

柳剑影听她提起了杨红薇，遂从实地向她告诉了一遍。江秋痕凝眸含颦地沉思了一会儿，忽然若有所悟似的笑起来，秋波瞟了他一眼，笑道：

“我现在明白了，哥哥的病莫非就是为了忧郁所致吗?”

柳剑影想不到秋痕这两句话就直说到自己的心眼儿里去，两颊不免也透现了一圆圈的娇红，笑了一笑，但兀是竭力镇静了态度，故意恨恨地打了她一下手心，笑道：

“妹妹别胡说白道地瞎猜吧！正经地说，你到底预备几时才到我家里来住呢？我想你也不必三心二意，就今天到我家里去吧。”

江秋痕听他这样说，显然在他的心中，是很欢迎我到他家里去住。一颗芳心中这就有了一些甜蜜的感觉，扑地笑道：

“那你也太性急一些了，我想既然承蒙你这份盛情，我就明天下午到你家里来住好吗？”

“不错，我回家去也该叫他们把你卧室打扫打扫，你也得回去整理整理衣服，那么你就准定明天下午来吧。别失约，回头叫我空等，我可不依你的。”

柳剑影点了点头，连他自己都好笑起来了。

“那倒说不定，也许我后天来，你难道还要把我当作上客看待吗？假使你待我太客气的话，这倒反而叫我不安了。”

江秋痕窥测他的意态，似乎在明天他至少还要预备些什么来款待我，生恐我失了约，那么他不是等于白预备了吗？所以他要再三地叮嘱我一句，要我准定去。江秋痕既有了这个感觉，遂望着他俊美的脸，很认真地向他叮咛着。

“你放心，我一定不会待你作上客一样的，那总好了。”

柳剑影抚着她纤手，显出柔情蜜意的样子，心里很欢喜地也向她哧哧地笑。江秋痕点了点头，却没有说什么，也微微地笑了。两人在四点左右的时候，方才到外面馆子里吃了一些点心，各自分手回家里去。

江秋痕到家门口的当儿，忽然身后开来一辆汽车，回眸去望了一眼，只见车厢开处，探出一个头来，向秋痕满脸含笑地叫道：

“表妹，你在外面买东西吗？”

秋痕见是姊夫吕大邦，这就扬着眉毛扑哧一声笑起来了。因为自己反正在明天就要离开他的家，所以也乐得和他客气一些，于是装出若无其事般地笑盈盈走到车厢旁来，回答说道：

“不是买东西，我在公园里散一会儿步。”

说着话，身子已跳上了车厢，和大邦并肩地坐了下来。车夫揿了两声喇叭，门役开了大铁门，车身向甬道上直开了进去。

“表妹，昨天的事情，你似乎太恶作剧一些了。”

吕大邦随手关上了车厢，回眸向秋痕瞅了一眼，低声儿地向她埋怨着。江秋痕听他这样说，抿着嘴儿早已哧哧地笑起来了，忽然又停止了笑，显出很严肃的态度，向他正经地说道：

“大邦哥，你倒不能怨我恶作剧，实在只怪你太无赖一些了。”

“既然你不肯答应我，那么你该爽爽气气地拒绝我，何必来这套玩意儿?”

吕大邦见她冷若冰霜似的样子，不知怎的，心就感到有些胆怯，只好向她又涎皮嬉脸地笑道说。

“因为你把我们女性瞧得太低微一些了，所以我要给你一些教训。大邦哥，我知道昨天夜里，你一定在姊姊面前跪一夜的。”

江秋痕秋波瞟了他一眼，却又抿着嘴儿顽皮地笑了。吕大邦因为车夫在前面坐着，所以拉了拉秋痕的手，却向车夫的背努了努嘴，这是叫她别大声嚷嚷的意思。江秋痕似乎懂得他的作用，却仍旧笑嘻嘻地说道：

“你倒要爷们的面子了，可是你就不该做出这样丢脸……”

说到这里，吕大邦急起来，于是也管不得许多地伸过手去把她小嘴儿扪住了，低低地笑道：

“好表妹，你就少说几句好吗?”

“本来过去的事我就不要说，还不是你先向我提起来吗?”

江秋痕连忙把他手扳下来，俏眼恨恨地逗给他一个娇嗔。

就在这时，车子已在大厅前的石阶旁停下了。吕大邦于是拉开车门，和秋痕一同步到大厅内去，一面向秋痕又笑道：

“想不到表妹倒是个专会捉弄人的姑娘哩!”

“我这样子真不能算是捉弄人，其实姊夫的手段才是真正地会捉弄人呢!”

江秋痕一面走进会客室，一面也向他回答着。会客室内没有一个人，吕大邦于是把秋痕身子拉回来，故意问道：

“我捉弄你什么啦?”

江秋痕“哧”的一声，转了转乌圆的眸珠，正色地说道：

“你这种手段对付我，还不能说是捉弄我吗?假使我糊里糊涂地答应了你，姊姊是个什么人?她如何会肯答应我们?在这个情势之下，你不是害了我的终身吗?”

说到这里，又用了极温和的口吻，向他接着又道：

“姊姊也不是个庸俗的脂粉，所以我劝姊夫应该要洁身自爱，用情专一，千万不可以为了黄金作祟，而一味地想糟蹋人家的姑娘。要知道荒唐的结果，是绝没有良好的收场，况且一个人的金钱虽多，而精力究竟有限，姊夫还是个壮年时代的人哩!我为姊姊的幸福和姊夫的前途光明着想，我希望你要改过自新，好好儿努力地来做一个人。假使在社会上能够干一件为大众谋福利的事业，这是多么荣幸的一件事呢!大邦哥，不知你能接受我这一片忠告吗?”

吕大邦听了秋痕这一篇话，一时他的心头是深深地感动了。倒并不以为自己受了秋痕那一篇近乎教训似的论调而感到了可耻，他只觉得无限羞惭和感激，红了两颊，紧紧地握了她一阵手，说道：

“听了表妹这几句金玉良言的话，使我顿开茅塞，觉得我这个卑劣的思想，不但对不住你，对不住你的表姊，而且更对不住我自己的良心。所以从今以后，我将永远地爱你姊姊到底，并且更要努力地来做一番有益于社会的事业，绝不至于使你那颗小小的心灵中感到失望的。”

江秋痕见他居然顽石点头，这在我不啻是报答了表姊待我的一片深情，一时芳心中在万分欣喜之余，不免又感到了无限痛快，遂扬着眉毛，笑道：

“但愿能够如此，这不但表姊心中感到安慰，就是在我也十分快乐的了。”

她说了这两句话，便一骨碌转身，匆匆地奔到自己卧房里去了。江秋痕回到房中后不到五分钟，只见表姊笑盈盈地走进来了。秋痕连忙站起迎接道：

“姊姊，你来得正好，不然我也要来找你了。”

竹露明听了，心里倒是一怔，愕住了一会子，忙来拉住了秋痕的纤手，望着她掀了笑窝儿的娇容，逗了那一瞥猜疑的目光，问道：

“你找我有些什么事啦?”

“姊姊!”

江秋痕很亲热地喊了一声，把她拉到沙发旁一块儿坐下了，接着方才告诉道：

“今天我到中山公园里去散步，遇见了那个伴我来的哥哥的朋友，他叫我到他家里去住几天，我已答应了他，所以我明天就到他家里去了。”

“哦！你这个朋友到底叫什么名儿？家里又住在什么路？那么他在这一个多月的日子，为什么竟一次也没有来望你呀?”

竹露明用了神秘的口吻，“哦”了一声，她忍不住笑了起来，偎着她的身子显出十二分亲热的神情，向她低低地问。江秋痕见她这个笑似乎含有些神秘的作用，两颊就浮上了两瓣娇艳的桃花，含羞地答道：

“他的名字叫作柳剑影，住在南车站第四胡同十五号，他自从伴我到表姊家里以后，不料却病了一个多月，直到现在方才复原一些呢。”

“‘柳剑影’这三个字很耳熟，好像在哪里曾经听见过似的……哦……莫非就是这次……”

竹露明凝眸沉思了一会儿，忽然若有所思地问了出来。但江秋痕却没有待她问完，就点头说道：

“不错，正是他，这次在北平他是很有声望的了。不过他很清高，听说他在剿匪胜利之后，就退回家里来依然过他的平民生活了。”

“这样不慕荣利、不贪富贵的青年，正是难得。我代妹妹的终身问题着想，当然也是非常快乐。”

竹露明到此才知道表妹是和柳剑影交了朋友，遂连连地点头，望着她四月里蔷薇那么的娇容，忍不住哧哧地笑。江秋痕听了却“嗯”了一声，倚在她的怀里，撒娇似的不依道：

“姊姊，人家只不过是个普通的朋友罢了，你偏喜欢取笑人家，那我可不依你。”

竹露明见她娇靥美丽得实在令人可爱，遂趁此把她拥抱到怀里来，在她颊上连连地吻了两个香，笑道：

“我和妹妹说的全是实心眼儿的话，怎么会取笑你呢？”

江秋痕躺在她的怀内，被她吻了两个香，倒也并不挣扎，微仰了脖子，秋波白了她一眼，因为是满心甜蜜的缘故，所以也只管憨然地笑。竹露明这时忽又正经地说道：

“表妹，照理你既然要住到爱人家里去，我当然也不好意思来阻拦你。但为了有大邦这回事发生在其间，倒叫我疑心你是生了气。所以我得老实问你一声，你是不是为了大邦的向你无礼，所以你就不愿住下去了吗？假使你真的为了这个，那么我就要留你了。因为大邦确实已悔悟了，觉得自己这卑鄙的举动是错到了极点，尤其听了刚才妹子这一番真挚情意的忠告，大概他是真心地感动了，他不是也向你悔过了吗？”

江秋痕听了她这几句话，心里在羞涩与喜悦之中，不免又掺和了无限的惊异，遂立刻坐正了身子，扳着她的肩头，急急地追问道：

“姊姊，那真奇怪，我刚才和姊夫说的话，你怎么知道的？难道姊夫向你告诉的吗？”

竹露明笑了一笑，说道：

“你们在会客室里只管说话，却没有知道我是站在楼上栏杆旁听着了。表妹，你这样代我向他劝告，一方面固然是为的他好，一方面更是为我的终身在着想，所以妹妹爱我之情，真是天无其高、海无其深，实在使姊姊感激不尽哩！”

说到这里，情不自禁地又把她身子抱来，把嘴凑在她的额角上默默地吻着。江秋痕这才恍然大悟了，一时芳心中真有说不出的安慰，便偎在她的怀内，微昂了粉脸，低声儿地笑道：

“姊姊也太会多心了，假使我真的生了气，还会这样恳切地向姊夫忠告吗？虽然姊夫这存心和行为是太使我感到可恨和轻视，不过我为了姊姊的关系，我觉得这总还是不值一笑的事情。”

“妹妹既那么说，我就觉得安慰。不过妹妹虽然是住到爱人家里去，但总也不要把我姊姊忘怀了才好，所以我希望妹妹还要常常到我这儿来玩玩。”

竹露明点了点头说，她脸上又浮起了一丝神秘的笑容。

“姊姊，我不要，我不要，你老是说爱人，那不是叫我难为情吗？”

江秋痕忸怩着腰肢，啐了她一口，俏眼却逗给她一个倾人的甜笑。

“那有什么难为情？不是说爱人，那么说什么？哦哦！也许是情人……”

竹露明抿着嘴向她扮了一个兔子脸，扑哧一声，却是咯咯地笑得花枝乱抖了。江秋痕咬着殷红的嘴唇皮子，恨恨地打了她一下，也忍不住赧赧然笑了。

这晚，竹露明特地叫厨房备了一席丰富的酒筵，表示临别做个纪念。吕大邦知道了秋痕要走的消息，他究竟有些心虚，似乎对秋痕感到惭愧，所以晚上吃饭的时候，故意推托有事，他便匆匆走出去了。因此她们姊妹俩浅酌低斟，笑语盈盈，各人都喝了一个痛快。

第二天下午三点钟光景，秋痕方才和露明握手分别。露明再三叮嘱她不要忘记了自己，要常常来游玩。秋痕含笑答应，遂坐车到南火车站路去了。人力车拉到第四胡同口的时候，只见迎面走来一个男子，向秋痕招了招手，笑着喊道：

“秋痕，秋痕，在这里，在这里到了。”

柳剑影会走到胡同口来迎接，这当然是秋痕心中做梦也想不到的事情，所以内心这一喜欢，差不多连心花儿也乐得朵朵地开起来了，遂连声地叫车夫停下，匆匆地付去了车钱，三脚两步地奔到剑影的面前，两人笑盈盈地握了一阵手。因为各人心里是太兴奋的缘故，所以好一会儿大家都是说不出一句话来。

“妹妹，你怎么直到这时候才到来？我在胡同口是足足等候你一个多钟点了。”

经过了良久的凝望和微笑，柳剑影方才向她柔声儿地说出了这两句话。

“哟！这真叫我心里过不去，不是累乏了哥哥吗？因为表姊舍不得我走，所以拉着我又哧哧地说了许多的话。”

江秋痕眉一扬，乌圆的眸珠转了转，明眸含了无限感激的情意，向他脉脉地凝望着。笑窝儿在玫瑰花样的粉颊上，却是始终没有平复过。

柳剑影拉了她手，一面点了点头，一面和她向胡同里走，微微地笑道：

“这也难怪你的表姊心中要舍不得，因为一旦失却了像你那么一位可爱的妹妹做伴侣，那当然是要很不快活啰！不过在我的心中却和你的表姊相反，也许是十二分高兴的。”

江秋痕自从和柳剑影认识以后，觉得柳剑影对待自己的态度，总是显出一本正经的样子，不料今天却出乎意外地听到了他近乎顽皮而亲密的话，在她这一个脆弱的处女芳心中，真是感到了无限惊羞和甜蜜，撇了撇小嘴哧哧地一笑，秋波逗给他一个妩媚的白眼。可是她心里却暗暗地沉思着：他难道真的也有些爱上我的意思了吗？就在这当儿，两人已到了十五号的门口。柳剑影伸手敲了敲锣环，江秋痕的芳心似乎跳得很快速，微锁了翠眉，带有些忧愁的口吻，说道：

“我这样孟浪地到你家里来，不知你的爸妈会不会生气吗?”

“秋痕，这你是过虑了，不过我也忘记了告诉你，昨天我回家后，就把你来我家住的意思告诉了妈妈。她听了这话，心里是挺高兴的，她立刻吩咐下人们收拾你的卧房，今天就什么都舒齐了。”

柳剑影听他这样说，遂向她又低低地告诉着。

“真的吗？那我可说是太幸运了。”

江秋痕乐得跳了跳脚，这神情总不免带有些孩气的成分。这时候屋子里仆妇王妈已出来开门，于是两人走进会客室里来。不料在门口就遇见了柳剑鸣，他突然瞥见了秋痕，脸上便显出惊异的神气，就招呼道：

“哟！杨小姐，你这一个多月的日子，到底在什么地方呀?”

江秋痕被他这样一招呼，真是弄得目瞪口呆，望着他倒是愕住了一会子。柳剑影早已明白过来了，这就笑得咯咯有声地说道：

“弟弟，你可瞧错了人啦，这位可不是杨小姐呀!”

江秋痕听了这话，方知杨红薇到剑影家里来，和他弟弟是曾经见过一次面的。从这点看起来，红薇和我脸的相像，当然是不虚的了。一时抿了嘴，向剑鸣瞟了一眼，也盈盈地笑了。柳剑鸣听哥哥说自己认错了人，两颊也不免盖上了一层红晕，但仔细再向秋痕打量了一会儿，却是辨别不出她到底是什么人，遂忙笑道：

“哥哥，她不是杨小姐，那么难道就是昨晚你说的那位江小姐吗?”

“对啦，我给你们介绍吧。这位就是江秋痕小姐，这是我的弟弟剑鸣，论年龄还大江小姐三岁，所以他也是你的哥哥。”

柳剑影很得意地笑了一笑，摆了摆手，给他们笑盈盈地介绍着。江秋痕是个很灵活的姑娘，她听剑影这样说，遂步了上去，向剑鸣弯了弯腰肢，转了转乌圆的眸珠，含笑说道：

“那么我就该叫你一声二哥了。”

柳剑鸣想不到哥哥竟有这样两个可爱仿佛一对姊妹花似的女朋友，一时心头真有说不出的羡慕，今听秋痕呼自己为二哥，心里更有无限的稀罕。但也只好含笑还叫了一声妹妹，可是这一声妹妹，在旁人也许是听不到的，因为这两个字在喉咙里只转了一转，便仍旧又咽了下去的。他先感到有此难为情，两颊就红了起来。还是剑影说了一句：“我们到上房里去坐吧。”于是三个人先后地方才走到妈的房中去了。

上房里的方桌上已陈设了四盘糖果，柳老太坐在炕床上，正在吸着水烟。还有一个五十左右的男子，却坐在沙发上瞧报纸。三人步进了房内，柳老太先含笑站起来。剑影这就介绍道：

“这是我的妈。”

江秋痕于是恭恭敬敬地向她鞠了一个躬，叫了一声：“柳老太。”

“这是我的爸。”

柳剑影回过身子来，又向秋痕介绍着。

“柳老伯。”

江秋痕照样地也深深地鞠了一个躬。

“江小姐，你请坐吧。”

剑影的爸爸柳子盈嘴里衔了雪茄烟，微微地弯了弯腰，表示答礼的意思。摆了摆手，请她坐下了，接着又道：

“江小姐，以后你就只管住在这儿，一些也用不到客气，反正你和剑影大家都像自己兄妹一样的。现在我还有些事情，你们谈谈吧。”

柳子盈说着，身子便向房门口走了。江秋痕遂含笑站起相送，心里可就暗想：瞧他的样子似乎特地等我来了才走的神气，当然，他老人家也是急于为了要瞧瞧我的意思。心里有了这个感觉以后，她的两颊忍不住又添上了一圆圈的红晕。这时柳老太却向她笑道：

“江小姐，你到炕床上来坐吧。”

江秋痕于是步到炕床旁，和柳老太并肩坐下来。柳老太已放下了水烟筒，抬头望了剑影一眼，笑道：

“你把桌上糖果拿些来给江小姐吃呀。”

柳剑影因为爸爸已不在了，脸皮就厚了许多，听母亲这样说，遂真的在盘内捞了一把奶油咖啡糖，送到秋痕的面前去。秋痕自然很不好意思，俏眼向他一瞟，笑道：

“不，我不吃，吃了糖，怕坏了牙齿。”

“稍许吃些，那要什么紧？江小姐，你别客气吧。”

秋痕听柳老太这样说，于是在他的手里只好拿了一颗，还说了一声多谢。柳剑影微微地一笑，把手中剩下的尚有几粒，分两粒却回身掷到弟弟剑鸣的手里去了。

像江秋痕那么好模样儿的姑娘，无论男女老少，瞧了她总也会感到有些可亲。所以柳老太眯了好一双老花眼，打量着秋痕的粉脸，正是愈瞧愈爱，所以拉了她的纤手，也显出分外亲热的样子，微笑着说道：

“江小姐，这次我们剑影在汉生医院里，听说是全仗你服侍的，所以我们是十分感激。”

江秋痕见柳老太和自己表示亲热，这在自己就多增了一分的希望，所以满心眼儿里是甜蜜无比，秋波滴溜圆地一转，掀起了笑窝儿，说道：

“柳老太，你这话太客气，剑影哥的受伤，还不是为了救我的缘故吗？所以我是只有深深地表示抱歉的。”

柳老太笑了一笑，一面又问长问短地问了一会儿。不知不觉已是傍晚时分，王妈已端上一大盘虾腰炒面来。柳老太遂又说道：

“江小姐，我们吃些点心，吃了点心，剑影你伴江小姐到卧房里去瞧瞧，不知收拾得还称心吗？”

“柳老太，你这样客气，那真叫我心中不好意思极了。已经是累忙了你们，还有什么称心不称心吗？”

江秋痕和柳老太离了炕床，一同走到桌边来。她说着，又向剑鸣瞟了一眼，很洒脱地笑道：

“二哥，怎么大家不一块儿来吃呀？”

于是剑影、剑鸣兄弟俩也含笑到桌旁来一同坐下了。从此以后，江秋痕就在柳家住下了，每天和剑影兄弟俩周旋其间，享受着很愉快的生活。柳剑鸣虽然也有爱上秋痕的意思，但碍着哥哥的情分，所以只好一心地又爱到周曼丽的身上去了。

这天，秋痕闲坐房中无事，遂又走到书房里来和剑影兄弟俩来闲谈。不料才到房门口，就听里面有人大声喝骂道：

“好个不要脸的东西，我这一份情意对待你，不料你竟如此薄情，真正气死我了。”

接着，又听乒乓一声，似乎茶杯掷在地上敲碎的声音。江秋痕以为他们兄弟两人在吵闹了，芳心倒大吃了一惊，遂三脚两步地跨进房中去。不料房中却只有剑鸣一个人，在发狂似的还想把第二只杯子也掷到地下去，这就抢步上前，把他的手拉住了，急急地叫道：

“二哥，你怎么啦？你……为什么一个人在发脾气呀？”

柳剑鸣突然见了秋痕，这才把手中拿着的玻璃杯又懒懒地放到桌子上来，望着秋痕的粉颊，长叹了一声，泪水却夺眶而出了。他又觉得不好意思，遂走到沙发旁去坐下了。江秋痕心里非常奇怪，因为见玻璃碎片散满了地上，她便拿把扫帚，先预备来扫去了。柳剑鸣这就又站起身子，把她的扫帚抢过来，说道：

“是我打碎了杯子，就怎么好意思叫妹子打扫呢？给我自己来扫吧。”

“二哥，那有什么关系？你心中既然有些不快乐，你就去坐一会儿息息吧，妹妹回头跟你还要好好儿谈一谈呢。”

江秋痕却把扫帚藏到身后去，一手推着剑鸣的身子，仍旧叫他坐到沙发上去。柳剑鸣见她这样多情，一时也不忍拂她，只好随她去打扫了。江秋痕在打扫碎玻璃杯的时候，她的芳心里自不免暗暗地沉思了一会儿。二哥在骂“好个不要脸的东西”，这是指点谁呢？莫非他在外面歌台舞榭里爱上了一个女人，而这女人又去爱上了别个男子了吗？不错，一定是的，所以他受了失恋的痛苦，因此发狂似的掷东西以泄愤了。秋痕这样想着，于是在打扫完毕后，走到他的身旁坐下了，笑道：

“二哥，你得告诉我，房中只有一个人，你跟谁在吵嘴呀？”

“没有什么事情，妹妹，你不用提起吧。”

柳剑鸣不好意思，两颊飞上了一阵红，摇了摇头，低声儿地回答。

“你不告诉我，我也早已知道了。”

江秋痕微侧了粉脸，秋波瞟了他一眼，掀着酒窝儿，却逗给他一个倾人的甜笑。

柳剑鸣见她妩媚得可爱，心里的气愤也就慢慢地消失了，反问她道：

“你知道我是为了什么呢？”

“还不是为了失恋吗？”

江秋痕把手搭在他的肩胛上，扑的一声，却是哧哧地笑起来了。柳剑鸣再也想不到她这一句话就会说到自己的心眼儿里去，因此望着她淘气的表情，倒是愕住了一会子。

“可不是？二哥，你不用瞒骗我，你到底爱上了谁？”

江秋痕见他不然的样子，遂停止了笑，秋波含情脉脉地瞟了他一眼，话声是显得十二分的温和。柳剑鸣却并不作答，竟默默地垂下头来。江秋痕于是又轻声儿说道：

“二哥，我知道你一定是爱上了舞场里的姑娘了吧？”

“那可不是奇怪，妹妹怎么竟知道得这样详细呀？”

柳剑鸣不等她说下去，便立刻又抬起脸来，明眸向她逗了那一瞥猜疑的目光，脸上是显出了无限惊异的神气。

“我哪儿知道？只不过是猜测着罢了。二哥，我正经地劝告你，你要到舞场里去找寻真正的爱情，那你是完全错了主意。因为她们是存心来给无论哪一个男子做搂抱的生活，在事实上说，她们根本已失却了女子的自尊性。一个已失却了自尊性的女子，她就不会知道爱情是一件怎么样可宝贵的东西，虽然她们也是为了生活的逼迫，出于万不得已而出此下策，不过她们的目的就是一个金钱，有金钱才可以到里面去享受温柔的滋味，然而这滋味也是刹那间的。她们既然认为是自己拿色相来换上别人家的金钱，那么只要金钱愈多，她也跟你表示愈加地亲热。今天爱上了你，明天爱上了他，那是不算一回稀奇的事，不过在她们的心中，是只认识一个金钱，虽然人是你和他都不同的，可是金钱总是一样的。所以无论怎么多的男子去爱上她，她都能接受，但是这里我们要知道，她可并不是爱你的人，她是爱你的钱。反过来说，去爱她的男子，也不是爱她的人，不过是拿了金钱，去爱她的色。这一种交际场，可说是肉欲和金钱的交换所。像二哥要在里面去找寻真正的爱情，那才是傻子呀！所以我劝二哥并不用气恼，因为这是你自己错了主意。”

江秋痕絮絮地给他解释着，为的是解放他心头的痛苦，可以叫他从此想明白过来了。柳剑鸣原是为了和周曼丽吵闹了嘴，所以回家后愈想愈气，便情不自禁地一个人发作起来。如今被秋痕这么一劝，他的心里方才若有所悟，因为是太感动了的缘故，所以猛可握住了秋痕的手，说道：

“聆妹一席话，胜读十年书。唉，我真的痴得太可怜一些了。”

“别难受，一个人在生命中少不得有失意的事，不过我们只要有奋斗的精神，我想二哥一定会得到幸福的。”

江秋痕见他眼角旁展现了一颗泪水，遂勉强含了一丝笑容，向他柔和地安慰着。柳剑鸣叹了一口气，明眸脉脉地望着她的娇靥，表示无限感激的意思，说道：

“妹妹，我很感激你，但是我很不幸，没有福气能够得到一个像妹妹的知音。”

江秋痕听他这样说，那是很显明的，在他心中也是十分爱我，只是为了剑影的关系，所以不能爱我罢了。她感到剑鸣的可怜，所以情不自禁地拿帕给他去拭了颊上的泪痕，低低地道：

“二哥，你也不用伤心，像你那么的青年，难道还怕找不到一个美丽的姑娘吗？”

两人在房中这样亲热地坐着，不料这情景会落在站着窗外剑影的眼里。本来他要走进来瞧个详细，但是为了酸素作用的缘故，所以他便悄悄地步到上房里去了，心中可就暗暗地想：原来秋痕是爱上我的弟弟了，那我何不成全他们一对呢？反正我爱的原是杨小姐，可怜杨小姐这人不知到哪儿去了？唉！剑影心头也不免悲哀起来，忍不住轻轻地叹了一口气。

“剑影，你在哪儿？干吗显出不高兴的样子？”

柳老太见他懒洋洋地进来，坐在沙发上呆呆地出神，遂向他低低地问着。

“没有什么不高兴，我才去瞧了一个朋友回来的。”

柳剑影抬头向母亲望了一眼，勉强含笑地回答着。谁知这时候秋痕也笑盈盈地走进来了，一见了剑影便说道：

“大哥在哪儿？我刚才到书房里来找你，你却不在那里。”

“是的，我在外面刚回来。”

柳剑影也并不告诉在什么地方，就这么淡淡地回答了一句，身子站起来，又走到房外去了。江秋痕瞧他这意态，觉得自己在他家里住了三个月，对于他这样冷淡的态度对待自己，实在还只有第一次。一时好生奇怪，遂悄悄地跟着走出来，拉了他一下衣袖，低声地问道：

“剑哥，你怎么啦？谁给你受了委屈？干什么显出这样不高兴的样子？”

说着话，两人已到了院子里的假山旁了。柳剑影这才停止了步，回眸望了她一眼，说道：

“没有谁给我受什么委屈？秋痕，我早有这个意了，我想你和剑鸣的年龄很相配，所以我想跟母亲说明，你就给我做了弟妇了，好不好?”

江秋痕做梦也想不到他会跟自己说出这个话来，一时粉脸就变了颜色，紧锁了翠眉，凝眸瞅住了他，急急地问道：

“剑哥，你这话打哪里说起的呀?”

柳剑影冷笑了一声，说道：

“这也没有什么，难道你心里还有不喜欢的吗?”

说着，他便回身又匆匆地向外面走了。

“剑哥，你回来！你这算什么意思？好歹不是也该给我知道一个明白吗?”

江秋痕听他这样说，又见他这个神情，心里又急又气，那粉脸顿时涨得绯红，遂急急地向他喊着，叫他说出一个原因来。但是柳剑影却并不回来，他已很生气地匆匆走远去了。江秋痕的芳心里自然是十分悲酸，不过她还在暗暗地奇怪着，他忽然对我说出这样话来，究竟是为了什么的缘故呢？忽然猛可地想起了，莫非刚才我给剑鸣拭泪的情形被他窥见了吗？所以他疑心我爱上剑鸣了。虽然他的喝醋也是为了爱我的缘故，不过到底太鲁莽一些了。想到这里，万分伤心，迎着稍带寒意的初秋的风，那两行热泪早已忍不住像雨点儿一般地滚下来了。

“咦！秋妹，你怎么一个人站在院子里哭啦?”

忽然剑鸣匆匆地也到上房里来，一眼瞥见了秋痕独个淌泪的情景，他心中倒是感觉无限惊异。江秋痕连忙拭去了泪痕，却并不作答，回转身子，一步一步地回到自己卧房里去。剑鸣这就愈加奇怪起来，遂跟在后面，又问着道：

“妹妹，你干吗不回答我？难道是和我生气吗?”

“你不用多心，我没有什么。”

江秋痕一面低了头走，一面低声地回答他。

“既然没有什么，你好好儿的怎么哭呢？我想你一定是受了谁的气了。”

柳剑鸣不相信她的话，却把身子拦到秋痕的面前去，一定要她说出一个缘故来。江秋痕被他拦住了去路，这就站住了，秋波含了无限哀怨的目光，向他瞟了一眼，却是叹了一口气，轻轻地说道：

“你哥哥真是个怪会多心的人，他见我给你拭泪，他就拿话讥笑我，那不是叫我气吗?”

秋痕既把话告诉了后，她倒又难为情起来，红晕了两颊，却是垂下了螓首，大有不胜娇羞之意态。柳剑鸣这才明白是哥哥向她喝了醋，心中真是又好气又好笑。不过瞧秋痕淌泪的神情，当然她的芳心中，也是爱上我哥哥的，那么为了我，如何可以破坏了他们的爱情呢？这就向她低低地安慰道：

“秋妹，你不要伤心，我回头见了哥哥，给你会向他声明的。”

说到这里，心头有些感触，也不免微微地叹了一口气。江秋痕听他这样说，心中真是无限感激，遂抬起粉脸来，向他微微地点了点头。不料剑鸣的身子也向后匆匆地退去了。江秋痕眼瞧着他没有了影儿，摇了摇头，她自己也不知道为什么要感到这样伤心，泪水又会在粉脸上晶莹莹地展露了。拖着沉重的步伐，向房里一步一步地走，把身子倒向床上，竟扪着嘴哭出声音来了。江秋痕在伤心的时候，她又会想起了侯玉书，挺俊美的脸，怪温柔的性情。他的对我，可说是情深意蜜、心心相印，但是我怎么竟会这样地心肠硬，毫无留恋地抛他出走了呢？秋痕这样想着，她又懊悔起来，因此内心更加难受，不禁泪湿枕衣矣。秋痕胡思乱想地忖着，一时不觉蒙眬入睡，但在昏沉中，不免又做起梦来。她梦见侯玉书向自己怒形于色地责骂着，似乎在说自己不该抛他出走的。秋痕正欲上前向他解释自己所以出走的苦衷，忽然见前面站着的却又换作柳剑影了。他向自己冷笑了一声，说：“你从今以后就是我的弟媳妇了。”江秋痕到此，内心真是委屈到了极点，觉得没有一个人是自己的知音，因此便掩了脸呜呜咽咽地哭起来了。谁知正在哭泣的当儿，忽听耳边有人低声地唤道：

"妹妹，妹妹，你醒醒，你醒醒，你是梦魇了。"

江秋痕睁眸一瞧，只见室中已亮了灯光，天已入夜，床边坐着一个少年，正是柳剑影。方知自己是做了一场梦，遂把纤手揉了揉眼皮，因为心中是太受委屈了的缘故，所以虽然已经是醒来了，但眼泪还是扑簌簌地滚了下来。

"妹妹，你做了什么梦？为什么伤心得这个样儿？"

柳剑影见灯光笼映之下，秋痕那副海棠着雨般的娇靥真是妩媚得令人可爱，遂含了微微的笑容，向她低声儿地问着。江秋痕当然心里是很恨着他，所以把身子转了一个侧，却不给予回答。柳剑影自然也明白她有些生气，遂把手按到她的腰肢上去，笑道：

"妹妹，你何苦如此？千错万错，总是我的错，刚才我原太鲁莽一些了，请你原谅我吧！"

"哼！有什么原谅不原谅？反正我又不是杨红薇。"

江秋痕也冷笑了一声，这句话是给予他一个报复，但既说了出来，她却索性呜呜咽咽地抽噎着哭了。柳剑影被她一哭，心就会感到一阵莫名的凄凉，遂叹了一口气，说道：

"妹妹，你也应该明白我，我所以向你得罪，也不是为了爱你的缘故吗？刚才弟弟向我表白，我心中真是非常惭愧，所以急急向你来赔罪。不料妹妹受了我的委屈，连睡梦中都哭起来。唉！那叫我怎么样地对得住你呢？"江秋痕听他这样明白地说着，一时芳心中又感到了无限的惊喜，遂一骨碌翻身从床上坐起，泪眼模糊地凝望着他的脸，问道：

"你爱我？那么你难道真的把杨红薇忘记了吗？"

柳剑影对于秋痕这冷不防的举动，倒是吃了一惊，遂拉住了她的手，很恳切地说道：

"妹妹，你这话不是叫我听了难受吗？杨小姐和我只有见过一次面的交情，虽然那是一次很不平凡的见面，然而我是完全为了见义勇为，所以才救了她。不过我当然也很爱她，可是现在她又不知到哪儿去了，叫我爱她，不也是无从爱起吗？自从和妹妹认识以后，原不敢有爱上你的意思，但妹妹待我太好了，所以我竟没法来阻止我的爱你。妹妹，不知你肯答应我的爱你吗？”

江秋痕这才知道他是完全爱上了自己，芳心中一阵感激，她的娇躯便情不自禁地倒向剑影的怀内去了。柳剑影知道她是接受自己爱的意思，心中不免又欢喜起来，柔情蜜意地抚摸着她的美发，低低地说道：

“妹妹，过去的别想了，我希望现在的我们是已成了一个人。”

江秋痕微昂了粉脸，瞟了他一眼，似乎尚有些怨恨的意思，说道：

“你现在可知道我的心了吗？你常说我们女孩儿家惯会喝醋的，不料你自己的醋劲儿却比我们女孩儿家还厉害呢！”

江秋痕说到这里，逗给他一个娇嗔，却是情不自禁地破涕笑了起来。柳剑影见她挂着眼泪笑起来，那是更增加她妩媚的风韵，一时把她爱到心头，遂把臂环住了秋痕的脖子，自己的脸便慢慢地低了下去。在这一个姿势之下，江秋痕哪里还有个不明白的道理？虽然是十二分羞涩，但也不忍拒绝了他，她的手臂也环到剑影的颈项下去。两人在一起一伏之间，四瓣嘴唇就紧紧地吮吻在一起了。这一次的热吻，在秋痕的芳心中，虽然是感到了无限的甜蜜，但是却也有些辛酸的滋味，这是因为她又想起了和玉书接吻的一幕，所以她的眼皮竟有些润湿起来。

“妹妹，为什么你又伤心了？”

柳剑影离开了她的嘴唇，明眸瞥见她又欲盈盈泪下的意态，心里倒是一怔，遂忙轻声儿地向她问着。江秋痕两颊是红得像海棠花一样可爱，慌忙掀了酒窝儿，低低地笑道：

“谁伤心？你又胡猜了。”

正说时，忽听外面有阵脚步声响进来。秋痕于是急急地离开了他的身怀，还向他连连地挥了两挥手。柳剑影知道她的意思，遂从床沿边站起了身子。就在这当儿，只见王妈匆匆地走进来，叫道：

“大少爷，江小姐，老太太等你们用饭去呢。”

柳剑影说声：“我们就来了，你去吧。”王妈用了神秘的眼光，向他们逗了一瞥，便含笑悄悄地退出去了。江秋痕这就说道：

“你去吃吧，我不想吃。”

“那为什么？不是要饿坏了身子吗？”

柳剑影望着她粉脸，呆呆地出神。江秋痕把手指了指自己的眼皮，似嗔似恨地睃了他一眼，说道：

“你瞧瞧我的眼睛，回头妈问我，叫我说什么好？”

“那不妨你只说有些肚子痛是了。”

柳剑影见她眼皮红红的，遂眸珠一转，给她想出这个主意来。不料秋痕却啐了他一口，扬着她手，还要向他做个要打的姿势，但抿着嘴儿却是笑起来了。柳剑影也笑道：

“那么我等会儿喊王妈端一些来给你吃吧。”

秋痕听了，不做回答。柳剑影知道她是默允的意思，于是便很兴奋地自管走到上房里去了。

剑影和秋痕经过了这一次误会以后，两人的感情反而增加了十倍，从此柔情蜜意，彼此更加地关心。柳老太原也早已瞧中秋痕做媳妇了，所以给他们宣布，预备在中秋节的那天，给两人先举行一个订婚的仪式。江秋痕和柳剑影得此喜讯，诸位你想，那怎不要叫他们喜欢得心花儿朵朵开吗？

光阴匆匆，这天已是到了八月十四日了。那晚碧天如洗，月圆如镜。秋痕在书房里和他们兄弟两人闲坐着谈笑，大家嘴里还吃着月饼。秋痕吃了半个，便放下了，笑道：

“那月饼全是馅子，太甜了，也不好吃的。”

柳剑鸣听了，却抿着嘴扑哧的一声笑起来了。秋痕知道他这笑至少总有含些意思的，遂把秋波逗给他一个娇嗔，故意笑问道：

“二哥，你笑什么？难道我这句话说错了吗？”

“谁说嫂子说错了话？我想这月饼吃在嫂子的嘴里，当然是格外觉得甜蜜一些了。”

柳剑鸣俏皮地说着，自从柳老太宣布了两人订婚的日期，他就顽皮地从此叫嫂子了。在秋痕的芳心里，当然对于他的喊嫂子是越喊越爱听的，所以她满心眼儿里真的是感到了甜蜜无比，但表面上却恨恨地啐了他一口，不禁也赧赧然地笑了。柳剑影的心里是和秋痕同样地感到甜蜜，他向剑鸣笑道：

“你也不用取笑人家了，上星期我在中山公园里瞧见你和一个女子在一块儿散步，怪亲热的，何不你也向母亲要求了，那么在明天也订了一个婚，岂不是好吗？”

“真的你瞧见我们吗？那么你为什么不向我们招呼呢？”

柳剑鸣听哥哥这样说，心里感到十分惊异，遂满脸含笑地向他急急地问。

“和爱人在一块儿散步，最忌的就是有人去招呼他。我是很识趣的，所以绝不肯让你们来说我是怪讨厌的东西。”

柳剑影听他这样问，遂也笑嘻嘻地说着。剑鸣有些不好意思，微红了两颊，白了他一眼，却是含笑不答。江秋痕便也取笑他说道：

“二哥，你难道还老不出脸来吗？快告诉我们，这个女朋友姓什么叫什么的，能不能介绍给我们认识吗？”

“她的名儿就叫李红，原是个普通的朋友，没有什么意思的。”

柳剑鸣只好平静了脸色，向他们低低地告诉出来。

“原来是诗人李白的妹子，那一定是个才女了。”

江秋痕一撩眼皮，忍不住笑起来。

剑影兄弟俩起初还听不懂，后来仔细地一想，大家也都好笑了。剑影忙又说道：

“那位李红小姐倒也是个风韵楚楚的美人儿，弟弟，你明天准定把她约到家里来玩玩好吗？假使妈也很喜欢的话，那么有情人不是都成眷属了吗？”

柳剑鸣听哥哥这样说，心中倒是一动，不过又怕他们知道了李红的身世以后，又要被秋痕笑，爱来爱去只有爱上那些做舞女的人。不过凭良心说一句话，那位李小姐确实是个高中的女学生，不但满腹锦绣，而且更有大家的风度。这样才貌双全的姑娘，难道还不值得我的爱她吗？这样想着，于是毅然地答应道：

“好的，我明天准定带她来玩玩，一方面也叫她向嫂子来贺贺，大家庆祝庆祝，多有了一个客人，不是更加地热闹了吗？”

剑影连说“好的好的”，于是各人的心坎儿上都仿佛盖上了一层糖衣那么甜蜜，脸上也都掀起一丝得意的笑容。直到十时敲过，江秋痕打了一个呵欠，方才站起身子欲先回房去睡。柳剑鸣却喊住了她笑道：

“嫂子，月饼是要吃全个的，那么团团圆圆的才有个意思。你干吗吃半个呢？快把这半个也吃下了吧！”

秋痕被他既然这么一说，于是红了两颊，也只好拿起这半个月饼，含笑带着到房中去吃了。

次日是中秋月圆时节，而且又是剑影和秋痕的大好日子。老天似乎也在给他们表示庆祝，所以风和日暖，天气是十分晴朗。这时贺客如云，车马盈门。剑影和他父亲子盈正在忙着招待，忽见剑鸣带着李红小姐来了，剑影遂忙去喊秋痕出来招待，不料秋痕和李红见面之下，各人都吃了一惊。诸位你道是为了什么？原来李红不是别人，却是玉书的表妹李云珠哩！

第九回

风流云散好事化成烟

自从江秋痕在侯玉书家里留书作别以后，直到现在还不曾把侯玉书家中的事情来向诸位交代一个明白，这当然是我作书的一个顾此失彼的大缺点。但阅者诸君且不要性急，李云珠怎么也会到北平来？如今就让我来详详细细地告诉给你们一个知道吧。

张妈听江秋痕是到外面去买东西的，因为她是自己未来的新少奶，当然免不了要向她拍个马屁，所以忙向她说道：

“江小姐，你要买什么东西？你告诉了我，我给你去买好了。”

江秋痕听她这份儿好意，反来误了自己的事情，所以不得不撒了一个谎，说：“这东西很不容易买，恐怕要买错，所以还是我自己去买好。”张妈听了，却信以为真，遂也不再和她客气，自管给她把大门关上。在厨房里提了煮沸的水壶，匆匆地走到上房里去冲热水瓶了。侯老太是已经醒来了，她在想着云珠的病至少是带有些相思的成分。因为云珠是自己心爱的内侄女，所以她是非常忧愁，而且也十分烦恼。她见张妈悄悄地走进来，遂从床栏旁倚靠起来，很关心地问道：

“张妈，你到表小姐的房中去过了没有？今天表小姐病怎么样了？唉！这孩子也痴得真可怜，叫我还有什么办法可以想呢？唉！”

侯老太感觉到事情的为难，她是只有连声叹气的分儿。

“表小姐房中我还没有去过，江小姐却一清早到大街上买东西去了。”

张妈提了铜勺子，一面在热水瓶内冲着水，一面低声儿地回答着。

“这样早，她买什么东西去？你干什么不给她去代买呀？”

侯老太听了张妈的报告，心里感到有些奇怪，遂向她又急急地追问着。

“我原对她说过，可是她却偏喜欢自己去买，所以我也只好随她去了。”

张妈冲好了热水瓶，回过身子，望着侯老太轻声地说。在她的表情上，至少是嗔怪江小姐有些抬举不起的意思。侯老太沉思了一会儿，却没有作答，遂披衣也起身了。张妈把剩下的热水倒在面盆里，给她洗脸，她自己到楼下去匆匆地拿泡饭了。侯老太洗好了脸，张妈把泡饭已经端上，盛了三碗，放在桌子上。侯老太见秋痕还没有回来，心中愈加猜疑不定，微蹙了眉尖自言自语地说道：

“奇怪，她到什么地方去买东西的？张妈，你瞧她手中可曾拿什么东西吗？”

说着，又向张妈问了一句。

“妈，你在说谁呀？”

张妈还没有回答，却见侯玉书揉着眼皮走进来了。

“说秋痕呀，她一清早就到外面买东西去，直到此刻还不见她回来呢！”

侯老太回眸望了他一眼，便向他很奇怪似的告诉着。侯玉书因为在昨晚曾经听到秋痕欲让步的话，所以今天早晨突然听了母亲的告诉之后，他不免心惊肉跳起来，也慌张地说道：

“她买什么东西去？那可不是奇怪吗？”

说到这里，他似乎心中有了主意，遂回身急急地走到云珠的房中去了。李云珠躺在床上，被玉书这一阵子急促的走路声惊觉过来了，她伸手揉了揉眼皮，一见玉书，还含笑点了点头。不料玉书却并不理睬她的，自管走到写字台旁去，突然在他眼帘下映现了一张信笺，那是秋痕的笔迹，当然瞧得很明白。玉书心中知道有异，这一焦急，他那颗心几乎要从口腔内跳出来了。侯玉书把那张信笺急急地从玻璃台板下取出，拿在手里，心慌意乱地瞧了一遍。待他瞧毕，那两手已是瑟瑟地颤抖不止。他“啊哟”了一声，把笺纸丢在地上，身子就发狂般地向楼下直奔了。李云珠对于侯玉书的举动是瞧得十分明白，她的芳心中在万分骇异之余，又感到莫名其妙。她奇怪地想：这到底是怎么的一回事？于是她也顾不得自己病骨支离，气力全无，竟勉强地从床上坐起，跳下床来，走到写字台旁边的地下，去拾那张落在地上的信笺。这在李云珠的心中，当然是出乎意料之外的。她瞧到“俪安”两字之时，她的心被秋痕慈爱之情深深地感动了，同时她又想起玉书发狂似的神情，她觉得自己这次的病是可耻到了极点，因为表哥的心中他可并不爱我呀！那么为了我这一场病，不是硬生生地拆散了他们一头美满的姻缘了吗？想到这里，内心一阵剧痛，一身颤抖得很厉害，两脚再也站不住了，于是扑的一声，她的身子倒向地下，便人事都不省了。

当李云珠醒过来的时候，她已睡在床上了。只见床边有个身穿西服、鼻架眼镜的西医，正在拿了听筒，视察自己的胸部。侯老太含泪站在床前，她见云珠悠悠醒转，方才破涕为笑，叫了一声：“云儿，唉！我真被你急死了。”李云珠明白自己和侯老太数年相聚，她老人家心中一定是爱我的，不过我并不是可以给她老人家做儿媳呀，她虽爱我，也不是枉然的吗？所以她的泪水仿佛泉涌一般地滚下来，急急地问道：

“妈，表哥呢？他……他到什么地方去了呀？”

“你放心，表哥也在你的房中。”

侯老太听她还在关心玉书的人，遂向站在窗前的玉书望了一眼，一面向她低低地安慰着。侯玉书于是不得不走近床边，望着云珠瘦削的两颊，倒是愕住了一会子。李云珠的秋波含了无限哀怨之情，向他脉脉地望了一会儿，嘴一掀一掀，似乎欲语还停的神气，她的眼泪控制不住似的继续地淌了下来。玉书见她这样楚楚可怜的意态，心中自然也有无限的感触，意欲向她安慰几句，但要说的话却被喉管里什么东西挡住了，竟使他一句话也说不出，眼角旁也忍不住展现了晶莹莹的一颗。

直到西医配了药水走后，李云珠才向玉书叫了一声“表哥”，说道：

“叫我怎么能够对得你住?”

只说了一句话，她竟伏在枕上呜呜咽咽地哭起来了。侯玉书虽然有些怨恨，但想着云珠的痴心，到底也太可怜了，所以他在床边坐下了，拍了拍她的肩胛，只好安慰她道：

“表妹，你是有病的人，千万不要太以伤心了。秋痕的出走，完全是她自己情愿，又不是你叫她走的，那你的心中又何必感到抱歉呢?”

李云珠听他这样说，心头似乎更加地感到疼痛一些。她停止了哭泣，回过满颊是泪的粉脸，向玉书瞟了一眼，说道：

“虽然不是我叫她走，但和我叫她走又有什么两样呢?我对秋痕固然是羞惭，而对表哥更是无颜做人。我觉得虽然死去，也不足以抵我的罪恶。唉！秋痕，秋痕！你太多情了，你太慈爱了，然而你这一走，却害了我做了个罪大恶极的人了……”

说到这里，咽不成声，泪更雨下。侯玉书听了这话，想起秋痕不知寄身何处，同时又怕表妹的病体更加增剧，若万一不幸而死，这还不是我一个人害了两个姑娘吗?想到这里，当然也惨痛万分，因此陪着云珠也只管哭泣。侯老太见他们这样哭下去，也不是个道理，遂把玉书的身子拉开了，说道：

“你跑东跑西也够乏了，快快回房去息一会儿吧。秋痕既已走了，还到什么地方去找?虽然她的出走，表面是为了救云儿的病，但谁又晓得她也许是另有爱人的呢?”

侯老太这两句话，无非是叫玉书绝了想念秋痕的一条心，但玉书听了，心中当然有个反感，不过他也不说什么话，就颓然神伤地自管回到房中去了。

侯老太待玉书走后，她便坐在床边，抚摸着云珠的纤手，柔声儿安慰道：

“云珠，你不要伤心，你要想明白些，天下的事本无两全。如今秋痕既肯自动让步，那当然是一件再好也没有的事，所以你的病快快地要好起来。因为我几年来的巴望，还不是想你来给我做个媳妇吗?”

李云珠听姨妈这样说，一颗芳心虽然十分欣喜，却也十分羞涩。她绯红了两颊，叹了一口气，淌泪又道：

“秋痕是个孤苦的弱女子，她的出走，完全是为了可怜我的遭遇。然而她出走以后，到什么地方去安身呢？这叫我心中也不是为她难受吗？所以她的出走，我并不感到一丝的喜欢，我只有感到极度不安……唉！秋痕可怜!”

她说了一句可怜的时候，泪又雨下。

“这是你过虑了，我想她的出走，当然有一个去处的，否则她如何肯贸然呢？所以你不用代她伤心，也许她在一个很好的地方享受着幸福，这谁又能料得到呢?”

侯老太的心中是完全存了偏见，所以她只管向她低低地安慰着。李云珠没有回答她，也只好含糊地点了点头。侯老太又向她劝慰了一会儿，方才走到玉书房中来，只见玉书坐在沙发上，以泪洗脸地兀是出神，遂在他身旁坐下了，向他说道：

“孩子，你别发什么傻了，刚才是到哪儿去找了一回呀?”

“在车站里望了望，听说六点半有班火车刚开走，我想秋痕她是走远的了。”

说到这里，他的眼泪扑簌簌地淌了下来。

“这个你哪里知道呢？也许她还在镇上也说不定，我想在这里她一定是有亲戚的。不然，她何以连一些衣服都不拿走呢？”

侯老太说着话，把帕拿给玉书拭眼泪。

“这里她有什么亲戚？她之所以不拿一些东西，是恐怕我们疑心呀！唉，秋痕，你怎么就忍心抛我去了？要知道爱情是绝对地不受任何拘束呀！”

玉书说到这里，又不禁为之声泪俱坠。侯老太听儿子这两句话，显然他的心中还是爱着秋痕，一时未免有些不快乐，遂向玉书正色地道：

“你是个堂堂七尺之躯哩，难道为了一个姑娘的出走，你就不想再做人了吗？唉！我费了多少心血，把你提携捧负，抚养到成人了，你难道就把我做娘的也忘记了吗？”

侯玉书被妈这么一说，他就不敢再显出伤心的样子，立刻收束了眼泪，也正色地说道：

“妈，你这是什么话呀？叫我听了不是难受吗？我因为想起江老伯临终的时候向我殷殷托孤，我既答应了人家，到如今弄得如此结局，岂不是叫我负了已死的江老伯了吗？”

“秋痕的出走，既不是你叫她这样，又不是我叫她这样，那如何可以说你负了她呢？她自己情愿出走，她还不是有好的去处吗？所以你何必为她而伤心？她假使真心爱你的话，恐怕打她她也舍不得走呢！”

侯老太鼓着嘴说着，在她这表情瞧来，至少还有些埋怨秋痕的意思。侯玉书素性仁孝，所以虽然心中不以为然，但嘴里却不敢给秋痕代为辩护，他低了头，望着自己的脚尖，却默不作答。侯老太这就又说道：

“对于秋痕这一头婚事，我原不赞成，而且你也并没有征求我的同意，全是为了这孩子生得温文可爱，所以我也没了法儿。现在她既出走，你当然又可以和云珠结婚了。可怜云珠服侍我几年，和我性情相合，我早就预备给你做妻子的，不料事出意外，几乎丧了她一条小性命。现在你听从妈的话，和她结了婚，她的病也许慢慢地会好起来的。”

“妈，对于这一件事，我们且慢慢地再谈。因为我现在心乱如麻，真不知如何是好呢！”

侯玉书听母亲这样说，遂抬起头来，不待她再说下去就急急地向她阻止着。

“玉书，我问你，你到底要我的命，还是要云珠的命？云珠究竟哪一处生得不好，你要这样地讨厌她？我想你不是难堪云珠，简直在难堪我，假使我的眼睛一闭，你就心里快乐了。”

侯老太有些气急，她的眼泪也落了下来。侯玉书被她这样说，心里就焦急起来，便按着她的肩胛，蹙了眉尖，说道：

“母亲，你说这个话，那真叫我死无葬身之地了。只要云妹病好起来，我总可以听从母亲的吩咐。”

玉书忍住了心头无限的惨痛，他是含了眼泪，向母亲说出了这几句话。侯老太这才把绷住了的脸显得平静了许多，拉了玉书的手，用了安慰的口吻，向他说道：

“孩子，一个人不能没有知足，像云珠那么的姑娘，既有才又有貌，也不能算错呀。我的年纪是六十相近了，巴不得有个孙子官儿抱抱，所以我想待云珠病一好后，就立刻给你们成婚了。”

侯玉书并不作答，只向她点了点头，他的心里只觉得有刀割那么地疼痛。

这晚侯玉书躺在床上，哪儿合得上眼？他的脑海里是在憧憬着过去一幕一幕的情形，这是桃花坞里一条清溪的前面，秋痕对我柔情绵绵的意态，一直想到昨晚两人亲密的一吻，玉书的心是碎了。他觉得秋痕的多情真是超入了慈悲的境界，可怜在她出走的时候，也是多么痛苦呢！唉，秋痕，秋痕，你是不应该抛我走的呀！玉书暗暗地念到这里，他的泪水又像泉一般地涌上来。玉书翻来覆去地再也睡不着，于是他悄悄地起身，到院子里来散步。只见碧天如洗，一轮明月，洁白无比。玉书泪眼模糊地望着月色，仿佛在月中透现了秋痕一个娇靥，一会儿好像对自己笑，一会儿又好像对自己哭，他茫然地说道：

“秋痕，你是一个无依无靠的孤女呀，早知有今日的结局，我何必叫你到我的家里来住？现在人既回不得家园，又走不了他乡，你在哪儿安身呀？我怎么对得住你的哥哥和爸爸？我又怎么能对得住你哟？秋痕，在这明月当空的夜里，你也知道我玉书是那么地想念你吗？”

玉书说到这里，又不免声泪俱坠，长叹了一声。他的身子感到有些寒意，颇觉夜漏已残，遂移着沉重的步伐，又懒懒地走回卧房里去了。

自从秋痕走后，李云珠的病便一天一天地好起来，但玉书的精神却一天一天地委顿下去。俗语说得好：积劳所以致疾，久郁因以丧生。侯玉书兼而有之，安得不病乎？玉书卧病在床上了，侯老太当然是非常着急，虽然百般地劝慰，无奈侯老太并不是江秋痕，所以玉书对于那些空虚的安慰，是不能填补他心头现实的痛苦。他皱了那两条清秀的眉毛，也只有向侯老太苦笑而已。

侯玉书病倒的第五天，李云珠已可以稍微在房中步行了。她想着姨妈对自己的话，心中是非常甜蜜；但想着秋痕的多情，又觉得非常悲哀；同时想想表哥郁郁寡欢的精神，显然他是并没有忘情于秋痕，于是她免不得又非常怨恨和忧愁。

这天晚上，李云珠倚靠在床栏旁瞧书。瞧了一会儿，她把手中的书本懒懒地又放了下来，微锁了蛾眉，雪白的牙齿轻咬着红红的嘴唇皮子，呆呆地愕住了一会儿。她心里是在奇怪着，表哥怎么有五天不到我的房里来了？本来他不是总要来看望我三次吗？在姨妈的面前，我当然不好意思开口问，回头张妈搬饭来的时候，我倒偷偷地问她一声，不知会不会有些不舒服吗？正在这时，张妈已端了一盘饭菜进来了。云珠于是向她低声地问道：

"张妈，少爷这几天为什么不见呀？"

"哦，少爷吗？"

张妈因为老太太曾经关照过她，叫她把少爷的病不要告诉给表小姐知道，此刻骤然被李云珠一问，她因为预先并没有备好谎话，所以急得涨红了脸，自不免沉吟了一会儿，一时却回答不出话来。忽然她有了一个主意，把饭菜端出放在桌上，回眸微笑道：

"少爷这几天只管坐在房中写文章，他就一些也没有空闲。"

"张妈，你这话可是真的吗？我想你一定是骗了我，莫非少爷也有些病了吗？"

李云珠见张妈那种支吾的神情，心里就有些狐疑。她想表哥无论忙得怎样，也绝不至于会五天中不来瞧望我一次的，所以她正了脸色，向张妈问出这一句话来。张妈再也想不到被表小姐一猜就中，她就弄得没有话可答了。李云珠这就从床上起来了，两脚套上了那双软底的绣花鞋，说道：

"表少爷既然病着，那给我知道了，也没有什么关系呀，你瞒着我不告诉，那你算什么意思呢？"

"这……是太太的意思。"

张妈见云珠微睁了杏眼，似乎有些嗔意，她感到慌张，话声带有些口吃的成分。李云珠并不说什么，她的身子便走到玉书的房中去了。侯老太这时正坐在玉书的床边，默默地出神，突然见了云珠，倒是吃了一惊，忙低声儿地说道：

"你病才好了一些，怎么就走到房外来了？是谁告诉你的呀？"

"我就知道表哥有些不舒服，大夫曾瞧过了没有？姨妈，唉，你为什么要瞒着我呢？"

李云珠说着话，她已走到侯老太的身旁来，蹙起眉尖，明眸脉脉地向床上的玉书望了一眼，只见他闭了眼睛，似乎睡得非常浓熟。

"并不是瞒着你，因为你也在病中，知道了这个消息，不是徒然增加难受吗？好在他也没有什么大病，大夫说调养调养就好了，所以你不用焦急的。你瞧他刚才喝了药后，此刻不是睡得很安静吗？这就是好的现象。”

侯老太见她叹了一口气，似乎十分忧愁的神气，遂握住了云珠的手，向她低声儿地安慰着。

“这几天来可怜他就瘦削得多了。”

李云珠呆呆地望着玉书清瘦的脸，她感伤得几乎要掉下泪水来。

“别难受，病好了复原起来也很快的，瞧你的脸色，不是也丰腴得多了吗？云珠，你忙给我回房去吧。”

侯老太见她又欲盈盈下泪的样子，遂一面说，一面把她身子推了推，叫她快些回房休息去。

“不，我的病已好了，所以我想在这儿服侍表哥。姨妈，你应该答应我的。”

不料李云珠忸怩了一下身子，俏眼瞟了侯老太一眼，却向她低低地恳求着。

“那怎么能行？你是个病才好一些的人，万一累乏了，又病起来，不是把我要急死了吗？”

侯老太听她这样说，心中虽然很是喜欢，但是却肉疼着她的身子，所以抚摸了她的纤手，笑着摇了摇头，向她阻挡着。

“不会的，姨妈，你放心着是了。我想你老人家一定也辛苦了几夜，今晚你就给我陪伴表哥一夜吧。”

李云珠不依她，脸上含了微微的笑，话声是带着些央求的成分。

“表小姐，你怎么啦？饭菜都冷了呢！”

侯老太还没有回答，只见张妈也匆匆地走进来，向云珠低声儿说着。

“张妈，你把饭菜端到这儿来给我吃好了。”

李云珠回眸瞟了她一眼，向她微笑着吩咐。

“太太，你瞧怎么样？”

张妈似乎还不敢听从她的话，又向侯老太含笑问了一声。

"这孩子一定要代我来服侍他，我真也没了法儿。"

侯老太掀起了一丝的笑容，似乎很欢喜地说。张妈听了，这才转身给她把饭菜端到少爷的房中来了。

是晚上九点钟的时候了，室中显得静悄悄的，连梳妆台上那架小钟走的声响滴答滴答地在耳际很清晰地流动。李云珠坐在床边，望着床上的玉书还是鼻声酣酣地熟睡着，她的脑海里不免又思前想后地忖了一会儿。姨妈告诉我，说表哥已答应我，待我病好后就结婚，这不知究竟是出于表哥的自愿呢，还是姨妈的强迫他这样做？因为我知道表哥是个很孝母亲的人，对于母亲的话，他当然不敢十分违拗，不过从他忽然也会病了看起来，显然这次的答应婚事，完全是出于万不得已的。在他口里虽然是答应了母亲，但在他心中一定是十二分的痛苦，所以他竟郁郁病起来了。那么换句话说，表哥表面上虽然和我结合了，他心中还是爱着江秋痕的，这样勉强地结合，在表哥心中固然是痛苦，在我的心里当然也是感不到什么乐趣的。万一表哥从此心灰意懒，或有意外不测等情，这岂不是我害了一个有作为的青年了吗？唉！那我又何苦呢？李云珠想到这里，她觉得总是无缘。但愿秋痕和表哥仍有结婚的日子，那么我虽死了，也可以对得住他们的了。云珠长叹了一声，她的眼泪在粉颊上早又晶莹莹地展露了。不料正在这个当儿，忽然床上睡着的玉书"哎"了一声，他便哭起来了。李云珠慌忙收束了自己的泪痕，回眸向他去望，只见玉书两手做拥抱之状，口中尚喃喃地说道：

"妹妹，妹妹，你去不得，你去不得，我怎么……能……对得住……你……"

说到后面，其音甚为含糊，却是呜咽不止。李云珠的心中，在当初还不过是猜想罢了，如今听玉书在梦中尚且如此，可见他想念秋痕之情当然难以形容了。这在云珠的芳心里，好像是泼了一盆冷水，于是她死心贴地就决定了去志。她想，我无论如何也不能和他结婚的，因为在这主意内，至少是掺和了一些怨恨的成分，所以她也没有去喊醒玉书，然而玉书却转了一个身仍旧又沉沉地熟睡去了。无论哪一件事情，权利和义务是相等的，有了相当的权利，方才能尽相当的义务，这是一定的道理。李云珠得到了玉书病的消息，她竟不管自己的病体还没十分复原，就急急地要来服侍玉书的病中，在她的心里，当然因为不久的将来，自己就要做他的妻子，那么一个妻子，自然有服侍丈夫病中的义务。现在玉书的心中，对我根本没有一些情义可说，那么在我这一片痴心，究竟得到些什么的代价呢？李云珠在这样思忖之下，她当然是灰心到了极点，懒懒地离开了床边，坐到沙发上去，暗自摇了摇头，她的眼泪又像雨点儿一般地滚下来了。也不知经过了多少时候，忽然又听玉书在喊妈的声音了。李云珠因为是生了他的气，当然没有去理他，暗想：反正你喊的不是我。但这个感觉是在刹那间的，当玉书喊第二声妈的时候，她一颗慈爱的芳心便也忍熬不住了，很快地擦干了眼泪，走到床边来，柔声儿问道：

"表哥，你醒了，你要吃些什么东西吗？"

侯玉书眼帘下忽然会显现了李云珠这一个人，在他的心中当然是感到意外的惊喜，这就望着她粉脸愕住了一会儿，问道：

"表妹，你病全好了吗？"

这一句话的口吻是非常温柔，在云珠那颗脆弱的心弦上就情不自禁地有些感动，她坐到床边去，点了点头，说道：

"我全好了，你怎么好好儿的又会病起来呢？"

"可不是，病来了，就没有了办法。"

侯玉书说着，却微微地叹了一口气。

"我想表哥总是为了抑郁所致，但是你也该想得明白些，只要人活在世上，总有和江小姐重圆的日子，何苦自己糟蹋身子，那不是叫我心中更感到了痛苦吗？"

李云珠见他愁眉不展的神情，心里不免又感到黯然，向他低低地安慰着。李云珠这几句话听到玉书的耳中，似乎更出了意料之外，他心里感到不胜奇怪，难道母亲没有跟她说起婚事的话吗？遂也不再提起，说道：

“表妹，谢谢你，倒杯茶给我喝好吗？”

其实李云珠是有心人，她所以说这两句话就是试试玉书的心，看他对我有什么表示。谁知他听了自己的话，却毫无意思发表，可见表哥心中对我根本没有情感，心中这一阵悲酸，她几乎又欲淌下泪水来。但云珠到底是个好胜的姑娘，她竭力镇静了态度，在梳妆台上拿过热水瓶，倒了一杯开水，又把一壶药汁掺和了一些，然后亲自拿到玉书的口边，给他喝了两口，低低地又道：

“表哥，二汁的药已煎好多时了，你喝了药后，我冲杯牛奶给你好吗？”

侯玉书见她这样深情蜜意地对待自己，心里当然也有些感动，遂点头说道：

“表妹，现在是什么时候了？”

“九点多一些，那么你身子就稍会仰起来一些吧。”

李云珠一面回答，一面把手去扶玉书。玉书勉强支撑着坐起，靠在云珠的怀里。云珠拿了药碗，用小嘴儿吹了一口，然后凑到他嘴边去，低低地说：

“大概不烫了，你可以喝下去了。”

“嗯！这药太苦了。”

侯玉书喝了一口，皱了眉毛，很苦味地说，似乎有些不肯下咽的样子。李云珠却仍旧把碗凑到他的口边去，像哄孩子似的笑道：

“药本来是苦的，快大口地喝了，我马上冲牛奶你吃……”

侯玉书在她柔顺的手腕下，当然只好咕嘟咕嘟地喝了下去。李云珠慌忙又把开水给他漱了口，侯玉书兀是喊着苦，说道：

“妹妹，你有什么甜的？给我吃些甜的好吗？”

李云珠听他这样说，心倒不免又荡漾了一下，秋波逗给他一个媚眼，把身子扶倒躺在床上，笑道：

“我有什么甜的可以给你吃呢？因为我不是江小姐呀！”

她说了这两句话，两颊立刻涨得绯红，慌忙羞涩地又别转身子冲牛奶去了。侯玉书听她这样说，知道她是误会了自己的意思，在这意思中，而且还是和了一些酸素作用，虽然感到云珠也有些可人得有趣，但想着和秋痕接吻的一幕，总觉得十分感触，所以情不自禁地又微微地叹了一口气。李云珠冲好了牛奶，把切好的面包拿了两片，一块儿放到床边的桌子上去。因为刚才向玉书说了这两句话，她心中还是感到十分难为情，所以两颊是红晕得像玫瑰花儿一样娇媚可爱，她向玉书轻声地道：

“你自己喝，还是我拿给你喝？”

“我自己喝吧。”

侯玉书不好意思全叫她服侍着，所以伸出手来，握了牛奶杯子，略仰起脖子，去喝那牛奶了。玉书喝完了牛奶后，李云珠拿了手帕，又给他拭了嘴唇皮子。玉书对于病后的云珠肯这样柔情蜜意地服侍自己，心里当然很过意不去，遂向她说道：

“妹妹，时候不早，你也该去睡了。”

“不，今夜我已和姨妈说过了，她答应我来服侍你的。”

李云珠摇了摇头，秋波脉脉地向他逗了一瞥多情的目光。

“妹妹也不是病才愈的人吗？怎么能受得了落夜的苦？所以你还是自管去睡了好，不然我心头会感到更不安的。”

玉书摇了摇头，表示是肉疼她的意思。

“不要紧，我的病是完全好了，这几天胃就不错，你瞧我脸色还带有些病容吗？”

李云珠扬着粉脸，一撩眼皮，向他微微地笑。侯玉书听她这样说，于是明眸掠在她的粉脸上，自不免出了一会子神。觉得五天不见，果然胖得许多，白里透红，真的恢复她原有的健康了，心里自然十分喜欢，遂笑了一笑，说道：

“正因为妹妹现在刚复原了一些，所以我就不忍心再叫你累苦了。”

李云珠对于他这一句话，心头也有些甜蜜的感觉，遂忙说道：

“那也苦不了什么，因为哥哥这次的病，至少是为了我的缘故，所以我一定要服侍你好起来，我就觉得十二分安慰。”

“妹妹，你这话打哪儿说起？我可有些听不明白。”

侯玉书听她说自己的病是为了她而生的，那当然感到了不胜惊异，遂皱了眉毛，向她怔怔地发问。

“虽然不是直接地为了我，但到底是间接地为了我……”

李云珠明眸中含了无限哀怨的目光，向他脉脉地逗了一瞥，她心中开始又有些黯然。

“奇怪，表妹这话就愈说愈神秘了，到底是怎么样的解释？你倒说出来给我听听吧。”

侯玉书真的有些不明白，他握了云珠的手，低低地追问。

“表哥，这次的事情，我在向你表示万分抱歉之余，同时我也感到万分羞惭。秋痕的出走，她是为了我的病，使她走了以后，可以希望我的病能够好起来。不过因了她的出走，使哥哥又感到十分痛苦，竟也恹恹地病了起来，那么哥哥这次的病，间接地还不是等于我害你吗？所以说来说去，我总是你们两人间的一个罪魁，不过好在你和秋痕的年纪很轻，虽然这次暂时的分离，将来总也有见面的日子。到那时候，我唯一的希望，愿你们白头偕老，这样在我本身而说，确实也可以减去了不少的罪恶了。”

李云珠镇静了脸色，向他絮絮地说出了这一篇话。在她所以说这一篇话的缘故，当然是含有深刻的意思，就是再试试玉书的心，看他到底对我有没有感情，假使他也有一些爱我的意思，那么他一定会安慰我，叫我不用说这些话，秋痕既然已经出走，我们当然是结为一对了。假使玉书根本不爱我，那么他一定又是哑声儿不言语的了。侯玉书听了她这一篇话，不知怎么的，心里就感到万分酸楚，虽然他很想对云珠说几句安慰的话，但他喉间仿佛有什么东西哽住着，竟使他一句话也说不出来。他感到云珠的可怜，因为她究竟也是个女孩儿家的身份，为了一片痴心地爱我，也是受了多少的委屈。这次在侯玉书心中是感动得太厉害了的缘故，所以他握了云珠的纤手，紧紧地摇撼了一阵，却是淌下一滴泪水来。在侯书玉的淌泪，原是表示感激云珠的意思，不料云珠的心中却绝对地起了误会，于是出走的主意在她的心中更加地坚定了一些。她竭力熬住内心的惨痛，含了微微的苦笑，把手帕给他轻轻地拭去了泪，安慰他说道：

“表哥，你别伤心，你应该和我想得一样明白，世界上最可宝贵的就是身子呀，没有了身子，就是没有了所有的一切。所以我从今以后，就不再自糟蹋身子，因为我们年轻的人，社会上还有许多的事情要等待我们去干呢!”

侯玉书的心中怎么会知道云珠存的一番深刻的作用，所以他认为云珠的话是不错的，我不能为了秋痕而竟颓丧了自己的精神。云珠也是个可爱的姑娘，我不能太灰了她的心，于是向她点了点头，叫了一声妹妹，也不禁为之破涕了。但是玉书心中存的一番意思，李云珠是不会知道的。她只觉得万分悲伤，表面上含的是甜笑，内心感到的却是无限的痛苦。

侯老太见他们两人每天伴在一起，形影不离，神情是十分亲热，心中非常欢喜，想来云珠的一番深情把侯玉书是深深地感动的了，他们这一对小儿女本来是很好的姻缘呀。其实玉书这七八天来，真的把想念秋痕的一片心全都爱到云珠的身上去了，他原没有什么大病，所以人也一天一天地复原起来。然而事情是非常可惜，玉书心中有爱上云珠的意思，云珠却会一些也不觉得，所以在一个月缺的夜里，侯玉书的家里又失却了一个可怜的姑娘了。李云珠在出走之前，她当然预先想定了计划，因为她高中毕业时有个教师，和她的感情最好，时常有信札往来。那个教师现在北平华华中学里担任国文主任，所以她便动身赴平，预备请她的老师给她找一个事情做做。

李云珠到了北平，就急急地坐车到华华中学去找她的老师，不料失意的人到处就会遇着失意的事，学校当局向她告诉，说她的老师已到上海去创办求智女子中学去了。李云珠在此人地生疏的北平，举目无亲，一时再急得没了主意。后来她仔细一想，急也没有什么用处，既然已经到了北平，总要在北平找一条生路才是，于是她就在一个大杂院里租一间房子，暂时先住了一住。大杂院的邻居倒也不少，有做皮匠的，有做小工的，都是些穷苦的贫民。李云珠每天蛰居斗室，终日愁眉不展，心里当然非常烦恼，觉得这样下去，自己的身世不知将如何结局，倒还不是死了干净吗？想到这里，她常常躺在三块板铺搭成的床上，独个儿暗暗地哭泣了一场。

这天黄昏的时候，李云珠正从街上买了一些面粉回来。在走到大杂院门口的时光，忽然从里面急匆匆地也走出一个人来，把云珠手中一包面粉竟撞落了一地。李云珠因为这面粉是晚上要预备做饭餐用的，今被撞散在一地，心头当然十分恼恨，不料一抬头向那人望去，却是一个十分华贵的姑娘。因为自己在大杂院里也住了一星期的日子，在这七天中，所瞧到的都是些衣衫褴褛的贫苦人，今天突然见了这么一个服装华贵的姑娘，那当然是出乎意料之外的，所以望着她自不免愕住了一会子。那姑娘对于云珠的脸似乎也感到十分陌生，遂一撩眼皮，先笑盈盈地抱歉道：

“哟！那太对不起你了，你也住在这屋子里吗？”

“没有关系，你这位小姐呢？”

李云珠究竟是个重情面的人，被她这么一道歉，她就再也翻不下脸来，只好说了一声没关系，一面拍了拍身上被沾的面粉，一面也向她低低地还问。

“是的，你几时搬来的？怎么我们还只有今天见面呢？”

那姑娘一面笑着说，一面回头又向院子里高声地喊道：

“妈，你快来呀！我撞了人家的面粉哩！”

“你这孩子走路就是这么地奔奔跳跳，怎么好好儿的会撞了人家呢？哦，原来是李小姐吗？”

随了这姑娘一声喊，只见屋子里就走出一个老妇人来。她带了埋怨的口吻，向她女儿说着。忽然她望见了云珠，遂又笑嘻嘻地招呼了一声。

“妈，你认识这位李小姐吗?”

那姑娘见母亲向云珠招呼，遂又向她低声儿地问。

“住在一个门口里，有个不认识的吗？谁像你日作夜、夜作日的，总是见不了人。”

那妇人瞅了她女儿一眼，脸上含了微微的笑。

“那很好，我把李小姐面粉撞了一地，今晚饭餐就跟我母亲一块儿吃吧。我还有事哩，李小姐，咱们回头见。”

那姑娘听娘这样说，遂向云珠弯了弯腰，也不待她的回答，身子已是向门外匆匆地走出去了。

“赵老太，这位就是你的令爱吗?”

李云珠见她走后，遂向她低低地问。

“是的，李小姐，真对不起你。今晚就在我家里吃饭吧。”

赵老太点了点头，含笑着回答。

“赵老太，这是什么话？不是叫我很不好意思吗?”

李云珠见她真的要自己到她家里来吃饭，自然有些难为情，遂摇了摇头，回身预备走到自己的屋子里去。不料赵老太却把云珠的手拉住了，已不征求她的同意，和她一块儿走进屋子里去了。李云珠见她情意很是真挚，因为自己省得再去购买面粉，于是也就答应下来，一面帮着赵老太擀面条子，一面有一搭没一搭地聊天着。云珠悄悄地问道：

“赵老太，你的令爱叫什么名儿呀?”

“哦，她叫香君。”

赵老太一面回答，一面把做好的面条子抖了抖，放到锅子里去。

“那么她在什么地方办事吗?”

李云珠见她夜里走出去，心中感到有些奇怪。赵老太听她这样问，便深深地叹了一口气，然后低声地说道：

“李小姐，贫苦人家的女孩儿，那就没有办法。可怜假使她爸爸在着的话，我怎舍得去叫她干这些事呢?”

“那么她究竟在干什么事？赵老太，不知你有肯告诉我一些知道吗?”

李云珠虽然有些明白这总是女孩儿家丢脸的事，不过想着自己往后的生活，她想明白详细一些，假使还可以忍耐干一下的话，她也想步香君的后尘。

“李小姐，你别见笑，可怜这孩子是在做舞女哩。”

赵老太有些很不好意思似的样子，脸微微地感到热燥。

“做舞女吗？那有什么丢脸呢？只要我们尊重自己的人格，不做卑鄙的勾当，以两脚去跳来的代价，还不是等于气力换饭吃一样吗?”

李云珠听了她告诉后，她的眼前展现了一丝新生的希望，遂很认真地向赵老太解释着。赵老太脸上浮现了一丝苦笑，点了点头，说道：

“李小姐，你这话也不错的，不过为了吃饭问题，不是这样干，又怎么样办好呢?”

“我以为拿气力换饭吃的人是最高尚的，虽然做舞女，总强似做那些丧心病狂、廉耻全无之徒了。赵老太，我也很想去试试，但我却不会跳舞，不知能不能请你令爱教教我吗?”

李云珠向她低低地恳求着。赵老太对于云珠这几句话，似乎感到了意料之外，这就向她不免愕住了一会子，很惊异地问道：

“李小姐，你真有这个意思吗?”

“当然不是和你开玩笑，赵老太，为了生活又有什么法想？那你不是也很明白的吗?”

李云珠秋波向她脉脉地凝望着，表示非常正经。

“既然李小姐有这个意思，我们香君一定肯教会你各种舞步的。

唉！穷人就真没有办法……面熟了，李小姐，我们吃面吧。”

赵老太一面很感叹地说着，一面已盛了两碗面条子，放到桌子上去。两人坐在桌子旁，各自吃着面条子。李云珠想着了侯老太和玉书，她心头当然是万分悲酸，眼角旁忍不住涌上一颗泪水来。

“李小姐，你怎么伤心起来了？你瞧我这人可糊涂吗？还没有问李小姐的爹妈全都在哪里呀。”

赵老太忽然发现了云珠颊上沾有丝丝的泪痕，遂向她很关心地问。

“说起我的身世，实在很可怜的，因为在我十四岁的时候，爹妈都先后地丢我死了。假使我爹妈在着的话，又何至于在异乡客地过那流浪的生活呢？”

李云珠被她这么一问，真的勾引起无限的伤心，她把那一碗面再也不能下咽了。

“唉！这样说来，李小姐真的比我的香君还要可怜呢！但我们只要不自甘堕落，我相信你和香君说不定都有好日子过。李小姐，别伤心，我们吃面吧。”

赵老太叹了一口气，望着云珠秀丽的脸，表示十二分扼腕的神气，但她忽然又点了点头，向她轻声儿地安慰着。李云珠听她这样说，倒也不禁为之破涕笑了，说道：

“但愿应了赵老太的话，那真是我们的大幸了。”

两人互相安慰了一会儿，匆匆地吃毕了面。李云珠帮着她洗去了碗筷，方才道了一声谢，自管地回到屋子里去了。这一间卧室是小得像一块豆腐干，余了一张板凳和便桶外，连桌子都找不出。李云珠这晚躺在被窝里，想着玉书见我留下这一张字条后，他的心中不知做何感想呢？当然，在他心中是很欢喜的，因为他不是和秋痕又有重圆的希望了吗？只有可怜的姨妈，她老人家一定很伤心的，因为她是很疼爱我的呀！唉，姨妈，你真是白疼我一场了呢！李云珠这样地想着，自不免又暗暗地泣了一夜。

第二天，李云珠一觉醒来，时已十点敲过。正在披衣起身之间，忽听房门外有人喊道：

"李大姊，李大姊，你还没有起来吗？"

这是一个女子的声音，李云珠是听得很明白的。她在一怔之后，忽然就理会过来，乌圆的眸珠转了转，一面开门，一面就笑着叫道：

"你是香君妹妹吗？今天贪睡了，你早哟！"

说着话，把门拉开来，云珠定睛一瞧，果然是赵老太的女儿。香君早已一脚跨门走进，很亲热地握住了云珠的手，笑道：

"李大姊，我听母亲告诉，说你也愿意去做舞女吗？"

"是的，我很有这个意思，但我不会跳舞，那可怎么办呢？"

李云珠见她一走进就说起这件事情来，倒有些难为情，两颊不免透现了一圆圈的红晕。

"李大姊，不要紧，我可以教你的。"

赵香君掀起了笑容，跳了两跳脚，实足还显出孩子的成分，接着又笑道：

"我每天进出就缺少一个伴，现在李大姊给我做个伴儿，那不是叫我心里很快乐吗？"

李云珠见她和自己这样亲热的神情，心里也十分喜欢，遂拉了她同到床铺边坐下。因为室中简陋得实在不成样子，所以颇感到不好意思，遂客气地道：

"香君妹妹，你假使教会了我，我心里就非常感激着你。你瞧我房中像什么，请你别见笑。"

"李大姊，穷人都是这个样子的，你和我还客气做什么？我瞧你好像不是这北方人，恐怕还只有流浪来此吧？"

赵香君听她还谦虚着，遂拍了拍她的肩胛，笑着说。在她这几句话中，至少表示有些同情。

"不错，我是才到北平来找一个朋友的，原想找一些事情干，不料那朋友偏又到上海去了，所以真叫我没有了办法呢。"

李云珠向她悄悄地告诉着。

“李大姊，你不要忧愁，我也不是这北方人，所以在异乡客地遇见了同乡，那真像见了亲姊妹一样的，所以我很想跟你结个姊妹，那么将来彼此就有个照应哩，不知李大姊肯不肯答应我吗?”赵香君因为云珠生得美丽，所以她心中就自然而然地感到她可爱，秋波脉脉地向她凝望着，似乎希望她能够答应自己的要求。

“香妹，你真有这个意思吗？那我心中喜欢还来不及哩，怎么会不答应吗？好的，我们就真的认个亲姊妹吧!”

李云珠听她这样说，紧紧地握着她纤手，乐得眉飞色舞，连嘴也笑得合不拢了。赵香君见她答应了，遂拉了她手笑道：

“姊姊，你快跟我一同告诉妈去，叫她知道了，她老人家的心中也好喜欢哩!”

于是两人便很亲热地一同走到香君的屋子里去了。从此以后，赵香君每天只要有空闲的时间，就在卧房里教云珠跳舞。李云珠原是个聪敏的姑娘，所以不到两星期的日子，对于各种的舞步早已都学会了，赵香君知道她已够得上资格可以和人家伴舞了，于是遂给她介绍到新都会舞厅里去做舞女。在起初，李云珠是当然过不惯这种霓虹灯光下的生活，后来日子渐渐久了，因为在这里的姑娘谁都得给任何一个男子做搂抱的舞蹈，所以把她一颗处女含羞的心也慢慢地淡然了。

光阴如电流一般地快速，不知不觉，李云珠下海做供人搂抱生活已经有了半年的光景了。这是一个初秋的晚上，李云珠坐在暗绿的霓虹灯光下，瞧着这一对对的舞侣，心中想着过去生命中的一幕一幕往事，犹若流水浮云，当然是不胜感慨系之。不料正在这个当儿，就有个西服少年匆匆地前来求舞，李云珠秋波逗了他一瞥之后，这才含羞站起，和他在舞池里婆娑地舞蹈起来。

这个少年是谁？想聪明如阅者，自然已经知道他是柳剑鸣了。不过柳剑鸣既然在周曼丽的身上受到了相当的刺激，为什么他又到舞厅来跳舞呢？说起来当然是非常可怜，这不但是柳剑鸣一个人如此，就是成千成万的少年，莫不都如此的。在他们心中也未始不明白要在舞女身上去找真爱，那是绝对会感到失望的事，然而他们似乎还有些心不死，以为周曼丽只不过一人而已，她不能代表这许多的舞女。难道说因了周曼丽的崇拜金钱，就可以抹杀一切的舞女了吗？所以柳剑鸣在经过一时愤怒之后，他又换了一个舞厅，依然去找他烦恼中的烦恼了。不过柳剑鸣这次上舞厅来，他倒并不是一定要来追求爱情，无非来找寻一些刺激罢了。所以他只和李云珠跳舞，却并没有和她谈一句话，这样差不多有了一星期之久，李云珠对于这位少年不免也感到奇怪起来。这天晚上，柳剑鸣又来和她跳舞，李云珠因为他生得品貌不错，从这一星期来他的举动猜想，知道他也许是个多情的少年，于是李云珠的芳心中，便有了一个新生的希望。自己的身世是多么可怜，所以来做舞女，也无非为了日前的生活逼迫，难道就这样一辈子做舞女吗？这当然是自己不情愿的事。那么我何不同他交个朋友，假使他果然是个存心不错的少年，我不是可以请他介绍一个比较高尚些事情做做吗？李云珠的芳心中既然想定了这个主意，她便厚了脸皮，预备先向他来搭讪。但是心中虽然这样想，事实上却始终鼓不起这个勇气，因为一个女孩儿家，要和一个陌生男子先开口说话，那究竟是太难为情一些了。不过事情很有趣，柳剑鸣身子被后面一对舞侣偶然地一撞，竟踏了云珠一脚，因为是踏了人家，柳剑鸣这就低声地说了一声："对不起！"

"没有关系，你先生贵姓？"

李云珠觉得这个机会不可错过，遂稍微仰一些粉脸，秋波脉脉含情地向他凝望着，逗给他一个妩媚的甜笑。柳剑鸣再也想不到她会跟自己先开口说话，一时心里不免荡漾了一下，把他已熄灭的旧情复又爆发起来，望着她白里透红的粉脸，觉得比周曼丽更要艳丽十分，遂忙微笑着答道：

"我姓柳，你贵姓？"

“原来是柳先生，我姓木子李，柳先生这儿常来吗？”

李云珠一面笑盈盈地喊了一声，一面又向他低低地告诉着。

“这儿我是不常来的，李小姐，恕我冒昧，你的芳名叫什么？”

“你太客气，我单名红字，柳先生，你的大号叫什么？不知肯告诉我吗？”

“我名叫剑鸣，李小姐哪儿人？从前在什么学校读过书的？”

“我是江苏吴县人，说来也许柳先生会不相信，我是苏州中学毕业的。”

“哦，你原来还是个高中毕业生，那么你干吗来做舞女呢？”

柳剑鸣听她是高中毕业的，心里似乎感到意外惊异，遂微蹙了眉尖，向她急急地追问。不料李云珠正欲回答，那音乐声却已悠然而止，因此向他笑了一笑，遂只好各自归座了。李云珠还只刚才坐下，就有侍役前来向她说道：

“李小姐，客人叫你坐台子。”

李云珠因为不知是哪一个客人，心里自然很不快乐，因为自己和剑鸣的谈话，还没有告一个段落，这不是叫她生气吗？但事情出乎意料之外的，李云珠走到台子旁的时候，却见旁边坐着的客人不是别个，正是那位柳剑鸣。她心中这一喜欢，自不免连心花儿也都乐得朵朵地开起来了。

“李小姐，你请坐呀！”

柳剑鸣已站起身子，拉开了旁边那沙发椅，向云珠温情蜜意地微微地笑。李云珠于是点了点头，遂和他并肩坐了下来。柳剑鸣问她喝什么茶，云珠说清茶好了，于是剑鸣吩咐侍役泡上一杯香茗，望着云珠朴素的装束，更显得她的清秀脱俗，虽然不及秋痕的艳丽，却也自有一种妩媚的风韵，一时心中暗想：假使我能得她为妻的话，当亦不让哥哥专美于前了。和云珠的认识，倒也有近十天光景，也不知是否为了心理作用的缘故，此刻稍加以一注意后，柳剑鸣望着她的粉脸，竟是愈瞧愈美，愈瞧愈爱，一时快乐得反而呆呆地怔住了，却一句话也说不出来了。

“柳先生，你是哪儿毕业的？我瞧你大概是这本地人吧？”

李云珠见他望着自己只管出神，一时倒被他瞧得难为情起来了。两颊透现了玫瑰的色彩，乌圆的眸珠转了转，遂先向他笑盈盈地问出了这一句话。

“不错，我是生长在北平的。自从燕华大学毕业后，却一向闲在家里。”

柳剑鸣这才如梦初醒般地点了点头，含了笑容回答，一面握了玻璃杯子，说了一声“李小姐喝茶”，接着也低低地问道：

“李小姐，你刚才不是说高中毕业的吗？我很想知道一些关于李小姐的身世，不知你李小姐肯告诉我吗？”

“那当然可以的。我自小就没了爹妈，依赖姨妈长大。后来高中毕了业，和家庭发生了一些意见，所以我就上北平来找我的老师。不料她又到上海去创办学校了，因此我就流落在客地，没有办法，为了生活的逼迫，只好来做舞女。其实我假使有好些职业的话，一个女孩儿家谁愿意干这种事情呢？”

李云珠把玉书一段婚事隐瞒了，絮絮地向他做个简略的报告。她说完了后，又深深地叹了一口气，表示无限悒郁的神气。柳剑鸣听了，也代为表示扼腕，说道：

“像李小姐那么有才学的女子，来干这种事情，当然是十分可惜。我想只要自己尊重人格，渡过了这个难关，将来有机会的话，自可以脱离这种霓虹灯光下的生活，你说是不是？”

李云珠听他这样说，显然他还是个有志气、有思想的少年，绝不是专门玩弄女性的纨绔可比拟的。一颗芳心在万分敬爱之余，更引起了无限的感激，遂把秋波脉脉含情地瞟了他一眼，频频地点了点头，说道：

“柳先生，你这话真说得是。不过我一个弱女子，力量有限，假使柳先生不以为我做舞女的姑娘是低微的话，有机会还得请你援助我一下，那么我也许有重睹天日的日子哩!”

柳剑鸣听她话中的意思，似乎很有和我亲热的样子，于是遂很诚恳地道：

“李小姐，你别说那些话，尽我的力量，将来我也许可以帮你一些忙。”

“柳先生，你这话真的吗？假使我有那么一天的话，我真不知该怎么样来报答你的大恩才好呢!”

李云珠听她这样说，心中这一快乐，不免眉飞色舞，秋波凝望着他俊美的脸，却是默默地出神。柳剑鸣情不自禁地把她手握住了，温情蜜意地抚摸了一会儿，微笑道：

“李小姐，我还不曾帮你忙哩，你怎么就说大恩的话呢？再说我们年纪都轻，报答的事情会没有吗？”

说到这里，却又憨然地笑。李云珠听他这样说，觉得在这些话中至少是含有些神秘的意思，一颗芳心真是又喜又羞，明眸向他逗了一瞥倾人的甜笑，低下头，也不免赧赧然起来了。

两人在经过这一夜谈话以后，感情一天一天地增加。柳剑鸣也时常约她到公园里去散步，谈谈心。不料也不知在哪一天里竟被柳剑影发觉了，所以那夜就向剑鸣说了出来。剑鸣听了，当然是非常快乐，所以在八月十五日的早晨，就匆匆到李云珠家里去找她。那时李云珠还躺在床上，突然见剑鸣到来，心中在喜悦的成分中不免又掺和了羞涩，便连忙披衣起床，两手拢着睡乱的乌云，向他笑盈盈问道：

“你这样早干什么来呀？”

柳剑鸣因为是太兴奋的缘故，所以就直坐到她的床边去，拉了她纤手，笑道：

“妹妹，我告诉你吧，今天是我哥哥订婚的日子，他不知在哪一天曾经见我们在公园里散步，所以叫我约你一同到家里去，一方面是贺他们的订婚，一方面你可以给我妈瞧一瞧。假使她老人家喜欢的话，我们不是也可以先订一个婚吗？”

李云珠听他这样告诉，真所谓乐得心花怒放，一时拉开了小嘴儿，却笑得说不出一句话来。良久，方倒入他的怀中去，低低地唤了一声“我的哥哥”。柳剑鸣知道这是她感激自己的意思，遂和她柔情蜜意地温存了一会儿，这才催她说道：

“妹妹，你快梳洗了，我们该早些去才是呀！”

李云珠听了，嫣然一笑，遂离了他的身怀，自管去梳洗了。匆匆地梳洗完毕，换了一件条子花呢的旗袍，披上大衣，和剑鸣急急地坐车到家里去。这在李云珠和江秋痕的芳心中，似乎都出于意料之外的。秋痕见剑鸣所说的李红小姐者原来就是侯玉书的表妹，一时惊奇得“啊哟”了一声，这就抢步上前，握住了云珠的手，急急地问道：

“云姊，你怎么会到北平来的？你……难道没有和玉书表哥结婚吗？”

柳剑鸣听秋痕向云珠这样说，一时弄得莫名其妙，望着她们倒是怔怔地愣住了一会子。柳剑影忽然想起汉生医院秋痕向自己说的一番话，他这才恍然大悟了，遂拉了剑鸣的手，走过一旁，低低地告诉道：

“弟弟，这事情你不明白了吧，可是我却完全知道的。你道李红是谁？她就是我的好友侯玉书的表妹李云珠呀！”

“那么秋痕怎么又会认识云珠呢？”

柳剑鸣听了哥哥的话后，心中仍有些不了解，遂望着他呆呆地问。

“这事情说起来就有许多的纠纷，我就索性详细地告诉你吧。”

柳剑影说着，于是把玉书和在江家答应婚事，不料回家他妈又欲把云珠配与为妻，玉书因有约在先，所以决定和秋痕结婚，谁知云珠痴心，便病了起来，秋痕不忍云珠病死，所以割爱出走，成全他们一对的话，原原本本地向弟弟告诉了一遍，一面又说道：

“但云珠如何会来北平，这我倒不知道，而且你和她又怎么样地认识呀?”

柳剑鸣听了哥哥这一篇话，他凝眸沉吟了一会儿，忽然“哦哦”起来，说道：

“大概云珠见秋痕出走，她心中过意不去，所以也独个儿流浪到北平来了吗？想来也许是的，因为她说和家庭发生一些意见，这话还不是她编的谎吗?”

说到这里，又附了剑影的耳朵，告诉道：

“她在做舞女哩。”

柳剑影听了，点了点头，遂又走到她们的身旁去。只见她们两人也絮絮地谈个不了，而且秋痕的脸上似乎有泪痕。但她见了剑影走过来，立刻把手一擦眼皮，嫣然地一笑，拉了云珠的手，也走上来，和他们两人笑道：

“天下的事情真不可捉摸的。我的出走，是为了成全云珠和玉书的一对，不料云珠也会出走了。如今我嫁了剑影，云珠就给我二哥做了嫂子吧。只不过苦坏了玉书哥哥，那我们也管不得许多了。”

因为今天是秋痕和剑影订婚的日子，所以秋痕当然厚得出脸来说这些话，但剑鸣和云珠听了，却是十分难为情，所以红晕了两颊，彼此都有些赧赧然的意态。剑影心中是很明白的，秋痕此刻的心中一定是十二分痛苦，因为云珠和玉书既然没有成功一对，她不是很对不住玉书吗？听了她末一句话，这就很显明的了。不过她在我的面前，当然不能显出悲伤的样子，所以她拭了泪痕，立刻又显出娇媚的笑容来。柳剑影心中在一度不悦之后，马上就谅解秋痕的苦衷，因为秋痕的悲哀正是她多情的表现，我岂能够因此就喝醋了呢？于是也笑道：

“秋妹，你这话说得很有意思，不过你今天可不能再喊弟弟为二哥了呀!”

“你这人倒也有趣，怎么竟和我开玩笑了?”

秋痕白了他一眼，却又逗给他一个妩媚的甜笑，接着又向云珠介绍道：

“这位就是剑鸣的哥哥剑影，这位就是我的姊姊李云珠小姐，不久的将来，也许就是你的弟妇了……”

柳剑鸣听她这样取笑着，遂也笑道：

“嫂子，你也介绍错了，你要说这是我的未婚夫那么才对呀！”

剑鸣这句话说得云珠、秋痕都也笑了。秋痕白了他一眼，却拉了云珠的手，到上房里去给柳老太介绍了。江秋痕既知道李云珠和剑鸣的感情不错，所以她竭力欲成全云珠的婚事，在柳老太的面前，称赞云珠如何聪敏、如何能干。云珠本来生得一副好模样儿，柳老太心中自然也十分喜欢了，所以在秋痕订婚以后的一星期，李云珠脱离火山上的生活，也住到柳公馆来了。在柳老太的意思，预备明春给他们四个人便举行一个婚礼。云珠和剑鸣对于秋痕这次玉成，自然感激涕零，从此两对小儿女卿卿我我，真可说是只羡鸳鸯不羡仙的了。

光阴匆匆，不觉已是十月天气，在北方已是大雪纷飞，十分寒冷了。这天柳剑影接到上峰的命令，特派到上海去一次，和淞沪警备司令有事接洽。柳剑影于是别了爸、妈、秋痕等，匆匆地动身登程，路过苏州，忽然想起了侯玉书，所以他便顺路一探。不料仆妇张妈告诉，说少爷自太太死后，他已动身到上海和友人创办报馆去了。剑影得此消息，自然颇为惊异，知道玉书这次受刺激一定也很深的了，于是问明了玉书在上海的地址，他便匆匆地转车又动身来上海了。

柳剑影到了上海，先办理舒齐了公务，然后到光明报馆去找侯玉书，但侯玉书却没有在报馆，说瞧他的人，要在晚上九点以后。柳剑影扑了一个空，颇为怅惘，路过外滩公园，遂匆匆走进去散一会儿步。沿了黄浦江边，望着水天相接，一片无际，这时在上海十月天气，仿佛小阳春般温和，所以游人倒也不少。柳剑影踱了一会儿，忽然瞥见江滨的那把长椅上坐着一个少妇，年约二十许，腹部隆起，独个儿在凝眸遐思。剑影见她脸秀丽可爱，虽未窥全豹，却觉其人颇像秋痕，一时十分奇怪，遂走上去瞧个仔细。谁知那少妇听了脚步之声，便也回眸来望，两人四目相接，真是应着了不瞧犹可的话，各人都“哟”了一声，便不约而同地叫起来了。

第十回

江上烟波前尘等一梦

侯玉书自从被李云珠伴在床边柔情蜜意地服侍之后，他的一颗心也完全地被感动了，所以他把想念秋痕的一颗心，也慢慢地爱到李云珠的身上去了。不料事情的变化真像天空的浮云一样，令人万万也捉摸不到的。那天玉书醒来，在枕旁却会发现了一张信笺，在玉书瞧过之后，方知是李云珠临别的字条，她说表哥这次的病，完全是自己的罪恶，所以她非常痛心和抱歉。幸喜现在病体复原，她的责任才算放下，所以也出外另找生路，并祝表哥和秋妹白头偕老等语。当时玉书瞧了这张留下的信笺，真弄得有些啼笑皆非，也不知如何是好，怔怔地呆了好一会儿，方才长叹了一声，不禁泪如雨下了。侯玉书受了这两重刺激之下，说也奇怪，他的病体反而大好起来。因为他已看破红尘，觉得儿女情爱，到头来都是烦恼，这又是何苦呢？但是侯老太因了云珠一走，她心头非常肉疼，在万分悲伤之余，突然又受了一些寒，因此竟患起泻症来。年老的人怎禁得住无次数的狂泻，因此不到一月，却是一病不起。可怜侯老太为了儿女的婚姻，反累了自己永做故人，这在秋痕和云珠的心中，她们又哪里能够料得到呢？

侯玉书自母亲死后，更加万念俱灰，颇有到外埠去流浪之意。不料事有凑巧，他从前有几个同学，都在上海集合财力人力，预备创办报馆，写信来请玉书做主笔去。玉书得了此信，遂整理行装，即日动身到上海来了。

侯玉书到上海的时候，已经是初夏天气。他穿了一套浅灰花呢的西服，提了一只皮箱，匆匆坐车到光明报馆。和几个老同学见面，握手言欢，十分快乐。会计主任高杏园，从前也是个胡调朋友，还只新近结了婚后，才算安静了一些，他见玉书神色不十分好，因和他开玩笑道：

"玉书，你怎么面黄肌瘦，莫非在害相思病吗？假使你真的在想女人的话，我倒可以给你介绍一个呱呱叫的大姑娘，不知你心里可喜欢吗?"

"你这人还是脱不掉那些老脾气，才一见了面，就吃人家的豆腐，你这朋友真也无赖极了。"

侯玉书到底还是个老实人，被他这么一说，两颊就飞过了一阵红，明眸却恨恨地白了他一眼，似乎有些难为情的样子。那个担任庶务的秦诚允，见玉书还是那么羞答答的神情，便也插嘴笑道：

"我记得初中的时候，几个同学原是玉书年龄最小，大家都要把他当作了情人看待。后来他考入了军校，我们以为玉书大概气愤我们笑他是个女孩儿家，所以他立志要做丈夫沙场奋斗的英雄了。不料在战场上混混的朋友，直到现在见了面，还是那么女人家的怕羞样子，这真所谓江山好改、秉性难移了。"

众人听他说得有趣，便都哄然地笑起来了。那个广告部主任陆子丹忙又停止了笑，向玉书正经地问道：

"玉书，他们真是浑蛋，一见了面，就胡说白道地取笑你，这实在是太不恭敬，正经地我问你，你可曾结了婚没有?"

侯玉书听他提起了"结婚"两个字，他心头是非常感伤，不禁叹了一口气，摇头说道：

"诸位老哥且不要再提那结婚的事情了，我今生再也不想有结婚的日子了。"

众人听他这样说，各人的脸上都收起了笑容，显出很惊异的神色，不约而同地齐声问道：

“侯老弟，这是为了什么缘故？不知把你的秘密能够宣布给我们听听吗？”

“说起来我是非常幸福，因为我有两个十分美丽而且多情的姑娘做妻子，然而结果我是非常惨痛，不但一个没有成功，而且我的母亲也因此与世长辞了。你们想，我如何地不要面黄肌瘦起来呢？”

侯玉书说到这里，长叹了一声，微蹙了眉尖，摇了摇头，表示内心真有无限的沉痛。

“那么到底是为了什么缘故呢？侯老弟，你就索性告诉我们一个详细吧。”

高杏园坐在写字台旁的转椅上，两手伏在台面的沿边，凝眸望着玉书悲苦的脸，低声地央求着。侯玉书似乎不把心头那腔哀怨向众人诉说一遍，他是感到十二分的难受，于是遂把过去生命中那一段甜酸苦辣的事情，向在座诸人滔滔地叙述了一遍。众人听毕，也觉可歌可泣。高杏园说道：

“老弟的经过，实在是绝好的说部资料，所以我明天将为《光明报》副刊上撰一长篇小说，命名《江上烟波》，不知诸位以为如何？”

众人均各赞成，这时已黄昏降临大地，高杏园提议给玉书洗尘，于是大家一同离了报馆，到醉乐园酒家去吃夜饭了。坐在圆台面旁，一共是八个人，所以不必点菜，就叫了一席酒筵，彼此高谈阔论，十分快乐。酒过三巡，高杏园兴起，便提议着笑道：

“我们叫局好吗？这样似乎太单调一些了。”

陆子丹第一个先赞成，笑道：

“很好，这样就会热闹得许多的。”

于是高杏园提了笔杆，给大家挨次地写各人的老相好，只有玉书一个人，坐着只管喝酒，一声儿也不响。高杏园向他望了一眼，含笑问道：

“玉书，你怎么啦？我给你介绍一个好吗？”

“不，我没有老相好，还是不必叫了。”

侯玉书听他这样说，摇了摇头，但既说出了口，却又难为情起来。幸亏他喝了酒后，脸原有些红晕的，所以虽然难为情，却也没有人会注意得到，还以为他完全是酒醉哩。

“那可不行，别人家都是对子，你一个人算什么意思呢？”

秦诚允坐在玉书的隔座，听他这样说，遂拉了拉他的衣袖，向他不依。

“这个请你们要原谅我，不瞒众位说，我见了女人，实在有些怕哩。”

不料众人听侯玉书这样说，大家都忍不住又哄然笑起来了。高杏园笑道：

“侯老弟，你这话就说得有趣，怕做什么？女人难道会吞吃了你不成？”

陆子丹也笑道：

“人家侯老弟还是个处男哩，说不定会给女人吃掉的。”

众人听了，都又忍俊不禁。高杏园忽又停止了笑，向玉书说道：

“侯老弟，你是一些也不用怕的，我给你介绍一个，实实在在还是一个小姑娘，那是前星期一个朋友请我到兰香院吃花酒去才认识的，生得真个是我见犹怜。可惜我已经有了玉皇大帝，不然一定娶她做家主婆哩！”

秦诚允听他说得有趣，遂忙也问道：

“那么你且把她的芳名说出来听听，难道真的是个西子复生似的美人儿吗？”

“她的芳名叫绿珠，记得昔日有个妓女，亦名绿珠，我瞧此绿珠实不亚于彼绿珠也。侯老弟，你且把她叫来看一看再作道理，好不好？我想你说的秋痕、云珠，恐怕还及不来她多多哩。”

高杏园一面向玉书竭力地称赞着，一面已不征求他的同意，把局票都发了下去。侯玉书听他说得这样美丽，一时心也有些活动起来，所以笑了一笑，也没有一定要去阻止他。约莫十五分钟后，各人叫的局都已到了，只有那位绿珠却是姗姗来迟。高杏园向玉书笑道：

“你瞧她这一副架子，也可知是与众不同的了。”

正在说时，忽然听得一阵革履声响进来，众人抬头望去，只觉眼前一亮，仿佛是开了一树灿烂的桃花，大家都不免暗暗地喝了一声彩。绿珠见在座诸人都是陌生的，只有认识高杏园一个人，于是便笑盈盈地招呼道：

“高少爷，我可来得最迟了，那真对不起！”

“没有关系，绿珠，我今天给你介绍一个好朋友，这位侯少爷的的确确还是个童男子，和你真可说是一对玉人哩！”

高杏园指着侯玉书，向绿珠也笑嘻嘻地说着。绿珠把秋波向玉书脉脉含情瞟过去，不料齐巧和玉书的视线接了一个正着。玉书醉眼模糊的，突然见了绿珠，这就心中一惊，便站起身子猛可地把她纤手握住了，叫道：

“秋痕，秋痕，我想得你太苦了呀！怎么你会堕入风尘中去了呢？”

侯玉书这样一喊，不但绿珠弄得莫名其妙，就是在座诸人也无不目瞪口呆起来。高杏园眸珠一转，忽然理会过来了，他向绿珠问道：

“你……原来就是江秋痕吗？那正是踏破铁鞋无觅处，得来全不费工夫了。可怜你的侯玉书，真为你想得茶饭都不思哩！”

绿珠被高杏园这么一说，愈加弄得丈二和尚摸不着头脑了。她见玉书的脸虽然十分瘦削，却是非常俊美。因为他的两眼只管望着自己出神，好像有些醉了的模样，一颗芳心不免起了一些爱怜之心，遂把他拉到窗前的沙发旁去，向他低声儿地说道：

“侯少爷，你是认错人了，我可并不是江秋痕呀！”

侯玉书听她这样否认着，一时觉得她说话的声音果然有不同的地方，再向她脸细细地一打量，似乎稍会有些两样，这才知道真的认错了人。侯玉书既明白是喊错了，心中当然感到无限的难为情，所以脸愈加地绯红起来，一时望着她玫瑰花朵似的粉脸，竟呆呆地说不出一句话来了。

“侯少爷，你别害羞，在他们面前，我就冒认是江秋痕是了。”

绿珠见他两颊红晕得真像女孩儿家一样可爱，芳心这就荡漾了一下，掀着酒窝儿，向他嫣然一笑，便拉了他手，又走到圆桌旁来了，一面扶着玉书坐下，一面在他身后也坐下了。

“那真是梦想不到的事情，你们一对未婚夫妇究竟又遇在一块儿了。江小姐，你自己说吧，该怎么样地谢谢我呢?”

高杏园见两人在窗口交头接耳地低说了一阵，此刻又十二分亲热地走过来坐下了，一时还以为绿珠真的就是江秋痕的化名，所以便扬着眉毛笑嘻嘻地向她讨好着。绿珠听他这样说，方知江秋痕和这位侯少爷还是个未婚夫妻的关系，因为自己将错就错地冒认了是江秋痕，换句话说，自己竟冒认是他的未婚妻了。一颗芳心在喜悦之中不免又掺和了无限的羞涩，遂望了他一眼，扑哧地笑道：

“高少爷，你且别讨谢，将来我多斟几杯酒给你喝也就是了。”

侯玉书听她这样说，显然她的芳心中已经承认她是我的未婚妻了，心中不免暗想：这姑娘倒是个可人儿，难道和我萍水相逢，她心中就有爱上我的意思了吗？这就回眸瞟了她一眼，但齐巧又和绿珠的明眸望了一个正着。绿珠在说出这两句话后，已经是万分难为情，如今被玉书这么地一望，她就把脸靠在玉书的肩胛上，羞涩地笑起来了。高杏园瞧两人这个情景，心中也代为得意十分，便笑道：

“江小姐，你这话说得很漂亮，不过今天能不能也给我斟一杯酒喝喝吗?”

“当然可以的，你高少爷要斟十杯，我也能够答应的。”

绿珠把粉脸抬起来，秋波却逗给他一个妩媚的甜笑。

“那么我们阿嫂托福斟一杯呢?”

陆子丹见她实在娇媚得可爱，便也向她笑嘻嘻地搭讪着。

“这个你们身后不是都有相好吗？我怎的有福气给你们爷儿们斟酒呢?”

绿珠一手搭着玉书的肩胛，一面向他顽皮地娇笑。

“江小姐，你这话就太不公平，高少爷他后面不是也坐着相好吗?”

陆子丹很不服气地向她辩驳。

“但是……因为高少爷……”

“你不用说下去了，我知道。但是……因为高少爷是你的大媒是不是?”

陆子丹不等她说完，就向她笑嘻嘻直接地说。

“对啦!”

绿珠很清脆地说了两个字，她伏在玉书的肩胛上，却忍不住又哧哧地笑起来了。

“江小姐，你真是个淘气精，你口里这么地说了一句，那么我难道就真的已喝了十杯酒了吗?”

高杏园见绿珠只是口里说说，却并没有实行，所以便又向她含笑着说。绿珠一面抿了嘴儿哧哧地笑，一面站起身子，握了酒壶，只好给他满斟了一杯。高杏园连忙站起身子，两手捧了杯子，笑道：

“阿嫂，阿嫂，磕头!”

说得满桌子上的人，大家都又哈哈地笑起来了。

高杏园于是又打了一桩，打到侯玉书面前，玉书拳风不妙，竟连输三记。绿珠见他脸绯红，心有未忍，遂伸手去握酒杯，秋波瞟了他一眼，笑道：

“我给你代喝两杯吧。你若再喝，恐怕要醉哩。”

高杏园见了，早已连喊“不可以”。陆子丹也笑道：

“只有代拳，没有代酒的。江小姐心中假使不服气，那么你也和老高来三拳好了。”

“拳头我是猜不来的，酒倒还能够喝几杯，反正他是输了三杯，我喝他喝不是一样的吗?”

绿珠乌圆眸珠转了转，一面向他们说话，一面把手中的酒杯却已凑向嘴旁去了。

“不行不行，你喝了不算数，老侯，怎么样？你别装木人，这三杯你仍旧要喝下去的呀!”

高杏园一面连喊不行，一面又向玉书嘻嘻地笑。

“我喝就我喝，三杯酒怕什么呢?”

玉书心里有些不甘示弱，他拿了一杯，便一口气地喝下去了。待他去喝第三杯的时候，却被绿珠拦住了，向杏园笑道：

“高少爷，这里两杯我们就各人一杯喝了吧，那么四杯酒，一个人两杯，我只不过代喝了一杯，这些面子总要给我的。”

秦诚允笑道：

“江小姐这意思是很深刻的，他们俩喝个成双儿，这是多么甜蜜呀！老高，得了吧，就答应她是了。”

高杏园于是也含笑点了点头，这里绿珠和玉书方才各握了一杯酒，喝下嘴里去了。大家又闹笑了一会儿，叫来的局方才一个一个地回去。绿珠走的时候，秋波向玉书逗了一个眼色，玉书遂送她出来，在门口两人又停止了步。绿珠握了玉书的手，粉脸娇红得妩媚，低低地笑道：

“侯少爷，真对不起，我冒认着做了许多时候的江小姐，请你别生气吧。”

“绿珠，你别那么说，我心里很感激你。”

侯玉书听她这样说，把她纤手摇撼了一阵，心中有些感动。

“侯少爷，假使你不以为我们是个下贱的姑娘，那么请你常常来给我一些安慰，我们再见!”

绿珠觉得玉书也是个多情的少年，她仿佛在黑暗的大海中觅到了一盏灯塔，她的眼前立刻又展现了一丝新生的希望。向他低低地说了这两句话，她已是跳上人行道旁的包车，匆匆地自管回去了。侯玉书直不见了她的影儿，方才回到楼上房间里来。高杏园笑道：

“真是有缘千里来相会，无缘对面不相逢。你不是时时刻刻在想念江小姐吗？不料今天偶然之间，就给你遇见了，那还不是全靠我的介绍吗？”

侯玉书听他这样说，一时几乎忍不住又要笑出来，但也只好竭力镇静了态度，向他连连地道谢。陆子丹也插嘴笑道：

“老侯，你不是见了女人会怕吗？那么现在到底还怕不怕呢？”

秦诚允笑道：

“现在爱也来不及，哪里还有怕的道理吗？”

众人听说，都又捧腹大笑不止。侯玉书红了脸，倒不禁又赧赧然起来。高杏园道：

“那么你明天还得去望望她了，也该向她问个仔细，究竟是怎么样被人拐卖的？”

侯玉书虽然好笑，也只有唯唯而已。这晚直吃到十时敲过，方才各自分手回家。玉书因为上海没有家，所以只有他一个人回到报馆里去睡了。侯玉书今夜是多喝了一些酒，所以回到报馆后的宿舍里，便再也睡不着了，他想着今晚意外的艳遇，心中真有说不出的奇怪。那个绿珠为什么竟有这样酷肖秋痕呢？莫非是真的秋痕吗？这断断不会的，那么难道说是秋痕的姊妹吗？但秋痕的身世我是明白得很详细，她哪儿还有什么姊妹呢？最最有趣的，她和我才一见了面，就对我表示这样亲热，虽然一个做妓女的姑娘，对待客人当然是十分亲热。不过她对我的亲热，是绝没有掺和一些虚伪的作用，至少是含了一些倾心相爱的意思。因为她临别和我说的那两句话是多么真挚恳切呀！果真难道老天可怜我遭遇的悲伤，特地派一个和秋痕一样美丽可爱的姑娘，来填补我空虚的心灵吗？

侯玉书想到这里，内心被情感一阵冲动，更乘了几分酒兴，见时候只有十一时敲过，他便吩咐茶役几句，竟坐车匆匆地到兰香院里去找绿珠了。到了兰香院，当差的喊了一声客来，便请他上楼。玉书到了楼上，早见一个四十左右的妇人在扶梯口笑盈盈地迎接了。那妇人当然是老鸨，名叫皮条阿金，人家都呼之为阿金姐。因为她年轻时就死了丈夫，从此便干起这个营生来。那营生叫淌白，也有叫半开门，还有叫私门头，她做了几年，倒也积蓄了不少的钱，因为那时她的年纪已有三十开外了，觉得这样下去，人老珠黄不值钱，也许白给人家人家也不要了，因此她便转出开窑子的念头来，从此招买年轻的姑娘，而她本身也一变成为鸨母的作风了。她见上楼的是个陌生的单身客人，一时心里倒不禁一呆，暗想：到此地来的客人总是些熟客，怎么竟有一个人来打茶会的？那算什么路道？阿金姐心中虽然有些猜疑，但表面上还是含了笑容，请他到一间卧房里坐下。在那盏五十支光的电灯光的照映下，只见玉书的脸白里透红，似乎是尚有些醉意的神气。阿金姐虽然已是四十左右的人了，心中也不免一动，倒是个怪俊美的少年，于是便含笑问道：

"你这位大少爷贵姓呀？这儿好像还只有初次来吧？不知道你要见的是哪一个姑娘？"

"我姓侯，是特地来望望你们的绿珠姑娘的，不知道她可曾在家里没有？"

侯玉书因为自己来这种地方，可说还只有破题儿第一遭，所以竭力平静了脸色，向她很正经地告诉着。

阿金姐见他并没一些笑容，仿佛有些生气的样子，一时暗暗地奇怪，遂忙又说道：

"侯少爷，对不起，绿珠叫局还没有回来哩，要不要我给你拣个好的吗？"

"那么我等她一会儿好了，她终有回来的时候，是不是？"

侯玉书摇了摇头，望着她的脸，呆呆地愣住了一会子。阿金姐听他一定要见绿珠，心里愈加狐疑，但只好点了点头，一面叫仆妇倒茶，一面又含笑探问道：

“侯少爷，你和绿珠可认识的吗?”

侯玉书因为怕难为情，所以摇了摇头，却并不作答。阿金姐暗想：既然不认识的，为什么一定要指定绿珠呢？那不是叫人奇怪吗？遂又微笑道：

“那么侯少爷请坐会儿，恕我不招待你了。”

她说着话，便狗颠屁股似的走出房外去了。侯玉书在阿金姐走后，他又懊悔起来，觉得自己真也老不出脸，我不是应该向她问问姓氏吗？并且应该回答和绿珠是认识的，那么她知道我是熟客才会起劲呀。侯玉书这样想着，连喊了自己两声“笨伯”，但忍不住又好笑起来了。侯玉书独个儿坐在室内，足足等候了一个多的钟点，却还不见绿珠回来，一时心里未免有些怨恨。其实绿珠是早回来有半小时了，齐巧阿金姐来了一个从前的姘夫，死活地要借钱，所以阿金姐和他在灶披间里缠绕了大半天。

绿珠坐在梳妆台的面前，手托香腮，却是呆呆地只管在想她的心事。自己被这个无耻的王雪冷卖入窑子到现在，差不多也有一个多月的日子了，幸喜凭着自己灵活的手腕，总算不曾吃过一些的亏。但是照此下去，一个女孩儿家总也不是一个结局的办法，所以有办法可以早些脱离，究竟是脱离了为妙。于是她又想起今晚第一次叫局的侯少爷来，实在是个很温文的少年。假使他有能力赎我出去的话，我情愿终生服侍他的，不过他是已经有未婚妻的人了，如何会来爱上我这个窑子里的姑娘呢？想到这里，自不免暗暗伤心，忍不住淌下眼泪来了。

诸位当然明白，这个绿珠就是杨红薇姑娘无疑了。可怜她为了爱柳剑影心切，一听剑影在上海受了枪伤，所以不问三七二十一地跟着王雪冷就跑，谁知这个丧尽天良的王雪冷却是把她卖到兰香院里来了，待红薇发觉，早已身入鸟笼，有翅难展的了。杨红薇既到了兰香院，她也只好忍辱吞声地每天做应酬客人的生活了。

杨红薇思前想后正在暗自伤心的当儿，忽然见阿金姐脸色很难看地走进来了，她心中倒吃了一惊，慌忙把手擦了擦眼皮，含笑站起，亲亲热热地叫了一声妈。阿金姐兀是鼓着腮子，怒气冲冲地骂道：

"真是死坯！给了五元钱，还不肯走。就是说从前的交情吧，老娘也不曾拿过他一张五元钱的钞票哩！"

杨红薇听到这里，方知不是为了自己的事，心中这才落了一块大石，遂忙笑道：

"妈，又是谁给你怄了气啦？"

"阿囡，不要提起了，这种事情说起来就要气死了人。所以你们年纪轻，外面交朋友千万要小心，若像妈那么瞎了眼睛，张郎也好，李郎也好，那么日后就有许多的麻烦哩！"

阿金姐听她这样问，遂向她低低地说着。在她这几句话中，至少还含有些教她"门槛"的意思。

杨红薇两颊透现了一圆圈的红晕，表面上虽然不说什么，心中可在暗暗地骂：真是不知廉耻的王八。这时阿金姐忽然记得了那个侯少爷，便忙走过来到红薇的身旁，向她低声儿地问道：

"绿珠，你在外面可曾得罪过客人吗？"

"没有呀！妈，你快告诉我，到底发生了什么事情啦？"

杨红薇见她很惊异的神气，一时也不免慌张起来。

"事情是没有发生什么，刚才十一时多一些，有个客人要来你房中打茶会，我说你出局还没有回来，要不另外拣一个好的吗，不料他摇摇头，说情愿等你回来的。我心里很奇怪，所以又问他可曾认识你，谁知他却摇头回答并不认识的。我恐怕他是找事情来的，所以就一直担着心事哩！"

阿金姐这才向她低低地告诉。杨红薇颦锁了翠眉，凝眸沉思了一会儿，因为心中原本很不快乐，所以便鼓着小腮子，说道：

"妈，你去回绝他，说我今夜不回来是了。"

"我也这样想，因为这种突兀的客人，到底还是不接见为妙。"

阿金姐听绿珠的话，正中下怀，所以一面点头，一面把身子已向房门外走了。在走到房门口的时候，她自言自语地又说了一句道：

"瞧他脸蛋儿倒生得怪讨人喜欢的。"

杨红薇忽然听她这样说，芳心中立刻又浮上了一个感觉，暗想：莫非就是这位侯玉书吗？于是急急地喊道：

"妈，你快回来，我问你，这个客人是姓什么的呀？"

阿金姐回过身来的时候，只见绿珠也走到了面前，一时望着她倒愕住了一会子，说道：

"他是姓侯的，怎么啦？难道你认识他吗？"

"啊哟！果然是他吗？想不到他连夜就来看望我了，那不是叫我喜欢煞人吗？"

杨红薇一听是姓侯的，她真乐得眉飞色舞，跳了两跳脚，差不多连心花儿都乐得朵朵地开起来了，接着拉住了阿金姐的手，笑盈盈地告诉道：

"妈，我告诉你，今夜第一次来叫局的就是他呀，我说你有空请常来玩玩，谁知他竟连夜地就来了。"

"第一次不是醉乐园的高少爷吗？他是姓侯的呢，你别缠错了。"

阿金姐见她惊喜欲狂的意态，这一个多月来，是从没有瞧见过，所以她心中感到有些奇怪。

"这张局票是高少爷代他叫的，我怎么会缠错呢？妈，他的人在哪儿？我快些去迎接他呀！"

杨红薇一面告诉着，一面身子向外面走，似乎有些迫不及待的神气。

"你性急得这个模样儿做什么？侯少爷又不是你的亲爷到了。"

阿金姐俏眼瞟了她一眼，故意逗了她一句。杨红薇把粉脸涨得像玫瑰花一般红，"嗯"了一声，扭捏了一下腰肢，不依道：

"妈，你不该取笑我，他可是个有钱的少爷哩！"

阿金姐笑了一笑，便拉了她手，和她一同走到玉书坐着的那间房间里去了。

“侯少爷，那真太对不住你了，叫你等候了不少的时光吧？”

杨红薇和阿金姐一脚跨进房中，只见玉书在室中来回地踱圈子，这神情就是等候得有些不耐烦了。红薇于是含了满面的娇笑，向他柔声儿地抱歉着。侯玉书回身一见了红薇，心中这一欢喜，仿佛是天空掉下一件宝贝来，把刚才那股子怨恨便早已抛到东海大洋去了，于是忙也笑道：

“没有关系，绿珠，你才回来吗？”

杨红薇没有办法，只好含笑点了点头，一面向阿金姐介绍道：

“这是我的妈，侯少爷知道吗？”

侯玉书瞧在绿珠的脸上，遂向阿金姐行了一个礼，含糊地叫了一声。阿金姐心里乐得什么似的，望着玉书脸，笑道：

“侯少爷，你真也惯会开玩笑的，怎么骗着我说和绿珠是不认识的呢？阿囡，你快伴着侯少爷到你房中去坐吧。”

随了阿金姐这一句话，杨红薇遂携了玉书的手，一同走到自己卧房回去了。玉书在那张席梦思的沙发上坐下了，向房中四周打量了一会儿。阿金姐向绿珠丢了一个眼色，她便掩上房门悄悄地走出去了，她心中在暗暗地回味着绿珠这一句话，他是个有钱的大少爷呀！杨红薇待阿金姐走后，她便坐到玉书的身旁来，望着玉书俊美的脸蛋，却只是憨憨地娇笑着。玉书回眸瞧她笑的意态，实在太像自己的秋痕了，因此也不免向她出了一会子神。良久，玉书握住她手，低低地问道：

“绿珠，你为什么老望着我笑呀？”

“因为我心中太高兴了，同时也太感激你了。哎，侯少爷，我做梦也想不到你此刻会来望我的。”

杨红薇一撩眼皮，乌圆眸珠在长睫毛里滴溜地一转，把粉脸依偎在他的肩胛上。她掀着深深的酒窝儿，娇媚地笑了。在她这意态中，仿佛是得到了无上的安慰。侯玉书听她这样说，他也难为情起来，觉得自己连夜地就来，真有些叫人感到笑话的，所以绯红了两颊，却回答不出一句什么话来好，望着她四月里蔷薇那么可爱的娇靥，又怔怔地呆住了一会子。在一个姑娘面前害羞的男子，这给姑娘的芳心中更有个可爱的印象。杨红薇的芳心里是不住地荡漾，也许是兴奋过了度，所以她竟情不自禁地凑过小嘴儿去，在他颊上啧的一声，却吻了一个香去。但既吻着了后，当然又感到太难为情了，因此别转粉脸，耸着肩膀哧哧地笑起来了。侯玉书被她这么一来，觉得自己在一个女孩儿家的面前，究竟老实得太可怜一些了，于是伸手把她肩胛扳回来，望着她笑道：

"绿珠，你太顽皮了，现在我可不依，除非你给我吻还一个。"

说着，把嘴也要凑到她的颊上去吻香。杨红薇见他这回也不老实了，遂"嗯"了一声，故作娇嗔似的说道：

"我不要，我不要，你算是爷们，就该来欺侮我了。"

侯玉书到底还是个忠厚者，见她娇嗔的意态，因此又不敢吻她了，但却笑道：

"绿珠，你这话就太不公平了。我吻你的香，你就说我欺侮了你，那么你先吻了我，难道就不是欺侮了我吗?"

杨红薇被他问得无话可说，扑哧一声，这就抿着嘴儿又笑起来了。一会儿，她把身子偎到玉书的怀内去，微仰了娇靥，低声地问道：

"侯少爷，我且问你，刚才高少爷说那个江秋痕小姐，原来还是你的未婚妻吗？那么彼此如何地会失散了呢?"

"这事情说起来话长，因为江小姐不愿一个姑娘为了她而病死，所以她竟割爱出走，意思是叫我和另一个姑娘结婚。"

侯玉书见她口脂微度，只觉一阵阵的处女的幽香不住地扑送到鼻子里来，令人有些心神欲醉，几次想低下头去吻她的小嘴，可是他却始终鼓不起这个勇气。杨红薇听到这里，觉得事情又起了曲折，遂忙坐正了身子，急急地追问道：

“那么你和另一个姑娘到底结了婚没有呢？”

“到现在想起来就觉得好笑，这姑娘病好了后，却也不别而走了。你想这不是叫我弄得啼笑皆非了吗？”

侯玉书脸上含了一丝苦笑，向她低声地告诉。

“哦，这两个姑娘都太好了，不过却累苦了你。但是你的心里，到底是爱的谁呢？”

杨红薇颦蹙了眉尖，点了点头，为玉书设想，未免感到有些凄凉，她把明眸向他脉脉含情地逗了一瞥，又低声儿地问。

“其实我两个都爱，不过以婚事提起之先后而论，所以我是应该爱江小姐的。今晚我瞧了你，以为你是江小姐了，因为你们两人的脸实在太像了。”

侯玉书抚着她纤手，很温柔地说。

“脸无论怎么地相像，也不至于连自己未婚妻都会认不出来的，我想你一定是在占我的便宜。”

杨红薇故意把小嘴儿噘了噘，秋波逗给他一个妩媚的娇嗔。侯玉书听她这样说，倒是急了起来，把手指了指天，指了指地，又指了指自己的胸口，笑道：

“上有天，下有地，良心放在当中，我怎么会故意占你的便宜？再说我也没有事先就告诉你江秋痕是我的未婚妻呀！”

杨红薇见他这样滑稽的举动，这就把绷住的粉脸又露出一丝笑容来，说道：

“那么照你说来，还是我太鲁莽一些了。因为冒认江小姐是小事，冒认是你的未婚妻，那可不是玩的事呀。侯少爷，你说是不是？”

侯玉书见她说这两句话的时候，把秋波只管向自己脸上瞟，似乎至少含有些神秘的作用。因为玉书心中对于秋痕和云珠，实在也有些怨恨，所以他对于这位绿珠姑娘，未免引起了一些爱的成分，于是环抱了她的肩胛，拍了两拍，笑道：

“这也没有什么关系，只怕你不情愿给我做未婚妻罢了。”

杨红薇听他这样说，一颗芳心真是甜蜜无比，但表面上却立刻显出生气的神情，鼓着小嘴儿，恨恨地把他按在自己肩胛上的手摔脱了，冷笑着道：

“侯少爷，你不要来挖苦我们好吗？像我们这样低贱的姑娘，配得上给你爷们做未婚妻吗？”

说到这里，却把秋波逗了他一瞥无限哀怨的目光，竟真的盈盈掉下泪水来。侯玉书见她这个楚楚可怜的意态，知道她的芳心中真有爱上我的意思，一时感动得了不得，遂把她身子纳到怀里来，低低地叫道：

“绿珠，我说错了，你就原谅我吧！”

杨红薇被他这么地一赔罪，心里自己也不知道究竟是欢喜还是悲伤，她的眼泪索性大颗地滚下来了。

“唉！这又何苦来呢？好好儿的不是自寻烦恼吗？我原和你开玩笑的，你快别伤心了。好妹妹，你再淌泪，我也要哭了。”

侯玉书见她偎在自己的怀里，柔顺得像一头驯服的绵羊一般，却尽管扑簌簌地落泪，一时觉得这位姑娘亦是个多愁善感的个性，心中这就更增了一分爱怜之心，向她亲密地叫了一声好妹妹，低低地哄着她。不料杨红薇听了，却破涕为笑，秋波逗给他一个娇嗔，说道：

“你倒哭出来给我看看，我一定赏你一盒奶油糖。”

“你既然笑了，我还哭什么呢？”

侯玉书见她挂了眼泪笑的神情，真够令人有些意销的，便望着她憨憨地笑。但红薇听了，却恨恨地啐了他一口，忍不住抿着嘴儿又笑起来了。

“绿珠，我正经地问你，你怎么会到这里来的？不知在这儿有多少的日子了？”

侯玉书见她又显出很高兴的样子，于是乘此向她低低地问。杨红薇在未告诉之前，先长长地叹了一口气，说道：

“我的真姓名原叫杨红薇，是南京城外乌家镇地方的人，这次被一个姓王的少年拐卖到这里，现在还只有一个月多一些的日子呢!”

说到这里，泪水又在眼角旁微微地展现了。

“那么你家里还有什么人吗?”

侯玉书蹙了眉尖，也显出很扼腕的神气。

“原有个母亲，但因遭到土匪的骚扰，却被杀死了。”

杨红薇一面说，一面脑海里又浮现了一幕赤身露体被柳剑影相救的情景，她的泪更像泉水一般地涌上来了。

“唉，想不到你和秋痕的身世竟一样可怜。”

侯玉书听了，心里想着江鸿宾的死、江连雄的死，以及自己母亲的死，他的眼皮也微微地红润起来。杨红薇听他这样说，显然在他的心中是并没有忘情于秋痕，她总感到万分悲酸，因此掩着脸竟啜泣起来。

“红薇，你别哭吧，叫我见了也难受。虽然你眼前环境恶劣一些，不过我觉得像你那么一个姑娘，将来总有好日子过的。”

侯玉书见她哭得很伤心，遂一面给她拭眼泪，一面又向她柔声儿地安慰。

“谁给我好日子过?除非是你吗?”

红薇抬起泪痕丝丝的粉脸，秋波脉脉含情地瞟了他一眼，在她意思，以为侯玉书少不得有些表示，谁知他竟木然地呆住了一会子。这在红薇芳心中，当然是感到十二分失望，她叹了一口气，又慢慢地垂下粉脸来。

“红薇，我和你虽然是萍水相逢，但我的确很有爱上你的意思。”

侯玉书所以愕然的原因，原是听了她这两句话感到意外的惊喜。如今又见她这样失望的神情，一时愈加把她爱到心头，所以轻声地叫了一声红薇，向她说出了这两句话。杨红薇听他这两句话，一颗芳心在万分失望之余，立刻又欢喜起来，她猛可抬起粉脸，两手抱住了侯玉书的脖子，惊喜欲狂地叫道：

“侯少爷，你真有爱上我的意思吗？那么你难道真的放弃了江小姐这一头婚姻了吗？”

杨红薇这举动是冷不防的，侯玉书当然是吃了一惊。因为她两手抱在自己的脖子上，那么她的粉脸和自己脸的距离，也只有两三寸的远，就在眼前显现了那两片殷红的小嘴儿，一个年轻的小伙子怎不动心呢？所以他略一凑上嘴去，竟在红薇小嘴儿上吻住了。事情是出乎意料之外的，杨红薇不但没有躲避，而且搂着他脖子的手臂，也更加地有劲儿一些，于是就在一俯一仰之间，两人是足足热吻了三十秒的时间。

“红薇，我大胆地说，我是希望你给我做个贤德的妻子。因为秋痕一走之后，我那空虚的心灵就始终失却了现实的安慰。现在居然给我遇到了像秋痕一样可爱的你，那我的生命里仿佛又遇见了一线光明，我如何能忘得了你？红薇，不知你心中也有和我同样的意思吗？”

经过这一次热吻之后，红薇的娇躯是完全倒入玉书的怀里去了。玉书抚着她披散在鬓边的美发，向她十分真挚地说出了这几句话。

“哥哥，恕我大胆叫你一声哥哥了，假使你还信不过我的话，那么你今晚就别回家去了。”

杨红薇听了他的话，一颗芳心直乐得心花儿也朵朵地开起来了，她有些忘了情，掀着酒窝儿，却向他说出这一句话来。但既说出了口，她又娇羞得无地自容，闭了星眸，一骨碌从玉书的怀内起来，把脸伏在沙发臂膀上，哧哧地笑了。侯玉书听她要留自己宿在这儿，心里也不免荡漾了一下，但转念一想，这是万万也不可能的事，她所以说这句话，也无非是向自己表明爱得深刻罢了，我怎么就想到这个歪邪的意识上去？那不是太污辱了爱的真意了吗？谁知正在这个当儿，忽听梳妆台上的时鸣钟已敲子夜两点了，于是想到时候实已不早，我也该回报馆去了，遂伸过手去，又去扳回她的肩，说道：

“我当然相信妹妹是真心爱上了我，不过你也应该相信我，我确实也爱妹妹的。时候真的已不早了，妹妹，我该走了，累你这样晚睡，我心头也不安的。”

杨红薇听他这样说，因为他的人格伟大，所以更衬自己这句话说得太不知羞涩一些了。她两颊涨得海棠花那么娇红，赧赧然地却反而说不出一句话来了。

“怎么啦？干吗不理睬我？你生气我吗？”

杨红薇这样娇羞欲绝的意态，瞧在玉书的眼里，他的心中倒引起了误会，便按着她的肩胛，低声儿地问着。

“我为什么要和你生气？我想夜已深了，路上恐怕很不便，假使你真心爱我的话，那么你就不用避这些嫌疑了。”

杨红薇这才抬起出水芙蓉那么娇艳的粉脸，秋波又含情、又羞涩地逗了他一瞥，向他十二分温柔地央求着。侯玉书见她这样多情，一时也有些不忍拒绝她了，遂微笑道：

“不过你妈知道了，会不会发生什么问题吗？”

“不会的，你放心，反正她爱的是钱，又不是我的人。”

杨红薇说着话，一面已站起身子，走到床边去铺被，回眸瞟他一眼，又微笑道：

“你先躺了，我去叫厨下烧些点心来给你吃好吗？”

“这个你别客气了，我还是早些睡了，明天就上报馆去办事哩。”

侯玉书说着，已脱了西服的外褂，一面伸手去解颈项下的领带。杨红薇听他这样说，遂也不再和他客气，把纤手向小嘴上一按，同时又向他招了招，说声“明儿见”，她的身子已是走出房外去了。侯玉书到此，方才知道她自己是睡到别个房间去了，一时又感激又爱她，匆匆地钻进到被窝里去了，因为这是一个姑娘的被窝，玉书的心中自不免有个神秘的感觉。谁知就在这时候，红薇又笑盈盈地进房来，说道：

“我倒忘记了，你嫌被脏吗？大橱里还有一条新的藏着呢，要不我给你换上一条？”

侯玉书扑地笑道：

“有什么脏呢？香喷喷的，你被窝里也洒香水精吗？”

杨红薇脸微微地一红，“嗯”了一声，扬着手，向他要做个打的姿势。但不知她又有了一个什么感觉之后，她一骨碌转身，哧哧地笑着，又奔到房外去了。

第二天早晨，侯玉书还躺在床上，红薇给他煮好了一碗莲子汤，坐在床边正端给他吃。忽闻一阵笑声，同时还有个男子口音嚷进来，说道：

“玉书，你真好快乐，别人家以为你失踪了，谁知你却在这儿洞房花烛哩！”

玉书和红薇回眸去瞧，原来不是别人，正是高杏园来了。红薇听他这样说，当然羞得两颊绯红，一面站起让座，一面便欲溜到房外去了，不料杏园却拉住她的手，笑道：

“不用逃，不用逃，原来昨夜是你把玉书吞吃了，怪不得玉书说见了女人就会怕哩！”

“高少爷，你不要信着嘴胡说好吗？昨夜我跟妈一块儿睡的，你不相信，你可以问我的妈呀！”

杨红薇听他这样说，啐了他一口，便急急地向他辩解着。高杏园见她娇靥妩媚得实在令人可爱，遂也不忍过分地向她取笑，说道：

“正经的，我对你们说，既然你们小夫妻又重逢了，那么玉书快些把她身子赎出去了才是。”

玉书知道杏园还一味地把红薇当作了江秋痕，心里真有说不出的好笑，遂也不给他说穿，向他招了招手，说道：

“老哥，这事情可要你给我们玉成了，因为你是个有钱的人呀！”

高杏园回眸望了红薇一眼，笑道：

“江小姐，你听见了没有？你自己说该怎么样地谢谢我才好？”

“高少爷，你要谢什么，我就谢你什么。你早点吃了没有？这碗莲子汤他还没有上过嘴，就给你吃了，算我们两人一同感谢你，那可好吗？”

杨红薇听了，遂把梳妆台上这碗莲子汤端到杏园的手里去了。高杏园可老实不客气地拿着吃了，一面又笑道：

“单这么吃了一碗莲子汤，可也不够表示谢我呀，还要再谢我些什么的。”

杨红薇听了，乌圆的眸珠在长睫毛里滴溜地一转，忽然有了一个主意，笑道：

“高少爷，我看这么吧，假使你不嫌我低贱的话，我就认你做个亲哥哥好吗？”

“江小姐，我怎么会嫌你低贱？嫌你低贱，那就是嫌玉书低贱，再换句话说，还不是嫌自己低贱吗？”

高杏园一面只管大口地吃莲子汤，一面向他们嘻嘻地笑。

“既然不嫌我低贱，那么你到底愿意收我做妹子吗？”

杨红薇掀着倾人的笑窝儿，秋波向他脉脉含情地瞟。

“我有你这么一个美丽的妹子，心里怎么还会不愿意呢？不过你既做了我的妹子，你和玉书结婚的时候，我不是要赔你一副妆奁的吗？所以我觉得有些肉疼。”

高杏园把头颈一扭，故意装出滑稽的样子。玉书、红薇见了，这就都忍俊不禁起来。

“本来做人家的哥哥就不容易，难道人家白白地有了一个哥哥吗？”

侯玉书停止了笑，又向高杏园瞅了一眼。

“这话倒也说得是，既做了哥哥，当然要尽哥哥的责任，那么我这副妆奁就不肉疼了。”

高杏园说到这里，不料杨红薇早已盈盈上前，就向他跪下去了。这一来把杏园着慌了，一手拿了莲子碗，一手连忙去拉她起来，笑道：

“我的好妹妹！那可不是要折死了我吗？兄妹之间可也没有行这么大礼的呀！快起来，快起来！”

“俗语道：爸妈没有了，长是大人。现在我既拜了你做哥哥，那么你不是我的大人一样吗？”

杨红薇一面站起身子，一面很认真地说。

“高老兄，这一拜可不是容易受的，你得多出一些力才是呢！”

侯玉书一面掀开被起身了，一面向他笑嘻嘻地鼓励着。高杏园把吃剩的半碗莲子汤放到桌上去，咽了一口唾沫，说道：

“不是说一句现成话，昨夜我见你们两人的情景，早就知道玉书这家伙要熬不住连夜来找你的。今天起来，一早到报馆去瞧，果然你没有在那边，我问也不用问的，一部车子放到这里。第一个遇见的就是阿金姐，她告诉我侯少爷宿在这儿，我说是不是洞房花烛了？”

杨红薇不等他说下去，就拦阻他说道：

“你做了我哥哥了，还要取笑我吗？”

说时绯红了两颊，秋波逗给他一个妩媚的娇嗔。高杏园扑地笑道：

“你这话也不对，做哥哥的难道就不可以取笑妹妹了吗？”

说着，笑了一笑，方才又正经地道：

“当时我就向阿金姐告诉，说你们原是一对未婚夫妻，还有订婚证书，而且这位侯少爷也是个军界里办过事的人，你若不趁此放他们走，将来你吃起官司来，可不要叫苦连天了。阿金姐听我这样说，脸就变了颜色。不过她说曾经花了五百元钱给她买下来，这一笔钱总要归还我的。我说凭我高杏园的肩胛，五百元钱闲话一句，绝不使你失望的。”

他一口气说到这里，拿起桌上那碗莲子汤，又吃了几匙，接着又道：

“现在你们只要去借结婚的礼堂是了，什么事情都没有了。”

侯玉书和杨红薇听他说到这里，一时也不知感激得如何是好，两人却不约而同地走上去，双双地向杏园深深地鞠了一个躬。高杏园瞧此情景，心里得意万分，早已忍不住哈哈地大声笑起来了。

从此以后，杨红薇脱离了苦海的生活，而且是步入了幸福的乐园。鹣鹣鲽鲽，卿卿我我，两口子真是非常恩爱缠绵。这一份美满的小家庭，真会令人艳羡不止的。

光阴匆匆，不知不觉，两人结婚到现在已经有五个多月了，而最使红薇喜悦中带羞涩的，就是她腹中有了四个月的身孕。玉书因为她有了身孕，第一给她注重的是卫生，所以时常在空闲的当儿，伴她到公园里去散步，呼吸新鲜的空气。

这天下午，秋阳暖和和地照着大地，云淡天青，风和日暖，真是一个十分晴朗的天气。玉书于是和红薇又到外滩公园里来散步，两人踱了一会儿，生恐红薇乏力，便向她说道：

“我们到江滨的长椅上去坐一会儿吧，你也有些累了吧?”

杨红薇见丈夫这样疼爱的神气，便向他甜甜地一笑，于是两人遂坐到江滨旁的长椅上去了。迎着爽朗的江风，两人互相偎在一起，唧唧喁喁地谈了一会儿，自觉精神焕发，十分快乐。忽然玉书内急，遂向红薇附耳说了一声，他便匆匆地走到厕所里去了。杨红薇独个儿望着茫茫的浦江，正在凝眸遐思。忽听得一阵脚步的声音，一时还以为玉书回来了，遂回眸去望，不料正和来人打了一个照面，彼此在一怔之后，这就不约而同地叫起来了。杨红薇做梦也想不到会在黄浦江畔遇见了旧时的情人柳剑影，在柳剑影的心中，当然也是同样地感到了不胜惊异。一个站起身子，一个抢上一步，两人紧紧地握了一阵手。杨红薇见剑影望着自己的腹部出神，一时当然十分感触，明眸无限哀怨地逗了他一瞥，说道：

“剑影，并不是我负心了你，说起来实在一言难尽的。”

柳剑影听她这样说，因为自己和秋痕也订了婚，所以对她也很惭愧，遂忙说道：

“你不用说这些话，我知道你的苦衷。”

“咦！咦！你……你不是柳大哥吗？哟！你们怎么认识的呀！”

侯玉书从厕所匆匆地回来了，突然见红薇和一个西服少年握住了手。起初还不知是谁，及至走近来一瞧，想不到竟是自己的生死之交柳剑影，一时惊喜交集，便奔上来急急地招呼了。那时柳剑影一见了侯玉书，心中就有些明白了。他放了红薇的手，立刻和玉书的手握住了，不禁笑着问道：

“杨红薇可不是和你结了婚吗？”

“是的呀，你和红薇莫非是亲戚吗？”

侯玉书见他挺高兴的神情，心中有些奇怪，遂向他怔怔地问着。不料柳剑影听了，却是咯咯地笑起来了。玉书和红薇被他这么地一笑，还以为他心中受了刺激，尤其红薇心头，真有说不出的难受，但剑影早又停止了笑，向两人说道：

“可见得婚姻大事，真的是前生注定的。玉书，你的秋痕，却和我订了婚哩！”

“啊！你这话可真的吗？”

侯玉书从他这句话猜想，显然红薇和他的关系，当然犹若我之和秋痕一样了，一时也不胜惊异，“啊”了一声，急急地追问。

“当然真的，我再告诉你，你的表妹李云珠，却给我弟弟做了妻室了。”

柳剑影扬着眉毛，又向他补充着告诉了一句。

“什么？这……这到底是怎么的一回事？那不是太令人感到稀罕了吗？”

侯玉书听李云珠竟做了他弟妇了，一时愈加弄得丈二和尚摸不着头脑了，连说话急得都带有些口吃的成分。

“你别忙，我且细细告诉你。”

柳剑影笑了一笑，接着又道：

"在乌家镇的杨柳村里，我结识了红薇，彼此虽未订嫁娶的盟约，但确实已有这个意思了。剿匪结束，我去找红薇，不料她婶娘回答，红薇已出走了。我知道她也许来望我的，所以急急赶回北平，不料在火车上就认得了秋痕，并且救了秋痕的私带军火嫌疑犯的罪名，所以我们就认作了兄妹。在秋痕口中知道了玉书家中一切的情形，以为秋痕一走，你和云珠必定结婚。谁知我和秋痕订婚的那天，弟弟带来一个女朋友，正是李云珠。这次我到上海来，曾经先到你家里去探望，张妈告诉我后，才知道你在办光明报馆了。刚才已到报馆去找你过，他们说你要在晚上九时后方才在报馆的，我只好待晚上再说，谁知却在这儿遇见了你们，这不是一件叫人喜欢的事吗?"

玉书、红薇听了他这一篇话，心中这才有了一个恍然，觉得这事情真是曲折得有趣，于是人也忍不住笑起来。柳剑影瞟了红薇一眼，笑着又道：

"我回家后，弟弟告诉我，说你来找我过了，现在京华饭店。当时我听了，就急急地来找你，不料你已不住在那里了。后来你是到哪儿去的？我为你真难受好多日子哩!"

杨红薇听他这样说，遂也把受骗的经过向剑影告诉了一遍。玉书对于红薇和剑影的事情，也还只有现在知道，他不禁笑道：

"本来你和红薇、我和秋痕，是两对美满的姻缘，现在竟变成我和红薇、你和秋痕结成两对了，老天也惯会和我们开玩笑的。若不是彼此凑巧的话，可怜这两对好姻缘，不是险些又欲酿成人间的惨剧了吗?"

"可不是？还有你表妹李云珠，现在总算和我弟弟也结成了很美满的一对。我们在这里应该虔心地祈祷着，愿天下有情人都成眷属，千万不要演出了悲惨的结局来才好呢!"

柳剑影听侯玉书这样说，脸上浮了十二分欣慰的微笑，也低低地祝祷着。玉书和红薇听他说得很有意思，遂点了点头，也不禁相顾而笑。

三个人在黄浦江畔这么一阵子谈话，时候早已日薄西山。柳剑影和侯玉书临风远眺，只见江上烟波，茫茫一片，一个憧憬着桃花坞中的柔情若水，一个憧憬着杨柳村里的蜜意如云，两人回首前尘，恍惚一梦。这时在耳际忽听得杨红薇柔声儿说道：

“天色已夜，我们回到家里去吧。”

在一抹斜阳的光辉之下，三个人移动着瘦长的影子，默默地踏上了归家的道路。

附　　录

从鸳鸯蝴蝶派谈到冯玉奇小说

裴效维

《民国通俗小说典藏文库·冯玉奇卷》将收录冯玉奇的百余种小说作品，此举极其不易。现在，我愿以这篇文章给出版者呐喊助威。尽管我人微言轻，但我毕竟是一个中国文学的研究者，为鸳鸯蝴蝶派说些公道话是我的责任。

冯玉奇是一位鸳鸯蝴蝶派作家，因此我们要想了解冯玉奇，必须首先厘清有关鸳鸯蝴蝶派的一些问题。

一、何谓鸳鸯蝴蝶派

鸳鸯蝴蝶派作家平襟亚在《关于鸳鸯蝴蝶派》（署名宁远）一文中对鸳鸯蝴蝶派的来历说得很清楚：

> 鸳鸯蝴蝶派的名称是由群众起出来的，因为那些作品中常写爱情故事，离不开“卅六鸳鸯同命鸟，一双蝴蝶可怜虫”的范围，因而公赠了这个佳名。
>
> ——载香港《大公报》1960年7月20日

可见鸳鸯蝴蝶派并不是一个有组织有宗旨的小说流派，而是因为当时流行的言情小说多写一对对恋人或夫妻如同鸳鸯蝴蝶般相亲相爱，形影不离，因而民间用鸳鸯蝴蝶小说来比喻这种言情小说，那么这种言情小说的作家群当然也就是鸳鸯蝴蝶派了。这种说法应该是可信的，因为民间常用鸳鸯和蝴蝶来比喻恋人或夫妻，很多民间文学作品中不乏其例。这一比喻非常形象生动，但并无褒贬之意，因此不胫而走。

传到新文学家那里，便加以利用，并赋予贬义，作为贬低对手的武器。但新文学家对鸳鸯蝴蝶派的界定并不一致，大致有两种看法。

一种看法认同民间的比喻说法，即将鸳鸯蝴蝶派小说局限为通俗小说中的言情小说，将鸳鸯蝴蝶派局限为言情小说作家群。鲁迅是这种看法的代表，他在 1922 年所写的《所谓“国学”》一文中说：“洋场上的文豪又作了几篇鸳鸯蝴蝶派体小说出版”，其内容无非是“‘卿卿我我’‘蝴蝶鸳鸯’”（载《晨报副刊》1922 年 10 月 4 日）。又于 1931 年 8 月 12 日在社会科学研究会做了《上海文艺之一瞥》的长篇演讲，其中对鸳鸯蝴蝶派小说更做了形象而精辟的概括：

> 这时新的才子 + 佳人小说便又流行起来，但佳人已是良家女子了，和才子相悦相恋，分拆不开，柳阴花下，像一对蝴蝶、一双鸳鸯一样。
>
> ——连载于《文艺新闻》第 20、21 期

此外，周作人、钱玄同也持这种看法。周作人于 1918 年 4 月 19 日在北京大学文科研究所小说研究会做《日本近三十年小说之发达》的演讲中，就说现代中国小说“还有《玉梨魂》派的鸳鸯蝴蝶体”（载《新青年》第 5 卷第 1 号）。次年 2 月，周作人又发表《中国小说里的男女问题》（署名仲密）一文，认为“近时流行的《玉梨

魂》，虽文章很是肉麻，（却）为鸳鸯蝴蝶派小说的鼻祖”（载《每周评论》第5卷第7号）。与周作人差不多同时，钱玄同在1919年1月9日所写的《“黑幕”书》一文中也说：“人人皆知‘黑幕’书为一种不正当之书籍，其实与‘黑幕’同类之书籍正复不少，如《艳情尺牍》《香闺韵语》及‘鸳鸯蝴蝶派小说’等等皆是。”（载《新青年》第6卷第1号）这种看法后来被人称之为“狭义的鸳鸯蝴蝶派”看法。

另一种看法却将鸳鸯蝴蝶派无限扩大，认为民国年间新文学派之外的所有通俗小说作家都是鸳鸯蝴蝶派，他们的所有通俗小说都是鸳鸯蝴蝶派小说。这种看法的代表人物是瞿秋白和茅盾。瞿秋白从小说的内容方面来扩大鸳鸯蝴蝶派小说的范围，他在《财神还是反财神》一文中说，“什么武侠，什么神怪，什么侦探，什么言情，什么历史，什么家庭”小说，都是鸳鸯蝴蝶派小说（见人民文学出版社1953年10月版《瞿秋白文集》）。茅盾则从小说的形式方面来扩大鸳鸯蝴蝶派小说的范围，他在《自然主义与中国现代小说》一文中认定鸳鸯蝴蝶派小说包括“旧式章回体的长篇小说”“不分章回的旧式小说”“中西合璧的旧式小说”“文言白话都有”的短篇小说（载1922年7月《小说月报》第13卷第7号）。这种看法后来被人称之为“广义的鸳鸯蝴蝶派”看法，而且逐渐成为主流看法，以致后来的文学研究者都接受了这种看法。

新文学家不仅在鸳鸯蝴蝶派的界定问题上分成了两派，而且在鸳鸯蝴蝶派的名称上也花样百出。如罗家伦因为徐枕亚等人好用四六句的文言写小说，便称其为“滥调四六派”（见署名志希的《今日中国之小说界》，载1919年《新潮》第1卷第1号），但无人响应。郑振铎因为《礼拜六》杂志为鸳鸯蝴蝶派的主要刊物之一，便称其为“礼拜六派”（见署名西谛的《新文学观的建设》一文，载1922年5月21日《文学旬刊》第38号）。这一说法得到了周作人、茅盾、瞿秋白、朱自清、阿英、冯至、楼适夷等人的响应，纷纷采用，以致使用频率越来越高，知名度越来越大，终于成为鸳鸯蝴蝶派的别称了。于是“鸳鸯蝴蝶派”和“礼拜六派”两个名称便被新文学家所滥用。如郑振铎在《新文学观的建设》一文中称“礼拜六派”，而在《〈文学论争集〉导言》一文中却称“鸳鸯蝴蝶派”（见上海良友图书公司1935年10月出版的《新文学大系·文学论争集》卷首）。还有人在同一篇文章里既称鸳鸯蝴蝶派，又称礼拜六派。如阿英在1932年所写的《上海事变与鸳鸯蝴蝶派文艺》一文中说：张恨水的所谓“国难小说”，与“礼拜六派的作品一样，是鸳鸯蝴蝶派的一体”，“充分地说明了鸳鸯蝴蝶派的作家的本色而已”（见上海合众书店1933年6月出版的《现代中国文学论》）。

茅盾在20世纪70年代觉得统称鸳鸯蝴蝶派或礼拜六派都不合适，于是提出了一个折中的看法，他在《紧张而复杂的生活、学习与斗争（上）——回忆录（四）》中说：

> 我以为在“五四”以前，“鸳鸯蝴蝶派”这名称对这一派人是适用的。……但在“五四”以后，这一派中有不少人也来“赶潮流”了，他们不再老是某生某女，而居然写家庭冲突，甚至写劳动人民的悲惨生活了，因此，如果用他们那一派最老的刊物《礼拜六》来称呼他们，较为合式。
>
> ——载1979年8月《新文学史料》第4辑

事实是该派在“五四”前后没有根本变化，都是既写言情小说，又写其他小说，将其人为地腰斩为两段，既显得武断，又无法掩盖当时的混乱看法。

这些混乱的看法导致后来的文学研究者无所适从：或沿用“鸳鸯蝴蝶派”的说法（如北大本《中国文学史》和《中国小说史稿》、

复旦本《中国文学史》和《中国近代文学史稿》等）；或沿用“礼拜六派”的说法（如山东师院本《中国现代文学史》等）；或干脆别出心裁地称之为“鸳鸯蝴蝶—礼拜六派”（见汤哲声《鸳鸯蝴蝶—礼拜六小说观念的价值取向及其评价》，载《苏州大学学报》1992年第2期）。这可真算是中国小说史上的一出有趣的滑稽戏了。

二、如何评价鸳鸯蝴蝶派

鸳鸯蝴蝶派的开山作品是1900年陈蝶仙的言情小说《泪珠缘》，因此鸳鸯蝴蝶派应该是指言情小说派，这也就是后来的所谓“狭义的鸳鸯蝴蝶派”，但被新文学家扩大为“广义的鸳鸯蝴蝶派”，实际上也就是民国通俗小说派。

鸳鸯蝴蝶派与同时期的“南社”不同，既没有组织，也没有纲领，而是一个在思想倾向和艺术风格上大体相同或相近的小说流派，连“鸳鸯蝴蝶派”这一招牌也是别人强加给它的。然而客观地说，鸳鸯蝴蝶派确实是一个产生过巨大影响的小说流派。在“五四”以前的近二十年间，它几乎独占了中国文坛；在“五四”以后的三十年间，虽然产生了新文学，但新文学只是表面上风光，而鸳鸯蝴蝶派却一派兴旺发达景象。我对“广义的鸳鸯蝴蝶派”做过不完全的统计：该派作家达数百人，较著名者有一百余人，所办刊物、小报和大报副刊仅在上海就有三百四十种，所著中长篇小说两千多种，至于短篇小说、笔记等更难以计数。在此前的中国文学史上，还没有哪个文学流派有过如此宏大的规模，产生过如此巨大的影响。

鸳鸯蝴蝶派由于规模宏大，又处在历史的一个巨变时期，其成员的确鱼龙混杂，其作品也良莠不齐，但总体来说，它形象地记录了中国二十世纪前五十年的历史，为中国读者提供了丰富的精神食粮，对中国小说的传承起过积极作用，因此应该给予充分的肯定。

鸳鸯蝴蝶派小说已经不是中国传统通俗小说的复制，而是一种改良的通俗小说。在形式方面，它既采用章回体，也采用非章回体，甚至采用了西洋小说的日记体、书信体等，至于侦探小说则更是完全模仿自西洋小说。在艺术手法方面，受西洋小说的影响非常明显，如增加了人物形象和景物描写，结构与叙事方式也趋于多样化，单线和复线结构并用，第三人称和第一人称叙述法兼施，还采用了倒叙法和补叙法。在内容方面，鸳鸯蝴蝶派小说已经扩大了描写范围，反映了当时社会生活的各个方面，甚至已经紧跟时事，及时反映当前的社会现实，被称为“时事小说”。如李涵秋的《广陵潮》描写辛亥革命，而他的《战地莺花录》则描写五四运动，这种及时反映当时发生的重大政治事件的小说，与多写历史故事的古代小说完全不同，显然是一大进步。鸳鸯蝴蝶派的言情小说，也不同于古代的才子佳人小说，而是一种新才子佳人小说。古代的才子佳人小说因面对森严的封建礼教，只能写才子与佳人偶尔一见钟情，以眉目传情或诗书传情的方式进行交流，最后皆是有情人终成眷属的大团圆结局。而这种大团圆结局完全是人为的：或出于巧合，或由于才子金榜题名，皇帝御赐完婚，这就完全回避了封建包办婚姻的问题。而民国年间的封建礼教已经在一定程度上松绑，尤其像上海、北京等大城市得风气之先，恋爱自由和婚姻自主思想已经渐入人心。因此有些鸳鸯蝴蝶派的言情小说也突破了古代才子佳人小说的窠臼，才子佳人已经敢于“相悦相恋，分拆不开，柳阴花下，像一对蝴蝶、一双鸳鸯一样”。其结局也不再全是有情人终成眷属的大团圆，而是“有时因为严亲，或者因为薄命，也竟至于偶见悲剧的结局……这实在不能不说是一个大进步”（鲁迅《上海文艺之一瞥》，连载于 1931 年 7 月 27 日、8 月 3 日《文艺新闻》第 20、21 期）。言情小说由大团圆结局到悲剧结局的确是一个大进步，因为前者是回避封建包办婚姻礼制，而后者是控诉封建包办婚姻礼制。而这一进步的开创者是曹雪芹和高鹗，他们在《红楼梦》里所写的婚姻差不多都是悲剧。因此胡适称赞《红楼梦》不仅把一个个人物“都写作悲剧的下场”，而且最后“作一个大悲剧的结束，打破了中国小说的团圆迷信”（《〈红楼梦〉考证》，见1923年亚东图书馆版《胡适文存》）。可见鸳鸯蝴蝶派的言情小说在一定程度上继承了《红楼梦》开创的爱情婚姻悲剧模式，因而具有相当的反封建意义。我们可以徐枕亚的《玉梨魂》为例加以说明，因为该小说被新文学家指为鸳鸯蝴蝶派的代表性作品。

《玉梨魂》的故事很简单——清末宣统年间，小学教员何梦霞与年轻寡妇白梨影相爱，但两人均认为他们的这种行为是不道德的。为了得到感情的解脱，白梨影想出个“移花接木”的办法，即撮合何梦霞与自己的小姑崔筠倩订了婚。然而何梦霞既不能移情于崔筠倩，白梨影也无法忘情于何梦霞，结果造成了一连串的悲剧——白梨影在爱情与道德的激烈冲突下郁郁而死；崔筠倩因得不到何梦霞之爱而离开了人世；白梨影的公公因感伤女儿、儿媳之死而一病身亡；白梨影的十岁儿子鹏郎成了孤儿。何梦霞为排遣苦闷，先赴日本留学，继又回国参加了辛亥武昌起义（即辛亥革命），壮烈牺牲。

《玉梨魂》不仅描写了一个爱情婚姻悲剧，而且不同于一般的爱情婚姻悲剧。一般的爱情婚姻悲剧都是由封建势力造成的，即由包办婚姻造成的；而《玉梨魂》所写的爱情婚姻悲剧，其原因却是何梦霞和白梨影自身的封建道德。他们既渴望获得恋爱自由和婚姻自主的权利，又不能摆脱封建道德和封建礼教的束缚，两者激烈冲突，造成三死一孤的惨剧。从而揭露了封建道德和封建礼教的影响力是多么巨大，它已深入人们的骨髓，使其不能自拔。因此，它的反封建意义比一般的爱情婚姻悲剧更为深刻。

其实，新文学阵营也不是铁板一块，虽然大多数新文学家对鸳鸯蝴蝶派全盘否定，但也有少数新文学家态度比较客观，他们对鸳鸯蝴蝶派也给予一定的肯定。鲁迅是其中最突出的一位，他不仅认为某些鸳鸯蝴蝶派的悲剧言情小说是“一大进步”，而且不同意某些新文学家对鸳鸯蝴蝶派消极影响的夸大其词。他说：

至于说他流毒中国的青年，那似乎是过虑。倘有人能为这类小说所害，则即使没有这类东西也还是废物，无从挽救的。与社会，尤其不相干，气类相同的鼓词和唱本，国内非常多，品格也相像，所以这些作品也再不能“火上添油”，使中国人堕落得更厉害了。

——《关于〈小说世界〉》，载《晨报副刊》
1923 年 1 月 15 日

这种客观的观点与前述周作人无限夸大鸳鸯蝴蝶派作品能使国民生活陷入“完全动物的状态”乃至“非动物的状态”的观点形成了鲜明对比。当抗日战争爆发后，鲁迅更提倡文学界的抗日统一战线，主张团结鸳鸯蝴蝶派一起抗日。他说：

我以为文艺家在抗日问题上的联合是无条件的，只要他不是汉奸，愿意或赞成抗日，则不论叫哥哥妹妹，之乎者也，或鸳鸯蝴蝶都无妨。但在文学问题上我们仍可以互相批判。

——《答徐懋庸并关于抗日统一战线问题》，
载《作家》月刊第 1 卷第 5 期

鲁迅不仅提倡团结鸳鸯蝴蝶派一起抗日，而且主张新文学派与鸳鸯蝴蝶派在文学问题上“互相批判”，这种平等对待鸳鸯蝴蝶派的度量，也与那些视鸳鸯蝴蝶派如寇仇，必欲置诸死地而后快的新文学家形成了鲜明对比。

对鸳鸯蝴蝶派给予肯定的不只鲁迅，还有朱自清和茅盾。朱自清认为供人娱乐是中国传统小说的特点，因此不赞成将“消遣”作为罪状来批判鸳鸯蝴蝶派小说。他说：

> 在中国文学的传统里，小说……更是小道中的小道，就因为是消遣的，不严肃。不严肃也就是不正经，小说通常称为“闲书”，不是正经书。……鸳鸯蝴蝶派的小说意在供人们茶余酒后的消遣，倒是中国小说的正宗。
>
> ——《论严肃》，载《中国作家》创刊号

茅盾也承认鸳鸯蝴蝶派小说也“写家庭冲突，甚至写劳动人民的悲惨生活”。他还从艺术性方面对鸳鸯蝴蝶派小说给予一定肯定。他认为鸳鸯蝴蝶派的有些长篇小说“采用西洋小说的布局法”，如倒叙法、补叙法，以及人物出场免去套语、故事叙述“戛然收住”等等，这一切是对“旧章回体小说布局法的革命”。还认为鸳鸯蝴蝶派的有些短篇小说学习了西洋短篇小说“截取一段人生来描写，而人生的全体因之以见”的方法：“叙述一段人事，可以无头无尾；出场一个人物，可以不细叙家世；书中人物可以只有一人；书中情节可以简至只是一段回忆。……能够学到这一层的，比起一头死钻在旧章回体小说的圈子里的人，自然要高出几倍。”（《自然主义与中国现代小说》，载1922年7月10日《小说月报》第13卷第7号）

鲁迅、朱自清、茅盾毕竟属于新文学派，因此他们对鸳鸯蝴蝶派的肯定是有限的。我们应该摆脱成见与束缚，从中国文学史的角度，对鸳鸯蝴蝶派做出客观公正的评价。

三、如何看待冯玉奇的小说

我们澄清了以上有关鸳鸯蝴蝶派的三个问题，等于为介绍冯玉

奇的小说提供了一个坐标，也等于为读者提供了一把参照标尺。读者用这把标尺，就可自行评判冯玉奇的小说了。

冯玉奇于 1918 年左右生于浙江慈溪，笔名左明生、海上先觉楼、先觉楼，曾署名慈水冯玉奇、四明冯玉奇、海上冯玉奇。据说他毕业于浙江大学（一说复旦大学）。1937 年九一八事变后寄居上海，感山河破碎，国事蜩螗，开始写作小说以抒怀。其处女作为《解语花》，由上海春明书店出版。出版后旋即由东方书场改编为同名话剧，演出后轰动一时。那时他才十九岁。由此一发而不可收，至 1949 年 7 月《花落谁家》出版，在短短十来年时间里，他创作的小说竟达一百九十多种，平均每年近二十种，总篇幅应该不少于三千万字，只能用“神速”来形容。这时他只有三十一岁。近现代文学史料专家魏绍昌先生（已去世）所编《鸳鸯蝴蝶派研究资料（史料部分）》（上海文艺出版社 1962 年 10 月出版）开列的《冯玉奇作品》目录只有一百七十二种，也有遗珠之憾。不过我们从这一目录中仍可确定冯玉奇是一位以写言情小说为主的通俗小说作家，因为在一百七十二种小说中，言情小说占有一百二十二种，其他小说只有五十种：社会小说三十四种、武侠小说十四种、侦探小说两种。

冯玉奇不仅是一位写作神速且极为多产的通俗小说作家，还是一位热心的剧作家和剧务工作者。早在他二十六岁（1944 年）时，就担任了越剧名伶袁雪芬的雪声剧团的剧务，并为之创作了《雁南归》《红粉金戈》《太平天国》《有情人》《孝女复仇》五大剧本，演出效果全都甚佳。在他二十七到二十八岁（1945～1946）时，又与他人合作，前后为全香剧团和天红剧团编导了《小妹妹》《遗产恨》《飘零泪》《义薄云天》《流亡曲》等二十多个剧本，演出效果同样甚佳。可见冯玉奇至少写过十几个剧本。

冯玉奇一生所写的小说和剧本总计不下两百五十种，总篇幅可能达到四千万字以上，是名副其实的“著作等身”，是当之无愧的中国最多产的作家，号称多产的同派小说家张恨水也难望其项背。当时的文学作品已是一种特殊商品，冯玉奇的小说如此畅销，其剧本演出又如此轰动，这足可以证明其受人欢迎，这就是读者和观众对冯玉奇的评价，它比专家的评价更为准确，也更为重要。遗憾的是，我们无法看到他的剧作和三十岁以后的作品，也不知其晚景如何，卒于何年。

从冯玉奇的生活年代和创作时段来看，他显然是鸳鸯蝴蝶派的后起之秀，所以尽管他作品如此之多，影响如此之大，而同派的老前辈却很少提到他，这也是“文人相轻”的表现之一。

按说要介绍冯玉奇的小说，应该将其全部小说阅读一遍，但我没有这么多时间，也没有这么大精力，因而只向中国文史出版社借阅了《舞宫春艳》《小红楼》《百合花开》三种，全都是言情小说。因此我只能以这三种言情小说为例加以介绍，这可能会犯以偏概全的错误，因此只能供读者参考。

《舞宫春艳》写了两个纠缠在一起的爱情婚姻悲剧故事：苏州富家子秦可玉自幼与邻居豆腐坊之女李慧娟相恋，由于门第悬殊，秦可玉被其父禁锢，二人难圆成婚之梦。不幸李慧娟生下了一个私生女鹃儿，只好遗弃，自己则郁郁而死。鹃儿被无赖李三子收养，长大后卖到上海做伴舞女郎，改名卷耳。中学生唐小棣先是爱上了姑夫秦可玉家的婢女叶小红，不料叶小红失踪，于是移情于卷耳，但无钱为卷耳赎身，两人感到婚姻无望，于是双双吞鸦片自尽。

《小红楼》的故事紧接《舞宫春艳》：曾经被唐小棣爱过的叶小红的失踪，原来也是被无赖李三子拐卖为伴舞女郎，小棣、卷耳自杀后，小红才被救了回来，并被秦可玉认为义女。经苏雨田介绍，与辛石秋相识相恋而订婚。同时石秋的姨表妹巢爱吾也爱石秋，但石秋既与小红订婚在先，便毅然与小红结婚。爱吾为了摆脱难堪的地位，离家出走，下落不明。石秋奉父命赴北平探望二哥雁秋，在火车站被人诬陷私带军火，被军人押到司令部。可巧爱吾此时已成为张司令的干女儿兼秘书，便设法救了石秋一命。但张司令强迫石秋与爱吾结婚，二人既不敢违命，又固守道德，便以假夫妻应付。后来石秋回到家里，终于与小红团聚。

《百合花开》写了两个紧密相关的爱情婚姻故事：二十岁的寡妇花如兰同时被四十二岁的教育家盖季常和十八岁的革命青年盖雨龙叔侄俩所爱，而盖季常的十六岁侄女盖云仙又同时被三十六岁的银行家杨如仁和十九岁的革命青年杨梦花父子俩所爱。经过许多曲折后，终于两位长辈让步，盖雨龙与花如兰、杨梦花与盖云仙同场结婚。

由以上简单介绍可知，冯玉奇的这三种小说共写了五个爱情婚姻故事，其中两个是悲剧结局，三个是有情人终成眷属。这正如鲁迅所说："有时因为严亲，或者因为薄命，也竟至于偶见悲剧的结局……这实在不能不说是一个大进步。"其次，这三种小说的五个爱情婚姻故事，倒有四个是三角爱情婚姻故事，但它们的情况并不雷同。唐小棣、叶小红、卷耳的三角恋是一男爱二女，辛石秋、叶小红、巢爱吾的三角恋是两女爱一男，而盖季常、盖雨龙、花如兰和杨如仁、杨梦花、盖云仙的三角恋更为异想天开，竟然都是两辈嫡亲男人（叔侄、父子）同爱一个女子。可见冯玉奇极有编故事的才能，从而使作品更具吸引力和娱乐性。又次，这三种言情小说的描写极为干净，没有任何色情描写。除了秦可玉与李慧娟有私生女外，其他人都非礼勿言，非礼勿行。如辛石秋与叶小红因婚礼当天石秋之母去世，为了守孝，新婚夫妻在百日之内没有圆房。而辛石秋与姨表妹巢爱吾为了对得起叶小红，虽被张司令强迫成亲，却只做了几天假夫妻。

从表现形式和艺术手法来看，我觉得冯玉奇的小说与当时新文学的新小说都受了西洋小说的影响，基本相同。譬如：两者都突破了传统小说书名的套路，不拘一格，尤其采用了一字书名和二字书名，如冯玉奇有《罪》《孽》《恨》《血》和《歧途》《逃婚》《情奔》等；而巴金有《家》《春》《秋》，茅盾有《幻灭》《动摇》《追求》。两者的对话方式也突破了传统小说的套路，灵活自如：对话既可置于说话者之后，也可置于说话者之前，还可将说话者夹在两句或两段话之间。至于小说的结构法、叙述法与描写法，更是差不多的。譬如人物描写不再是“沉鱼落雁”“闭月羞花”“倾国倾城”之类的千人一面，景物描写也不再是“落红满地”“绿柳成荫”“玉兔东升”之类的千篇一律，而加以具体描绘。这里随便举一个例子：

> 小红坐在窗旁，手托香腮，望着窗外院子里放有一缸残荷，风吹枯叶，瑟瑟作响。墙角旁几株梧桐，巍然而立。下面花坞上满种着秋海棠，正在发花，绿叶红筋，临风生姿，可惜艳而无香，但点缀秋色，也颇令人爱而忘倦。

这是《小红楼》对莲花庵一角的景物描绘，虽然算不上十分精彩，但作者通过小红的眼睛描绘了院中的三样东西——风吹作响的“枯荷”、巍然挺立的“梧桐”、正在开花的“海棠”，从而衬托出莲花庵幽静的环境，曲折地表明了时在秋季。频繁使用巧合手法是冯玉奇小说的显著特点，可以说把所谓“无巧不成书”用到了极致。巧合手法有助于编织故事，缩短篇幅，增加作品的吸引力等，但使用过多则时有破绽，有损于作品的真实性。冯玉奇的某些小说也采用了章回体，但只是标题用“第×回”和对偶句，“却说”“且听下回分解”之类的套语已不再经常出现，因此并非章回体的完全照搬。况且章回体并非劣等小说的标志，它在我国小说史上发挥过巨大作用，产生过杰出的四大古典小说。因此用章回体来贬低冯玉奇的小说，也是毫无道理的。

冯玉奇的小说也有明显的缺点。它们与其他鸳鸯蝴蝶派小说一样，主要注重小说的娱乐性，而忽视小说的社会性和艺术性，因此没有产生杰出的作品。他是南方人而小说采用北方话，加之写作速度太快，无暇深思熟虑，导致语言不够流畅，用词不够准确，还有许多错别字和语病。还有使用“巧合”法太多，有时破绽明显，这里不再举例。

总而言之，冯玉奇既不是“黄色”和“反动”小说家，也不是杰出小说家，而是一位勤奋多产、有益无害的通俗小说家，他应在中国小说史尤其是中国现代小说中占有一席之地。

2017 年 6 月 4 日于北京蜗居

图书在版编目(CIP)数据

江上烟波 / 冯玉奇著. — 北京 : 中国文史出版社, 2018.3

(民国通俗小说典藏文库·冯玉奇卷)

ISBN 978-7-5034-9816-9

Ⅰ. ①江… Ⅱ. ①冯… Ⅲ. ①长篇小说-中国-现代 Ⅳ. ①I246.5

中国版本图书馆 CIP 数据核字(2017)第 289664 号

点　　校：清寒树　旷　野
责任编辑：牟国煜

出版发行：**中国文史出版社**
网　　址：http://www.chinawenshi.net
社　　址：北京市西城区太平桥大街 23 号　邮编：100811
电　　话：010-66173572　66168268　66192736（发行部）
传　　真：010-66192703
印　　装：北京盛彩捷印刷有限公司
经　　销：全国新华书店
开　　本：720×1020　1/16
印　　张：16.25　　字数：213 千字
版　　次：2018 年 3 月第 1 版
印　　次：2018 年 3 月第 1 次印刷
定　　价：49.80 元